AtV

BORIS AKUNIN ist das Pseudonym des Moskauer Philologen, Kritikers, Essayisten und Übersetzers aus dem Japanischen Grigori Tschchartischwili (geb. 1956). 1998 veröffentlichte er seine ersten Kriminalromane, die ihn in kürzester Zeit zu einem der meistgelesenen Autoren in Rußland machten. Heute schreibt er gleichzeitig an drei verschiedenen Serien und genießt in Rußland geradezu legendäre Popularität. 2001 wurde er zum Schriftsteller des Jahres gekürt, seine Bücher wurden bereits in 17 Sprachen übersetzt, weltweit wurden etwa 6 Millionen davon verkauft. Mit »Fandorin« (2001), »Türkisches Gambit« (2001), »Mord auf der Leviathan« (2002), »Der Tod des Achilles« (2002) und »Russisches Poker« (2003) erlangte er auch in Deutschland Kultstatus.

»Ich spiele leidenschaftlich gern. Früher habe ich Karten gespielt, dann strategische Computerspiele. Schließlich stellte sich heraus, daß Krimis schreiben noch viel spannender ist als Computerspiele. Meine ersten drei Krimis habe ich zur Entspannung geschrieben ...«

Akunin in einem Interview mit der Zeitschrift Ogonjok
www.akunin.ru

Moskau 1889: Eine Prostituierte wurde ermordet, zugegeben, auf besonders brutale Weise. Daß Fandorin, Sonderbeauftragter des Gouverneurs von Moskau, aber gleich Jack the Ripper, den berüchtigten Londoner Serienmörder, in Rußland vermutet, ist wohl ziemlich übertrieben. Und daß er deshalb den Gouverneur bittet, den Osterbesuch des Zaren in der Stadt abzusagen, geht entschieden zu weit. Doch weitere grausame Morde scheinen Fandorins Theorie zu bestätigen.

Boris Akunin

Die Schönheit
der toten Mädchen

Fandorin ermittelt

Roman

*Aus dem Russischen
von Thomas Reschke*

Aufbau Taschenbuch Verlag

Die Originalausgabe unter dem Titel
Декоратор
erschien 1998 bei Sacharow-AST, Moskau.

ISBN 3-7466-1765-0

1. Auflage 2003
© Aufbau Taschenbuch Verlag GmbH, Berlin 2003
© B. Akunin 1998
Umschlaggestaltung Torsten Lemme
unter Verwendung der Gemälde
»The Dinner Hour«, Wigan, 1874, von Eyre Crowe
und »Der Student« von Nikolai Alexandrowitsch Jaroschenko
Druck GGP Media, Pößneck
Printed in Germany

www.aufbau-taschenbuch.de

verstärkt. »Gehen Sie h-hinein … Ein P-Protokoll … ein ausführliches … Photographische A-Aufnahmen aus allen Blickwinkeln. Und daß die Spuren nicht z-zertrampelt werden …«

Er krümmte sich wieder, aber diesmal zitterte die ausgestreckte Hand nicht, und er wies mit dem Daumen unerbittlich auf die schiefe Tür des Holzschuppens, aus dem er vor wenigen Minuten kreideweiß herausgewankt war.

Zurückzugehen in das graue Halbdunkel, wo es nach Blut und Eingeweiden roch, widerstrebte Anissi. Aber Dienst ist Dienst.

Er atmete möglichst viel feuchte Aprilluft ein (ach, wenn ihm bloß nicht schlecht wurde), bekreuzigte sich und trottete gottergeben hinein.

In dem Schuppen, der zur Aufbewahrung von Brennholz diente, jetzt aber, vor dem baldigen Ende des Frostes, fast leer war, hatten sich zahlreiche Leute versammelt: der Untersuchungsführer, Polizeiagenten, Gendarmen, der Quartalsaufseher, der Reviervorsteher, der Gerichtsarzt, der Photograph, Schutzleute und der Hausmeister Klimuk, der die ungeheuerliche Untat entdeckt hatte – am Morgen hatte er Holz aus dem Schuppen holen wollen und die Bescherung gesehen, er hatte gehörig geschrien und dann die Polizei geholt.

Zwei Öllampen brannten, über die niedrige Decke schwankten Schatten. Es war still, nur in der Ecke schluchzte und schniefte ein blutjunger Polizist.

»Na, was haben wir denn da?« schnurrte neugierig der Gerichtsmediziner Jegor Williamowitsch Sacharow und hob mit dem Gummihandschuh etwas Schwammiges Blaurotes vom Boden auf. »Das ist ja die Milz, die Gute. Ausgezeichnet. In die Tüte damit, in die Tüte. Noch was Inneres, die linke

Ein scheußlicher Anfang

4. April, Kardienstag, Morgen

Erast Fandorin, dem Beamten für Sonderaufträge beim Moskauer Generalgouverneur, Träger russischer und ausländischer Orden, drehte sich der Magen um.

Sein schmales bläulich blasses Gesicht verzog sich leidend, eine Hand im weißen Glacéhandschuh mit Silberknöpfchen war gegen die Brust gepreßt, die andere fuhr krampfhaft durch die Luft – mit dieser vagen Geste wollte er seinen Assistenten beruhigen: Lappalie, geht gleich vorüber. Aber nach den anhaltenden qualvollen Konvulsionen zu urteilen, war es durchaus keine Lappalie.

Fandorins Assistent, der Gouvernementsekretär Anissi Tulpow, ein dürrer, unansehnlicher junger Mann von dreiundzwanzig Jahren, hatte seinen Chef nie zuvor in einem derart desolaten Zustand gesehen. Tulpow war übrigens selbst ein bißchen grün im Gesicht, aber dem Brechreiz hatte er widerstanden, worauf er jetzt insgeheim stolz war. Dieses unfeine Gefühl währte nur einen Moment und verdiente keine weitere Aufmerksamkeit, doch die unerwartete Dünnhäutigkeit des vergötterten, stets so kaltblütigen und jeder Gefühlsduselei abholden Chefs beunruhigte ihn ernstlich.

»G-Gehen Sie …«, stieß der Kollegienrat Fandorin hervor und wischte sich mit dem Handschuh die lila Lippen. Sein leichtes Stottern, Folge einer lange zurückliegenden Hirnprellung, wurde durch die seelische Erschütterung deutlich

Niere, nun haben wir alles beisammen bis auf ein paar Kleinigkeiten … Was haben Sie denn da unter dem Stiefel, Monsieur Tulpow? Gekröse?«

Anissi blickte nach unten, wich entsetzt zur Seite und wäre fast gegen den ausgestreckten Körper der Toten geprallt – Stepanida Andrejitschkina, 39 Jahre alt, ledig. Diese Angaben, wie auch der Beruf der Toten, waren dem gelben Ausweis entnommen, der ordentlich auf der geöffneten Brust lag. Sonst war nichts ordentlich an der toten Frau.

Ihr Gesicht, das wohl auch zu Lebzeiten nicht eben anziehend gewesen war, sah im Tod grauenhaft aus: blau angelaufen, voller verklumpter Puderflecke, die Augen aus den Höhlen getreten, der Mund in einem stummen Schrei erstarrt. Weiter unten hinzuschauen war noch schrecklicher: Der Täter hatte den armen Körper der Straßendirne längs und quer aufgeschnitten, hatte die gesamte Füllung herausgenommen und sie auf der Erde zu einem bizarren Muster ausgebreitet. Sacharow hatte bereits fast alles eingesammelt und in numerierte Tüten gesteckt. Übrig waren noch eine schwarze Blutlache und winzige Fetzen des zerschnittenen oder zerrissenen Kleides.

Leonti Ishizyn, der Untersuchungsführer für wichtige Fälle beim Bezirksstaatsanwalt, hockte sich neben den Arzt und fragte sachlich: »Spuren von Geschlechtsverkehr?«

»Das sage ich Ihnen später, mein Bester. Ich schreibe einen hübschen Bericht, in dem ich alles ausführlich darlege. Hier herrscht ja, wie Sie selber sehen, ägyptische Finsternis und Höllengestöhn.«

Wie jeder Ausländer, der die russische Sprache perfekt beherrscht, flocht Doktor Sacharow in seine Rede gern farbige Wendungen ein. Ungeachtet des russischen Nachnamens war der Arzt britischen Geblüts. In der Regierungszeit des verblichenen Zaren war sein Herr Vater, ebenfalls Arzt, nach Rußland gekommen, hatte sich eingelebt und den für russische Ohren schwierigen Namen Zacharias den örtlichen Bedingungen angepaßt – das hatte Sacharow selbst einmal erzählt. Man sah ihm an, daß er kein richtiger Russe war: hochaufgeschossen, knochig, sandfarbenes Haar, breiter Mund, schmale Lippen, beweglich, ständig eine Meerschaumpfeife von einem Mundwinkel zum anderen schiebend.

Untersuchungsführer Ishizyn sah mit gespieltem Interesse zu, wie der Arzt den nächsten Gewebefetzen des geschundenen Leibes in den Händen drehte, und sagte sarkastisch: »Na, Herr Tulpow, schnappt Ihr Chef immer noch nach Luft? Ich habe ja gesagt, wir wären auch ohne Überwachung durch den Gouverneur zurechtgekommen. Das hier ist kein Anblick für empfindsame Augen, wir dagegen sind an alles gewöhnt.«

Verständlich, daß Ishizyn unzufrieden und mißgünstig war. Sollte er vielleicht jubeln, daß ihm Fandorin höchstselbst zur Beaufsichtigung beigegeben wurde? Das würde keinem Ermittler gefallen.

»Linkow, heul nicht wie ein Weib«, schnauzte er den schluchzenden Polizisten an. »Gewöhn dich dran. Du bist nicht für ›Sonderaufträge‹ zuständig, du wirst noch alles mögliche zu sehen kriegen.«

»Verhüte Gott, daß man sich an so was gewöhnt«, brummte der Wachtmeister Pribludko, ein erfahrener alter Polizist, den Anissi von einem drei Jahre zurückliegenden Fall kannte.

Auch mit dem Untersuchungsführer Ishizyn arbeitete er nicht das erstemal zusammen. Ein unangenehmer Herr – nervös, stets ein spöttisches Lächeln auf den Lippen, aber stechende Augen. Immer wie aus dem Ei gepellt, der Kragen wie aus Alabaster, die Manschetten von noch strahlenderem Weiß. Schnipste ständig imaginäre Stäubchen von den Schultern. Ein Ehrgeizling, der im Begriff war, eine große Karriere zu machen. Doch Anfang Januar, zu Epiphanias, war er in dem Erbschaftsfall des Kaufmanns Sitnikow nicht weitergekommen. Der Fall erregte Aufsehen, berührte zum Teil sogar die Interessen einflußreicher Personen und duldete keine Verzögerung, darum hatte Fürst Dolgorukoi den Kollegienrat Fandorin gebeten, der Staatsanwaltschaft zu helfen. Und wie Fandorins Hilfe aussieht, weiß man ja – er machte sich an die Arbeit und entwirrte den Fall innerhalb eines Tages. Und nun fürchtete Ishizyn nicht zu Unrecht, daß ihm abermals kein Lorbeer winkte.

»Das wär's dann wohl«, sagte er. »Also, die Leiche ins Schauhaus der Polizei in der Boshedomka. Den Schuppen versiegeln und einen Polizisten davorstellen. Alle Bewohner ringsum befragen, und zwar eindringlich. Ob sie etwas Verdächtiges gesehen oder gehört haben. Klimuk, du hast das letztemal in der elften Stunde Holz aus dem Schuppen geholt, richtig?« fragte Ishizyn den Hausmeister. »Und der Tod ist nicht später als zwei Uhr nachts eingetreten?« (Das galt dem Gerichtsmediziner Sacharow.) »Also interessiert uns die Zeit zwischen zehn und zwei Uhr nachts.« Und wieder zu Klimuk: »Hast du vielleicht mit jemandem aus der Nachbarschaft geredet? Hat man dir irgend etwas erzählt?«

Der Hausmeister (besenartiger scheckiger Bart, buschige Brauen, beuliger Schädel, etwa 1,60 Meter groß, besonderes Kennzeichen: eine Warze mitten auf der Stirn – so übte sich Anissi in der Personenbeschreibung) stand da und knetete die ohnehin hoffnungslos zerknautschte Schirmmütze.

»Nein, Euer Hochwohlgeboren. Ich weiß rein nichts. Ich hab das Schuppentor zugesperrt und bin gleich hin zu Herrn Pribludko. Und vom Polizeirevier haben sie mich nicht weggelassen, bis der Oberste gekommen ist. Die Bewohner, die haben keinen Schimmer. Das heißt, sie haben natürlich gesehen, daß die Polente hier aufgekreuzt ist ... Daß die Herren Polizisten sich hierher bemüht haben. Aber von diesem Graus da«, er schielte furchtsam zu der Leiche, »davon wissen sie nichts.«

»Genau das werden wir überprüfen«, sagte Ishizyn auflachend. »Also, die Agenten an die Arbeit. Und Sie, Herr Sacharow, schaffen Ihre Schätze weg. Und daß mir bis Mittag ein vollständiger Bericht vorliegt, in aller Form.«

»Die Herren Geheimagenten b-bitte ich noch dazubleiben«, erklang von hinten Fandorins leise Stimme. Alle drehten sich um.

Wann war der Kollegienrat hereingekommen? Die Tür hatte überhaupt nicht gequietscht. Selbst im Halbdunkel war zu sehen, wie blaß und verstört er war, doch seine Stimme war ruhig, seine Redeweise unverändert – zurückhaltend, höflich, aber so, daß keiner Lust verspürte zu widersprechen.

»Herr Ishizyn, selbst der Hausmeister hat begriffen, daß es sich v-verbietet, über das Vorgefallene zu sprechen«, sagte er streng. »Ich habe den Auftrag, für strikte Geheimhaltung zu sorgen. Keinerlei Befragungen. Darüber hinaus bitte, ja, verpflichte ich alle Anwesenden, über die Umstände des Falles Stillschweigen zu wahren. Den Anwohnern ist zu erklären, daß ... eine Straßendirne sich e-erhängt, Hand an sich gelegt hat, das Übliche. Sollten Gerüchte über den Vorfall in Moskau umgehen, wird jeder von Ihnen überprüft, und wer die Schweigepflicht verletzt hat, wird streng bestraft. Entschuldigung, meine Herren, aber diese I-Instruktionen habe ich erhalten, und dafür gibt es gute Gründe.«

Die Polizisten wollten auf ein Zeichen des Arztes die an der Wand lehnende Bahre ergreifen, um die Tote darauf zu legen, aber der Kollegienrat hob die Hand.

»W-Warten Sie.«

Er beugte sich über die Tote.

»Was hat sie da auf der Wange?«

Ishizyn zuckte pikiert mit den schmalen Schultern.

»Einen Blutfleck. Wie Sie sehen, gibt es hier Blut im Überfluß.«

»Aber nicht im Gesicht.«

Fandorin wischte den ovalen Fleck vorsichtig mit dem Finger ab – auf dem weißen Glacéleder des Handschuhs blieb eine Spur zurück. In äußerster Erregung, wie es Anissi schien, murmelte der Kollegienrat: »Kein Schnitt, kein Biß.«

Der Untersuchungsführer beobachtete die Handlungen des Beamten mit Befremden, der Arzt mit Interesse.

Fandorin holte eine Lupe aus der Jackentasche, hielt sie an das Gesicht des Opfers, schaute hindurch und seufzte.

»Der Abdruck von Lippen! Mein Gott, das ist die Spur eines Kusses! Daran gibt es keinen Zweifel!«

»Was echauffieren Sie sich so?« giftete Ishizyn. »Als ob's hier keine schlimmeren Zeichen gäbe.« Er wies mit der Stiefelspitze auf den geöffneten Brustkasten und die gähnende Bauchhöhle. »So ein Halbirrer verfällt auf die absurdesten Ideen.«

»Ach, wie scheußlich«, murmelte der Kollegienrat, an niemanden gewandt.

Mit einer raschen Bewegung riß er sich den beschmutzten

11

Handschuh herunter und warf ihn weg. Dann richtete er sich auf, schloß die Augen und sagte ganz leise: »Mein Gott, geht das jetzt etwa in Moskau los ...«

What a piece of work is man! how noble in reason! how infinite in faculty! In form and moving how express and admirable! in action how like an angel! in apprehension how like a god! the beauty of the world! the paragon of animals! And yet, to me, what is this quintessence of dust!* Sei's drum! Mag der Prinz von Dänemark, ein müßiges und blasiertes Wesen, nichts mit dem Menschen im Sinn gehabt haben, ich ja! Der Barde hat zur Hälfte recht: Im Handeln der Menschen ist wenig Engelhaftes, und es ist lästerlich, das menschliche Begreifen mit dem Gottes zu vergleichen, aber etwas Schöneres als den Menschen gibt es nicht auf Erden. Was aber das Handeln und Begreifen angeht – so ist das eine Schimäre, Eitelkeit, Betrug, wirklich die Quintessenz von Staube. Der Mensch, er ist nicht Handeln, er ist Körper. Selbst die Pflanzen, die dem Auge schmeicheln, die üppigsten und wundersamsten Blumen sind nicht zu vergleichen mit dem grandiosen Bau des menschlichen Körpers. Blumen sind primitiv und simpel, innen gleichermaßen wie außen: Wie du ein Blütenblatt auch drehst, es ist langweilig anzuschauen. Was sind ihre gierigen Stengel, die armselig-geometrischen Blütenstände, die jämmerlichen Staubfäden gegen den Purpur straffer Muskeln, die Elastizität seidiger Haut, das silbrige Perlmutt des

---

* Welch ein Meisterwerk ist der Mensch! wie edel durch Vernunft! wie unbegrenzt an Fähigkeiten! in Gestalt und Bewegung wie bedeutend und wunderwürdig! im Handeln wie ähnlich einem Engel! im Begreifen wie ähnlich einem Gott! die Zierde der Welt! das Vorbild der Lebendigen! Und doch, was ist mir diese Quintessenz von Staube? (Deutsche Übertragung von A. W. Schlegel.)

Magens, die graziösen Windungen des Darms und die geheimnisvolle Asymmetrie der Leber!

Läßt sich denn die eintönige Färbung blühenden Mohns vergleichen mit den vielfältigen Nuancen des menschlichen Blutes – vom tiefen Scharlachrot des Arterienstroms bis zum königlichen venösen Purpur? Was ist das vulgäre Blau der Glockenblume gegen die zarte hellblaue Zeichnung der Kapillaren oder die herbstliche Färbung des Ahorns gegen das flammende Rot des monatlichen Flusses? Der weibliche Körper ist viel raffinierter und hundertmal interessanter als der männliche. Die Funktion des weiblichen Körpers ist nicht grobe Arbeit und Zerstörung, sondern Erschaffung und Wartung. Die elastische Gebärmutter gleicht einer kostbaren Perlmuschel. Das ist die Idee! Einen befruchteten Schoß öffnen, um im Innern der Muschel eine heranreifende Perle zu entdecken – ja, ja, unbedingt! Gleich morgen!

Ich mußte zu lange fasten seit der Butterwoche*.

Meine Lippen dörrten aus, als sie immer wieder sagten: »Erquicke mein verfluchtes Herz mit Fasten, das die Leidenschaft ertötet!« Der Herr ist gütig und gnädig, Er wird mir nicht zürnen, daß die Kraft nicht reichte, noch sechs Tage bis zum Ostersonntag auszuharren. Immerhin ist der 3. April kein gewöhnlicher Tag, sondern der Jahrestag der Erleuchtung. Damals war es auch der 3. April. Daß ein anderer Kalender galt, ist unwichtig. Wichtig ist die Musik der Worte: drit-ter A-pril.

Ich habe meine eigenen Fasten, mein eigenes Ostern. Wenn ich schon die Fasten breche, dann richtig. Nein, ich werde nicht bis morgen warten. Heute! Ja, ja, ein Festmahl veranstalten.

---

* In Rußland die Woche vor den Osterfasten, in der nach altem Brauch Plinsen mit ausgelassener Butter gegessen wurden, entspricht unserer Fastnachtswoche. Anm. d. Ü.

Nicht sich sättigen, nein, sich übersättigen. Nicht um meinet-
willen, sondern zum Ruhme Gottes.

Denn Er war es, der mir die Augen öffnete und mich lehrte,
wahre Schönheit zu sehen und zu begreifen. Mehr noch, sie zu
enthüllen und der Welt sichtbar zu machen. Und das ist gleich-
bedeutend mit Erschaffen. Ich bin ein Geselle des Schöpfers.

Was für ein Genuß, nach langer Enthaltsamkeit die Fasten zu
brechen. Ich erinnere mich an jeden köstlichen Augenblick, ich
weiß, daß das Gedächtnis alles bis ins kleinste Detail bewahren
wird, jede visuelle, geschmackliche, fühlbare, hörbare, geruch-
liche Empfindung. Ich schließe die Augen und sehe:

Später Abend. Ich kann nicht schlafen. Erregung und Begeiste-
rung führen mich durch schmutzige Straßen, vorbei an Öd-
plätzen, krummen Häuschen und schiefen Zäunen. Schon viele
Nächte hintereinander flieht mich der Schlaf. Ich spüre einen
Druck auf der Brust und ein Pochen in den Schläfen. Tagsüber
entschlummere ich für eine halbe oder eine Stunde und erwache
von schrecklichen Traumgesichten, an die ich mich dann nicht
mehr erinnern kann.

Ich gehe und träume vom Tod, von der Begegnung mit Ihm,
aber ich weiß: Sterben darf ich nicht, es ist zu früh, meine Mis-
sion ist noch nicht erfüllt.

Eine Stimme aus der Dunkelheit: »Wie wär's mit einem
Schnäpschen?« Eine klirrende, versoffene Stimme. Ich drehe
mich um und sehe das widerlichste und häßlichste aller mensch-
lichen Geschöpfe: eine heruntergekommene Nutte, betrunken,
abgerissen, aber dabei grotesk angemalt mit weißer Schminke
und Lippenstift.

Ich wende mich angeekelt ab, aber plötzlich durchdringt
wohlbekanntes Erbarmen mein Herz. Arme Kreatur, was hast

du mit dir gemacht! Und das soll eine Frau sein, Meisterwerk göttlicher Kunst! Wie kann man nur sich selbst so verhöhnen und erniedrigen, Gottes Gabe so schänden!

Du selbst hast natürlich keine Schuld. Die seelenlose, grausame Gesellschaft hat dich in den Schmutz geworfen. Aber ich werde dich reinigen und retten. Die Seele ist licht und froh.

Wer hätte gedacht, daß es so kommt. Ich habe nicht die Absicht gehabt, die Fasten zu brechen, sonst wäre ich nicht durch dieses Elendsviertel gegangen, sondern durch die stinkenden Gassen von Chitrowka oder Gratschowka, wo Gemeinheit und Laster zu Hause sind. Aber Edelmut und Großzügigkeit, ganz leicht gefärbt von ungeduldiger Begierde, erfüllen mich.

»Ich will dich erfreuen, meine Liebe«, sage ich. »Komm mit.«

Ich trage Männersachen, und die Hexe denkt, es habe sich ein Käufer für ihre faulige Ware gefunden. Sie lacht heiser. »Wohin gehn wir denn? Hör mal, haste überhaupt Kohle? Spendier mir was, vor allem was zu trinken.« Ein armes verirrtes Schaf.

Ich führe sie durch einen dunklen Hof, zu den Schuppen. Ungeduldig rüttle ich an einer Tür, einer zweiten, die dritte ist nicht verschlossen.

Die Glückliche atmet mir Fuseldunst ins Genick und kichert. »Na so was, in den Schuppen bringste mich. Hast es aber nötig.«

Ein zügiger Schnitt mit dem Skalpell, und ich öffne ihrer Seele die Tür zur Freiheit.

Aber die Befreiung erfolgt nicht ohne Qualen, es ist wie eine Geburt. Die Frau, die ich jetzt von ganzem Herzen liebe, hat große Schmerzen, sie röchelt und beißt auf den Knebel, aber ich streichle ihren Kopf und tröste sie: »Gedulde dich.« Meine Hände tun rasch und sauber ihr Werk. Licht brauche ich nicht, meine Augen sehen in der Nacht so gut wie am Tage.

Ich öffne die geschändete, schmutzige Hülle ihres Körpers, die

15

Seele meiner lieben Schwester schwingt sich empor, und ich ersterbe in Andacht vor der Vollkommenheit des göttlichen Mechanismus.

Als ich mit einem innigen Lächeln ihr heißes Herz zu meinem Gesicht hochhebe, zuckt und zappelt es noch wie ein gefangener Fisch, und ich küsse das wunderbare Fischlein zärtlich auf die geöffneten Lippen der Aorta.

Der Ort ist gut gewählt, niemand stört mich, und dieses Mal wird die Hymne auf die Schönheit bis zum Ende gesungen und mit einem Kuß auf die Wange vollendet. Schlafe, meine Schwester, dein Leben war widerlich und scheußlich, dein Anblick hat das Auge beleidigt, aber dank meiner bist du schön geworden.

Nehmen wir wieder die Blume. Ihre wahre Schönheit ist nicht auf der Wiese und nicht auf dem Beet zu sehen, o nein! Die Rose wirkt königlich im Mieder, die Nelke im Knopfloch, das Veilchen im Haar einer schönen Frau. Der Triumph einer Blume bricht an, wenn sie schon geschnitten ist, ihr wahres Leben ist vom Tod nicht zu trennen. So ist es auch mit dem menschlichen Körper. Solange er lebt, kann er sich nicht in der ganzen Großartigkeit seines wunderschönen Baus zeigen. Ich helfe dem Körper zu triumphieren. Ich bin ein Gärtner.

Doch nein, ein Gärtner schneidet nur die Blumen ab, ich aber schaffe aus Körperorganen ein Wandgemälde von berauschender Schönheit, eine erhabene Dekoration. In England kommt ein neuer Beruf in Mode – decorator, ein Spezialist für die Verschönerung des Hauses, des Schaufensters, der festlichen Straße.

Ich bin kein Gärtner, ich bin ein Dekorateur.

Je weiter, desto schlimmer

4. April, Kardienstag, Mittag

An der außerordentlichen Sitzung beim Moskauer General-gouverneur Fürst Wladimir Dolgorukoi nahmen teil:

der Oberpolizeimeister, Generalmajor der Suite Seiner Kaiserlichen Hoheit Jurowski;

der Staatsanwalt der Moskauer Strafkammer, wirklicher Staatsrat und Kammerherr Kosljatnikow;

der Leiter der Moskauer Kriminalpolizei, Staatsrat Ejchman;

der Beamte für Sonderaufträge beim Generalgouverneur, Kollegienrat Fandorin;

der Untersuchungsführer für wichtige Fälle beim Staatsanwalt der Moskauer Strafkammer, Hofrat Ishizyn.

»Ein Wetter ist das, ein Wetter, einfach ekelhaft.« Mit diesen Worten eröffnete der Generalgouverneur die geheime Sitzung. »Das ist doch eine Schweinerei, meine Herren. Trüber Himmel, Wind, Nässe, Dreck, und das Schlimmste, die Moskwa führt mehr Hochwasser als sonst. Ich bin nach Samoskworetschje gefahren – ein Alptraum. Das Wasser ist auf fast siebeneinhalb Meter gestiegen! Bis zur Pjatnizkaja ist alles überschwemmt. Und auch am linken Ufer geht es drunter und drüber. Man kann nicht über den Neglinny-Projesd fahren. Wir werden uns blamieren, meine Herren. Auf seine alten Tage muß Dolgorukoi noch solch eine Schande erleben!«

Alle Anwesenden seufzten bekümmert, nur auf dem Gesicht des Untersuchungsführers für wichtige Fälle malte sich Befremden, und der Fürst, der sich durch außerordentliche Beobachtungsgabe auszeichnete, hielt es für angebracht zu erklären: »Ich sehe, junger Mann ... wie war doch gleich ... Glagolew? Nein, Bukin.«

»Ishizyn, Hohe Exzellenz«, soufflierte ihm der Staatsanwalt, aber nicht laut genug, denn in seinem neunundsiebzigsten Lebensjahr war der Moskauer Vizekönig (wie der Generalgouverneur auch genannt wurde) schon recht harthörig.

»Verzeihen Sie einem alten Mann.« Der Gouverneur breitete gutmütig die Arme aus. »Also, Herr Pyshizyn, ich sehe, Sie sind nicht auf dem laufenden ... Sicherlich fällt es nicht in Ihr Ressort. Aber da wir nun hier zusammensitzen ... Also«, Dolgorukois längliches Gesicht mit dem herabhängenden kastanienbraunen Schnurrbart nahm einen feierlichen Ausdruck an, »zum lichten Osterfest wird Seine Majestät unsere Residenz mit einem Besuch beehren. Kein Pomp, keine Zeremonien, man will sich vor den Moskauer Heiligenbildern verneigen. Es wurde angeordnet, die Moskauer Bevölkerung im voraus nicht in Kenntnis zu setzen, denn die Visite soll impromptu sein. Was uns natürlich nicht der Verantwortung für das Niveau der Begegnung und den allgemeinen Zustand der Stadt enthebt. Da erhalte ich zum Beispiel heute morgen, meine Herren, ein Schreiben von Seiner Eminenz Ioanniki, dem Moskauer Metropoliten. Er führt Klage darüber, daß vor dem heiligen Osterfest in den Konditoreien Unerhörtes zu sehen ist: In den Schaufenstern und auf den Verkaufstischen stapeln sich Konfektschachteln und Bonbonieren mit Abbildungen des Abendmahls, des Kreuzeswegs, Golgathas und so weiter. Das ist Lästerung, meine Herren! Geruhen Sie, liebwerter Herr«, wandte sich der Fürst an den Oberpolizeimeister, »noch heute Anweisung an die Polizei ergehen zu lassen, solcherlei Liederlichkeiten aufs strengste zu unterbinden. Die Schachteln sind zu vernichten, der Inhalt ist dem Findelhaus zu übergeben. Sollen sich die Waisenkinder zum Festtag daran gütlich tun. Die Ladenbesitzer sind mit einer Strafe zu belegen, damit sie mich vor dem allerhöchsten Besuch nicht in die Bredouille bringen.«

Der Generalgouverneur rückte aufgeregt die etwas verrutschte Lockenperücke zurecht, wollte noch etwas sagen, mußte aber husten.

Da tat sich sogleich eine unsichtbare Tür auf, die in die inneren Gemächer führte, und von dort kam, lautlos in hohen Filzschuhen, ein krummbeiniger dürrer Greis mit einem blitzblanken kahlen Schädel und übergroßem Backenbart hereingehuscht – der persönliche Kammerdiener des Fürsten, Frol Wedistschew. Sein plötzliches Erscheinen verwunderte niemanden. Alle Anwesenden erachteten es für unerläßlich, den Eingetretenen mit einer Verbeugung oder zumindest einem Nicken zu begrüßen, denn Wedistschew galt, ungeachtet seiner bescheidenen Stellung, in der altehrwürdigen Stadt als eine einflußreiche und in mancher Beziehung sogar allmächtige Person.

Der Kammerdiener träufelte aus einem Fläschchen flink eine Mixtur in einen kleinen Silberbecher, reichte ihn dem Fürsten und verschwand ebenso rasch, wie er gekommen war, ohne jemanden anzublicken.

»Dank dir, Frol, mein Bechter«, nuschelte der Generalgouverneur und ruckte mehrmals mit dem Kinn, um das Gebiß zurechtzurücken. Dann fuhr er in normaler Aussprache

19

fort: »Und nun bitte ich Erast Petrowitsch, uns zu erklären, warum die heutige Sitzung so dringlich ist. Wie Sie sich wohl denken können, mein Guter, ist bei mir jede Minute gezählt. Also, was ist passiert? Befürchten Sie, daß sich Gerüchte über die schreckliche Missetat unter der Bevölkerung ausbreiten? Das hätte uns vor dem allerhöchsten Besuch noch gefehlt.«

Fandorin erhob sich, und die Blicke der höchsten Moskauer Ordnungshüter richteten sich auf das blasse, entschlossene Gesicht des Kollegienrats.

»Maßnahmen zur Wahrung des G-Geheimnisses sind ergriffen, Euer Erlaucht«, begann er zu referieren. »Jeder, der an der Tatortbesichtigung teilgenommen hat, wurde auf seine Verantwortung hingewiesen und mußte eine Schweigeverpflichtung unterschreiben. Der Hausmeister, der die Leiche gefunden hat, ein Mann, der zu übermäßigem Alkoholgenuß neigt und dann unberechenbar ist, wurde vorübergehend in Gewahrsam genommen und in einer speziellen Z-Zelle der Gendarmerieverwaltung untergebracht.«

»Sehr schön«, lobte der Gouverneur. »Wozu bedurfte es dann dieser Zusammenkunft? Warum haben Sie gebeten, die Leiter der Ermittlungs- und der Polizeibehörden zusammenzuholen? Sie hätten doch alles mit Pyshizyn entscheiden können.«

Fandorin warf unwillkürlich einen Blick auf den Untersuchungsführer, zu dem der vom Fürsten erfundene Name* erstaunlich gut paßte, aber ihm war in diesem Moment nicht nach Scherzen zumute.

»Hohe Exzellenz, ich habe nicht g-gebeten, den Leiter der Kriminalpolizei einzuladen. Der Fall ist äußerst beunruhi-

---

* abgeleitet von pyshitsja (russ.) = sich aufblasen, wichtig machen. Anm. d. Ü.

gend und von höchster Wichtigkeit, so daß sich außer der Staatsanwaltschaft die operative Abteilung der Gendarmerie unter persönlicher Kontrolle des Herrn Oberpolizeimeisters damit beschäftigen muß. Die Kriminalpolizei jedoch möchte ich überhaupt nicht einschalten, dort sind zu viele zufällige Leute. Erstens.«

Fandorin machte eine vielsagende Pause. Der Staatsrat Ejchman wollte protestieren, doch der Gouverneur gebot ihm mit einer Geste zu schweigen.

»Da habe ich Sie also umsonst herbemüht, Verehrtester«, sagte er freundlich. »Gehaben Sie sich wohl und halten Sie Ihre Taschendiebe und Freimaurer im Zaum, sie sollen den Ostersonntag bei sich in Chitrowka feiern und ja nicht die Nase herausstecken. Ich hoffe da sehr auf Sie, Pjotr Rejngardowitsch.«

Ejchman erhob sich, verbeugte sich schweigend, lächelte nur mit den Lippen Fandorin zu und ging hinaus.

Der Kollegienrat stieß einen Seufzer aus, denn er wußte, daß er nun in dem Leiter der Moskauer Kriminalpolizei einen ewigen Feind haben würde, doch der Fall war so fürchterlich, daß er kein zusätzliches Risiko duldete.

»Ich kenne Sie«, sagte der Gouverneur und blickte seinen zuverlässigen Beamten gespannt an. »Wenn Sie ›erstens‹ sagen, dann folgt auch ein ›zweitens‹. Reden Sie. Spannen Sie uns nicht auf die Folter.«

»Es tut mir sehr leid, Wladimir Andrejewitsch, aber Sie müssen den Besuch des Zaren absagen«, sagte Fandorin ziemlich leise, aber diesmal hörte der Fürst sehr gut.

»Absagen?« ächzte er.

Die übrigen Anwesenden nahmen die empörende Erklärung des anmaßenden Beamten stürmischer auf.

21

»Sie sind ja verrückt!« rief der Oberpolizeimeister Jurowski.

»Unerhört!« blaffte der Staatsanwalt.

Der Untersuchungsführer für wichtige Fälle erlaubte sich keine Äußerung, dazu war sein Rang zu gering, aber er preßte die dicken Lippen zusammen, um so seine Empörung über Fandorins aberwitzige Auslassung zu zeigen.

»Absagen?« wiederholte der Fürst mit erloschener Stimme.

Die Tür zu den inneren Gemächern öffnete sich einen Spalt, in dem sich das Gesicht des Kammerdieners zeigte.

Der Gouverneur erhob in äußerster Erregung die Stimme und verschluckte ganze Wörter: »Petrowitsch, nicht das erste Jahr ... Sie kein leeres Stroh ... Aber allerhöchsten absagen! Unerhörter Skandal! Sie wissen doch, wie ich mich bemüht ... für mich, für uns alle ...«

Fandorin runzelte die hohe Stirn. Er wußte sehr gut, wie lange und intrigenreich der Gouverneur diesen allerhöchsten Besuch angestrebt hatte. Und was für Ränke die gegnerische Petersburger Kamarilla geschmiedet hatte, die schon seit zwanzig Jahren den alten Fuchs von dem beneidenswerten Posten zu verdrängen suchte. Der österliche Besuch Seiner Majestät war für den Fürsten ein Triumph, ein sicheres Indiz für die Unerschütterlichkeit seiner Position. In der nächsten Woche stand ihm ein großer Festtag bevor – das sechzigjährige Offiziersjubiläum. Aus diesem Anlaß konnte er auf den Andreas-Orden hoffen. Und nun sollte er selber den Besuch absagen!

»Ich v-verstehe alles, Euer Erlaucht, aber nicht absagen wäre noch schlimmer. Diese Untat wird nicht die letzte sein.« Das Gesicht des Kollegienrats wurde mit jedem Wort finsterer. »Ich fürchte, daß Jack the Ripper nach Moskau gekommen ist.«

22

Wieder löste Fandorins Erklärung bei den Anwesenden einhelligen Unmut aus.

»Nicht die letzte?« entrüstete sich der Generalgouverneur.

Der Oberpolizeimeister und der Staatsanwalt riefen im Chor: »Jack the Ripper?«

Und Ishizyn erkühnte sich nun doch und fauchte: »Blödsinn!«

»Was denn für ein Ripper?« knarrte von seiner Tür her Frol Wedistschew, als eine Pause eingetreten war.

»Ja, ja, was für ein Jack?« Der Gouverneur fixierte seine Untergebenen mit sichtlicher Unzufriedenheit. »Alle wissen davon, bloß ich bin nicht eingeweiht. Immer ist es dasselbe!«

»Euer Erlaucht, das ist ein berüchtigter englischer Mörder, der in London Straßenmädchen abschlachtet«, erklärte der Untersuchungsführer.

»Wenn Sie erlauben, Wladimir Andrejewitsch, erzähle ich a-ausführlicher.«

Fandorin zog einen Notizblock aus der Tasche und blätterte einige Seiten durch.

Der Fürst legte die Hand um die Ohrmuschel, Wedistschew setzte eine Brille mit starken Gläsern auf, Ishizyn lächelte ironisch.

»Wie sich Euer Erlaucht vielleicht erinnern, habe ich im vergangenen Jahr einige Monate in England verbracht, als ich in dem Ihnen bekannten F-Fall der verschwundenen Korrespondenz Katharinas der Großen ermittelte. Sie äußerten noch Ihr Mißfallen über meine lange Abwesenheit. Ich hielt mich über das Notwendige hinaus in London auf, weil ich aufmerksam die Fahndungsmethoden der Polizei zur Ergreifung eines Verbrechers verfolgte, der im Verlauf von acht Monaten, von April bis Dezember vorigen Jahres, in East

End acht bestialische Morde verübte. Der Mörder benahm sich äußerst dreist. Er schrieb der Polizei B-Briefchen, in denen er sich Jack the Ripper nannte, und einmal schickte er dem mit dem Fall betrauten Kommissar eine halbe Niere, die er einem seiner Opfer herausgeschnitten hatte.«

»Herausgeschnitten? Aber warum?« wunderte sich der Fürst.

»Es ist nicht die Tatsache der Morde, was die Menschen an den Untaten des Rippers so e-erschüttert hat. In einer Großstadt wie London, in der nicht alles zum besten bestellt ist, gibt es genug Verbrechen, auch Bluttaten. Doch die Art und Weise, wie der Ripper seine Opfer tötete, war in der Tat monströs. Gewöhnlich schnitt er den armen Frauen die Kehle durch, dann weidete er sie aus wie Rebhühner und ordnete die entnommenen Innereien zu einer Art grausigem Stilleben.«

»Heilige Jungfrau«, hauchte Wedistschew und bekreuzigte sich.

Der Fürst rief emphatisch: »Was für Scheußlichkeiten erzählen Sie da! Und, wurde der Verbrecher dingfest gemacht?«

»Nein, aber seit Dezember gab es keine derartigen Morde mehr. Die Polizei kam zu dem Schluß, daß der Verbrecher entweder Hand an sich gelegt oder … England verlassen hat.«

»Und er hatte nichts Besseres zu tun, als zu uns nach Moskau zu kommen.« Der Oberpolizeimeister schüttelte skeptisch den Kopf. »Selbst wenn, es ist ein leichtes, den englischen Mordbuben aufzuspüren und festzusetzen.«

»Wie kommen Sie darauf, daß er Engländer ist?« fragte Fandorin den General. »Alle Morde wurden in Londoner Elendsvierteln verübt, wo viele Auswanderer vom europäischen K-Kontinent leben, auch Russen. Übrigens suchte

24

die englische Polizei den Verdächtigen vorrangig unter immigrierten Medizinern.«

»Warum gerade Mediziner?« erkundigte sich Ishizyn.

»Weil den Opfern die inneren Organe äußerst sachkundig entnommen wurden, höchstwahrscheinlich mit einem Skalpell. Die Londoner Polizei ist überzeugt, daß Jack der Ripper Arzt oder Medizinstudent ist.«

Staatsanwalt Kosljatnikow hob den gepflegten weißen Finger, an dem ein Brillantring funkelte, und sagte: »Aber wie kommen Sie darauf, daß die Andrejitschkina ausgerechnet von dem Londoner Verbrecher getötet und zerstückelt wurde? Als ob wir nicht genug eigene Mörder hätten! Da hat sich so ein Hundesohn bis zum Delirium besoffen und sich dann eingebildet, daß er mit dem grünen Drachen kämpft.«

Der Kollegienrat seufzte und antwortete geduldig: »Fjodor Kallistratowitsch, Sie haben doch den Bericht des Gerichtsarztes gelesen. Im D-Delirium kann man nicht so exakt präparieren, noch dazu ›mit einem Gegenstand von chirurgischer Schärfe‹. Erstens. Wie auch in East End fehlen die sonst üblichen Anzeichen sexueller Exzesse. Zweitens. Das Bedenklichste aber sind die Spuren des blutigen Kusses auf der Wange der Getöteten, drittens. Alle Opfer des Rippers trugen so einen blutigen Stempel – auf der Stirn, auf der Wange, einmal auf der Schläfe. Inspektor Gilson, von dem ich dieses Detail erfuhr, maß dem keine B-Bedeutung bei, denn Absonderlichkeiten gab es bei dem Ripper mehr als reichlich, auch weitaus weniger harmlose. Aus den spärlichen Informationen, die die Kriminalistik über Triebtäter hat, ist jedoch bekannt, was für eine Rolle das Ritual für diese Verbrecher spielt. Den Serienmorden eines Triebtäters liegt stets

25

eine gewisse ›Idee‹ zugrunde, die ihn immer wieder zur Tötung unbekannter Menschen treibt. Ich habe noch in London v-versucht, den Leitern der Ermittlung klarzumachen, daß sie als erstes die ›Idee‹ des Triebtäters ergründen müssen. Das übrige ist eine Frage der Kriminaltechnik. Das Grundmuster des Rituals stimmt bei dem Ripper und unserem Moskauer Mörder völlig überein, daran gibt es nicht den geringsten Zweifel.«

»Das ist sehr abwegig.« General Jurowski schüttelte den Kopf. »Der Ripper soll aus London verschwunden sein, um in einem Moskauer Holzschuppen wieder aufzutauchen … Und außerdem, wegen des Todes einer Prostituierten den allerhöchsten Besuch abzusagen, das ist …«

Fandorin war mit seiner Geduld offenbar am Ende, denn er sagte ziemlich scharf: »Ich möchte Euer Exzellenz daran erinnern, daß der Fall des Rippers den Chef der Londoner Polizei und den Innenminister den Posten gekostet hat, weil sie sich zu lange w-weigerten, den Morden an Prostituierten die nötige Bedeutung beizumessen. Selbst wenn wir davon ausgehen, daß wir es mit einem einheimischen Iwan Ripper zu tun haben, wird es nicht leichter. Da er einmal B-Blut geleckt hat, wird er nicht aufhören. Stellen Sie sich vor, was passiert, wenn uns während des Besuchs Seiner Majestät der Mörder ein neues Geschenk gleich dem heutigen präsentiert? Und wenn sich dann noch herausstellt, daß das heutige Verbrechen nicht das erste dieser Art ist? Das wird ein hübscher Ostersonntag im altehrwürdigen Moskau.«

Der Fürst bekreuzigte sich erschrocken, und der General griff nach dem goldbestickten Kragen, um ihn zu öffnen.

»Es ist ein Wunder, daß es bislang gelungen ist, eine solche Ungeheuerlichkeit geheimzuhalten.« Der Kollegienrat strich sich besorgt über das stutzerhafte schwarze Schnurrbärtchen. »Aber ist es wirklich gelungen?«

Es herrschte Grabesstille.

»Wie es Ihnen beliebt, Wladimir Andrejewitsch«, kam von der Tür die Stimme Wedistschews, »aber er hat recht. Schreiben Sie an Väterchen Zar. So und so, bei uns sind Unwägbarkeiten eingetreten. Uns zum Schaden, aber um Eurer kaiserlichen Ruhe willen bitten wir untertänigst, nicht zu uns nach Moskau zu kommen.«

»Oh, mein Gott.« Die Stimme des Gouverneurs zitterte kläglich.

Ishizyn erhob sich, blickte den hohen Chef ergeben an und verkündete die rettende Idee: »Euer Erlaucht, und wenn wir uns auf die außerordentliche Gewalt des Hochwassers berufen? Daran ist sozusagen nur der himmlische Herrscher schuld.«

»Tüchtig, Pyshizin, tüchtig.« Der Fürst heiterte sich auf. »Ein helles Köpfchen. Das werde ich schreiben. Wenn bloß die Presse nicht von der Greueltat Wind bekommt.«

Der Untersuchungsführer warf einen herablassenden Blick auf Fandorin und nahm wieder Platz, aber nicht, wie zuvor, auf der Stuhlkante, sondern bequem, als Gleicher unter Gleichen.

Doch die Erleichterung im Gesicht des Fürsten wurde gleich wieder von Verzagtheit abgelöst.

»Es wird nicht helfen! Die Wahrheit wird trotzdem ans Licht kommen Wenn Erast Petrowitsch sagt, daß diese Untat nicht die letzte ist, wird es auch so sein. Er irrt sich selten.«

Fandorin warf dem Gouverneur einen befremdeten Blick zu und zog eine Braue hoch: Ach so, es kommt also auch vor, daß ich mich irre?

Da begann der Oberpolizeimeister zu schnaufen, senkte schuldbewußt den Kopf und dröhnte im Baß: »Ich weiß nicht, ob es die letzte ist, aber ich weiß, daß es wohl nicht die erste ist. Meine Schuld, Wladimir Andrejewitsch, ich habe dem keine Bedeutung beigemessen, wollte Sie nicht mit Lappalien behelligen. Der heutige Mord aber übertrifft alles Bisherige, darum habe ich mich angesichts des allerhöchsten Besuchs entschlossen, Ihnen Meldung zu machen. Dabei fällt mir ein, daß sich in letzter Zeit Fälle von bestialischen Verbrechen an Straßenmädchen und Landstreicherinnen gehäuft haben. In der Butterwoche hat man mir mitgeteilt, daß in der Selesnjowskaja eine Bettlerin gefunden wurde, deren Bauch in Streifen geschnitten war. Und davor war am Sucharewka-Markt eine Dirne mit aufgeschlitztem Unterleib entdeckt worden. Im Falle der Bettlerin wurde keine Untersuchung eingeleitet, weil es aussichtslos war, und bei der Dirne dachte man, ihr Lude hätte sie im Suff massakriert. Der junge Mann wurde festgenommen, aber er hat bis jetzt nicht gestanden.«

»Das kann doch nicht wahr sein!« Der Gouverneur schlug die Hände zusammen. »Hätte man sofort mit der Ermittlung begonnen und Erast Petrowitsch darauf angesetzt, dann säße der Unhold vielleicht schon hinter Gittern! Und der Besuch des Zaren brauchte nicht abgesagt zu werden!«

»Aber wer konnte das denn wissen, Euer Erlaucht? Es war keine böse Absicht. Sie wissen ja selber, in was für einer Stadt wir leben, viel gemeines Volk, jeden Tag, den Gott werden läßt, passieren Bestialitäten! Soll ich etwa wegen jeder Kleinigkeit Euer Hohe Exzellenz beunruhigen?« rechtfertigte sich der Oberpolizeimeister mit fast weinerlicher Stimme und blickte hilfesuchend den Staatsanwalt an, doch der maß ihn mit einem strengen Blick, und Ishizyn schüttelte vorwurfsvoll den Kopf Das sieht gar nicht gut aus.

Fandorin unterbrach die Wehklage des Generals mit der knappen Frage: »Wo sind die Leichen?«

»Wo sollen sie schon sein, auf dem Boshedomka-Kirchhof, wo alle Landstreicher, Tagediebe und Paßlosen begraben werden. Wenn es Anzeichen von Gewalt gibt, kommen sie zuerst ins Leichenschauhaus der Polizei, zu Jegor Williamowitsch, und dann auf den dortigen Friedhof. So ist die Vorschrift.«

»Sie müssen exhumiert werden«, sagte Fandorin mit einer Grimasse des Ekels. »Und zwar unverzüglich. Anhand der Listen des Leichenschauhauses ist zu prüfen, welche Personen weiblichen Geschlechts in letzter Zeit, s-sagen wir, seit Neujahr, Spuren eines gewaltsamen Todes aufwiesen. Die sind zu exhumieren. Es ist zu prüfen, ob die Verbrechen nach einem ähnlichen Muster verübt wurden. Die Erde ist noch gefroren, die L-leichen müssen gut erhalten sein.«

Der Staatsanwalt nickte. »Das ordne ich an.« Zu Ishizyn: »Befassen Sie sich damit, Leonti Andrejewitsch.« Und ehrerbietig zu Fandorin: »Und Sie, Erast Petrowitsch, geruhen Sie daran teilzunehmen? Das wäre sehr wünschenswert.«

Ishizyn machte ein saures Gesicht – er fand die Teilnahme des Kollegienrats nicht so wünschenswert.

Fandorin erbleichte plötzlich – er dachte an den schmachvollen Anfall von Übelkeit, der ihn kürzlich übermannt hatte. Nach einem kurzen inneren Kampf gab er seiner Schwäche nach: »Ich werde meinen Assistenten Tulpow zur Unterstützung schicken. Das wird wohl reichen.«

Abends in der neunten Stunde, schon beim Schein von Fackeln, näherte sich die schwere Arbeit dem Ende.

Zu guter Letzt kam vom tintendunklen Himmel auch noch kalter Nieselregen. Die Friedhofslandschaft, ohnehin schon trist, wurde so trostlos, daß man sich wünschte, kopfüber in eins der geöffneten Gräber zu fallen und mit Erde zugeschüttet zu werden, nur um nicht mehr die schmutzigen Pfützen, die aufgeweichten Grabhügel und die schiefen Kreuze zu sehen.

Ishizyn traf die Anordnungen. Sechs Mann gruben: um den Kreis der Eingeweihten nicht zu erweitern, die beiden Polizisten, die schon bei der Tatortbesichtigung dabei waren, außerdem zwei altgediente Gendarmen und zwei Totengräber des Friedhofs, ohne die man sowieso nicht auskam. Solange die Erde schlammig war, arbeiteten sie mit der Schaufel, doch als das Eisen dann auf gefrorenen Boden stieß, griffen sie zur Spitzhacke. Wo gegraben werden mußte, zeigte ihnen der Friedhofswärter.

Laut Liste waren seit Januar des laufenden Jahres 1889 in das Leichenschauhaus der Polizei 14 Frauen gebracht worden, deren »Tod durch Stich- oder Schneidewerkzeuge« herbeigeführt worden war. Jetzt wurden die Toten aus den armseligen Gräbern gezerrt und wieder ins Leichenschauhaus geschafft, wo Dr. Sacharow und sein Assistent Grumow, ein schwindsüchtig aussehender junger Mann mit einem wie angeklebten Ziegenbärtchen und einer dazu passenden dünnen, meckernden Stimme, die Obduktion vornahmen.

Anissi Tulpow hatte einen Blick in den Sezierraum geworfen und beschlossen, es nicht wieder zu tun, sondern lieber draußen bei Wind und Aprilregen auszuharren. Aber nach ein, zwei Stunden, durchfroren und durchnäßt und auch ein wenig abgestumpft, ging er doch wieder hinein und setzte sich in der Ecke auf eine Bank. Dort fand ihn der Wärter Pa-

30

chomenko, der sich seiner erbarmte, ihn mit zu sich nahm und ihm Tee anbot.

Ein feiner Kerl war dieser Wärter. Er hatte ein glatt rasiertes, gütiges Gesicht, von den klaren kindlichen Augen liefen Lachfältchen zu den Schläfen. In seine schöne und volkstümliche Rede flocht er häufig kleinrussische Wörter.

»Wer auf dem Friedhof arbeitet, muß Schwielen auf dem Herzen haben«, sagte er leise und blickte mitfühlend auf den hohläugigen Tulpow. »Schwer legt sich's dem Menschen auf die Seele, wenn er alle Tage so das Ende vor Augen hat: Siehe, Knecht Gottes, auch du wirst so faulen. Allein der Herr ist gnadenreich, er gibt dem Gräber Schwielen auf die Handflächen, damit sich das Fleisch nicht bis auf den Knochen abschürfen tut, und wem menschliche Nöte zusetzen, dem läßt er Schwielen auf dem Herzen wachsen. Damit sich's nicht wundscheuert. Auch du, Jungchen, wirst dich gewöhnen. Du bist ja ganz grün im Gesicht, Kleiner. Trink erstemal Tee und iß eine Semmel. Wirst dich so bei kleinem gewöhnen. Iß nur, iß …«

Anissi saß bei Pachomenko, der in seinem Leben viel herumgekommen war und viel gesehen hatte, und lauschte dessen bedächtiger Erzählung – über Wallfahrten an heilige Orte, über gute und böse Menschen, und seine Seele schien aufzutauen und sein Wille zu erstarken. Nun konnte er zurück zu den schwarzen Gruben, den Brettersärgen, den grauen Leichenhemden.

Der gesprächige Wärter, der hausgemachte Philosoph, brachte Anissi auf eine Idee, die seinen nutzlosen Aufenthalt auf dem Friedhof vollauf wettmachte.

Und das kam so.

Am Abend, gegen sieben, wurde die letzte von vierzehn

31

Leichen in den Seziersaal geschleppt. Der forsche Ishizyn, der vorsorglich Jägerstiefel und einen gummierten Umhang mit Kapuze angezogen hatte, rief den durchnäßten Anissi in den Seziersaal und forderte ihn auf, die Ergebnisse der Exhumierung zu bestätigen.

Anissi biß die Zähne zusammen, versuchte sein Herz mit Schwielen zu schützen und ging von Tisch zu Tisch, sah auf die unschönen Leichen und lauschte dem Resümee des Arztes.

»Diese drei Schönen können zurück: Nummer zwei, acht und zehn«, sagte Sacharow und zeigte lässig mit dem Finger. »Die gehen mich nichts an. Ich seziere nur die, die überprüft werden müssen, in den anderen stochert Grumow. Der Halunke läßt sich dauernd vollaufen, und wenn er blau ist, schreibt er sonstwas zusammen.«

»Was reden Sie da, Jegor Williamowitsch«, meckerte der ziegenbärtige Assistent gekränkt. »Wenn ich auch alkoholische Getränke zu mir nehme, so doch nur in ganz geringem Maße, zur Stärkung der Gesundheit und meiner zerrütteten Nerven. Das ist wirklich nicht recht von Ihnen.«

»Ach was«, sagte der grobschlächtige Doktor und setzte seinen Bericht fort. »Nummer eins, drei sieben, zwölf und dreizehn fallen auch nicht in Ihr Gebiet. Der klassische Fall: ›Messer in die Rippen‹ oder ›Klinge in den Hals‹. Saubere Arbeit, keine Verstümmelungen. Die können zurück.« Sacharow stieß eine kräftige Tabakwolke aus und klopfte einer greulichen blauen Leiche freundschaftlich auf den aufgeschlitzten Bauch. »Die schöne Wassilissa hier und noch vier behalte ich da. Ich muß überprüfen, ob sauber geschnitten wurde, ob das Messer scharf war und so weiter. Auf den ersten Blick riskiere ich die Vermutung, daß Nummer vier und vierzehn die Handschrift unseres Bekannten tragen. Es ist aber zu sehen, daß er in Eile war oder von jemandem erschreckt und daran gehindert wurde, die geliebte Sache richtig zu vollenden.«

Der Doktor grinste, ohne die Pfeife aus dem Mund zu nehmen.

Anissi verglich mit der Liste. Stimmte alles: Nummer vier war die Bettlerin Marja Kossaja von der Kleinen Trjochswjatski-Gasse, Nummer vierzehn die Prostituierte Sotowa von der Swinjin-Gasse. Das waren die beiden Frauen, von denen der Oberpolizeimeister gesprochen hatte.

Ishizyn, ein unerschrockener Mann, gab sich mit den Worten des Experten nicht zufrieden und überprüfte alles. Er steckte die Nase beinahe in die klaffenden Wunden, stellte pingelige Fragen. Anissi beneidete ihn um seine Selbstbeherrschung, schämte sich seiner Überflüssigkeit, fand aber keine Beschäftigung für sich.

Er ging an die frische Luft, wo die Männer rauchten.

»Na, Jungchen, haben wir umsonst gegraben?« fragte Pachomenko. »Müssen wir weitermachen?«

»Wo denn noch?« antwortete Anissi. »Wir haben doch alle ausgegraben. Seltsam. Bloß ein Dutzend Prostituierte, die in ganz Moskau innerhalb von drei Monaten umgebracht wurden. Dabei steht in den Zeitungen, wie gefährlich die Stadt ist.«

»Von wegen ein Dutzend«, schnaubte der Wärter. »Hier sind doch nur die, die einen Namen haben. Die ohne Namen legen wir in die Gräben.«

Anissi schreckte auf: »Was denn für Gräben?«

»Na so was, hat das denn der Herr Dochtur nicht gesagt?« wunderte sich Pachomenko. »Komm und schau selber.«

33

Er führte Anissi ans andere Ende des Friedhofs und zeigte auf eine lange Grube, die nur flüchtig mit Erde bedeckt war.

»Der Graben hier ist von April, der hat ja mal grade erst angefangen. Der da ist von März, schon zugeschüttet.« Er zeigte auf einen länglichen Hügel. »Dort vom Februar, und da vom Januar. Davor weiß ich nicht, dieweil ich da noch nicht hier gearbeitet hab. Ich bin hier seit dem Dreikönigsfest, wie ich von der Wallfahrt aus Optina Pustyn gekommen bin. Vor mir hat sich der Kusma dahier abgeplackt. Den hab ich nicht mehr zu sehen bekommen. An Weihnachten, nach den Fasten, da hat er ein paar Gläser zu viel gekippt, ist in ein offenes Grab gefallen und hat sich das Genick gebrochen. Solch einen Tod hat der Herr ihm zugedacht. Der Knecht Gottes hat die Gräber bewacht, und ein Grab hat ihm den Tod gebracht. Der Herrgott treibt so seine Späße mit uns Friedhofsleut. Wir sind so was wie seine Hausmeister. Zum Beispiel unser Totengräber Tischka …«

»Liegen in den Gräben viele Namenlose?« unterbrach Anissi den Redseligen und hatte schlagartig die feuchten Stiefel und die Kälte vergessen.

»Reichlich. Allein im letzten Monat ist ein Dutzend zusammengekommen, vielleicht auch mehr. Ein Mensch ohne Namen ist wie ein Hund ohne Halsband. Den kannst du gleich auf den Schindanger bringen. Wer keinen Namen mehr hat, der ist schon fast kein Mensch mehr.«

»Waren unter den Namenlosen stark Verstümmelte?«

Der Wärter verzog traurig das weichherzige Gesicht.

»Wer tut sich die Ärmsten schon genauer ankucken? Gut noch, wenn der Küster von der Ioann-Woin-Kirche ein Gebet spricht; es kommt auch vor, daß ich Sünder das ›Ewige Gedenken‹ singe. Ach, ihr Menschenkinder …«

Sieh an, der Untersuchungsführer für wichtige Fälle, dieser pingelige Mensch, dachte Anissi schadenfroh, das hat er übersehen.

Er machte dem Wärter ein Zeichen: Entschuldige, Alter, ich habe zu tun. Und lief im Galopp zum Friedhofsbüro.

»He, Männer«, rief er schon von weitem, »es gibt noch Arbeit! Nehmt Hacken und Spaten und folgt mir!«

Nur der junge Linkow sprang auf. Der alte Wachtmeister Pribludko blieb sitzen, und die Gendarmen drehten sich weg. Sie hatten sich bei der ungewohnten Arbeit genug geschunden und verausgabt, außerdem war Tulpow nicht ihr Chef und machte auch keinen soliden Eindruck. Aber Anissi war nicht mehr zu bremsen und brachte die Männer auf Trab.

Und zu Recht wie sich herausstellen sollte.

Spät am Abend, schon kurz vor Mitternacht, saß Anissi bei seinem Chef in der Kleinen Nikitskaja-Straße (eine schöne Wohnung von sechs Zimmern, mit Kachelöfen, mit elektrischem Licht und Telefon), aß etwas und wärmte sich mit Grog auf.

Es war ein besonderer Grog, aus japanischem Sake, Rotwein und Backpflaumen, zubereitet nach einem Rezept des fernöstlichen Menschen Masahiro Sibata, kurz Masa, Fandorins Diener. Übrigens hatte der Japaner in Sprache und Benehmen nicht die geringste Ähnlichkeit mit einem Diener. Er ging ungezwungen mit Fandorin um und betrachtete Anissi überhaupt nicht als Respektsperson. Anissi nahm bei ihm Unterricht zur körperlichen Ertüchtigung und mußte von dem gestrengen Lehrer viel Schimpf und Hohn einstecken, sogar Prügel, getarnt als Unterweisung im japanischen Faustkampf. Wie sehr Anissi auch schummelte und sich vor den widerlichen fremdländischen Weisheiten zu

35

drücken versuchte, sein Chef war unerbittlich. Fandorin hatte ihm befohlen, die Griffe des Jiu-Jitsu zu erlernen: Und wenn du Blut und Wasser schwitzt, aber erlerne sie. Doch Anissi brachte es als Sportler nicht weit, auch wenn er Blut und Wasser schwitzte.

»Hast du heute son hundert Kniebeugen gemacht?« fragte Masa furchteinflößend, als Anissi gerade ein paar Bissen gegessen hatte und seine Wangen sich vom Grog rosig färbten. »Und mit Hand auf Eisen gehaun? Zeig Hand.«

Anissi versteckte die Hände auf dem Rücken, denn er war zu faul, tausendmal am Tag auf »Eisen«, eine spezielle Eisenstange, zu hauen, außerdem tat es weh. An den Handkanten wollten partout keine harten Schwielen wachsen, und Masa schalt ihn tüchtig.

»Sind Sie mit dem Essen fertig? Dann können Sie Erast Petrowitsch Bericht erstatten«, erlaubte Angelina und räumte das Geschirr ab, ließ nur den Silberkrug mit dem Grog und die Becher auf dem Tisch.

Schön war Angelina, eine Augenweide: das dunkelblonde Haar zu einem üppigen Zopf geflochten und im Nacken zu einer Brezel gesteckt, ein reines helles Gesicht, große graue Augen, die ernst blickten und die sie umgebende Welt mit Licht zu überströmen schienen. Eine besondere Frau, wie man sie nicht oft sah. Den unansehnlichen Anissi mit den abstehenden Ohren würde eine solche Schwänin keines Blicks würdigen. Fandorin hingegen war in jeder Hinsicht ein vollendeter Kavalier, und die Frauen liebten ihn. In den drei Jahren, die Anissi sein Assistent war, hatten im Seitenflügel in der Kleinen Nikitskaja schon einige Frauen, eine schöner als die andere, das Zepter geschwungen und waren wieder verschwunden, aber eine so schlichte und lichte Frau wie An-

36

gelina hatte es noch nicht gegeben. Es wäre schön, wenn sie länger bliebe, am besten für immer.

»Danke ergebenst, Angelina Samsonowna«, sagte Anissi und folgte ihrer schlanken hohen Gestalt mit den Augen.

Eine Zarentochter, ja wirklich, auch wenn sie kleinbürgerlicher Herkunft war. Immer hatte der Chef Zaren- oder Königstöchter. Aber das war auch kein Wunder bei solch einem Mann.

Angelina Krascheninnikowa war vor Jahresfrist in der Kleinen Nikitskaja eingezogen. Fandorin hatte ihr, einer Waise, in einer komplizierten Sache geholfen, und sie hatte sich ihm verbunden. Offenbar wollte sie ihm danken, so gut sie konnte, und außer ihrer Liebe hatte sie nichts. Jetzt konnte man sich gar nicht mehr vorstellen, wie man hier früher ohne sie ausgekommen war. Behaglich war es geworden in der Junggesellenbehausung des Kollegienrats, warm und herzlich. Anissi hatte sich auch früher gern hier aufgehalten, aber jetzt erst recht. Und der Chef schien in Angelinas Gegenwart schlichter und milder zu sein. Das stand ihm gut.

»Na schön, Tulpow. Sie sind satt und betrunken, nun e-erzählen Sie, was Sie dort mit Ishizyn ausgegraben haben.«

Fandorin sah ungewöhnlich verlegen aus. Er hat ein schlechtes Gewissen, erriet Anissi, weil er nicht selber zur Exhumierung gefahren ist, sondern mich hingeschickt hat. Dabei war Anissi doch froh, daß er sich nützlich machen und seinen vergötterten Chef vor unnötigen Erschütterungen bewahren konnte.

Es muß auch gesagt werden, daß er dem Chef viele Wohltaten verdankte: die Dienstwohnung, das anständige Gehalt und die interessante Arbeit. Das Größte aber war die

Obsorge für Sonja, seine arme schwachsinnige Schwester. Anissi konnte ruhigen Herzens zum Dienst gehen, denn sie wurde verpflegt und umhegt. Fandorins Haushälterin Palascha hatte Sonja ins Herz geschlossen und verwöhnte sie. Seit kurzem wohnte Palascha sogar bei den Tulpows. Für ein, zwei Stunden lief sie zu Angelina, um ihr im Haushalt zur Hand zu gehen, und kehrte dann zu Sonja zurück. Zum Glück war Anissis Wohnung ganz in der Nähe, in der Granatny-Gasse.

Anissi begann mit seinem Rapport, holte weit aus:

»Jegor Williamowitsch hat bei zwei Toten eindeutige Anzeichen postumer Verstümmelung entdeckt. Der Bettlerin Marja Kossaja, die unter ungeklärten Umständen am 11. Februar ums Leben kam, wurde die Kehle durchgeschnitten und die Bauchhöhle geöffnet, die Leber fehlt. Dem Straßenmädchen Alexandra Sotowa, erstochen am 5. Februar (vermutlich von dem Zuhälter Dsapojew), wurde auch die Kehle durchgeschnitten und der Bauch aufgeschlitzt. Bei einer dritten, der Zigeunerin Marfa Shemtschushnikowa, die am 10. März von einem unbekannten Täter getötet wurde, ist es fraglich: Die Kehle ist unversehrt, der Bauch kreuz und quer zerschnitten, aber die Organe sind alle an ihrem Platz.«

Da blickte Anissi zufällig zur Seite und verstummte verwirrt. In der Tür stand, die Hand an die Brust gepreßt, Angelina und sah ihn mit vor Entsetzen geweiteten Augen an.

»Mein Gott!« Sie bekreuzigte sich. »Anissi Pitirimowitsch, was erzählen Sie da für grauenhafte Sachen.«

Der Chef drehte sich unzufrieden um.

»Gelja, geh in dein Zimmer. Das ist nichts für deine O-Ohren. Ich habe mit Tulpow zu arbeiten.«

Die schöne Frau ging widerspruchslos hinaus. Anissi warf seinem Chef einen vorwurfsvollen Blick zu. Sie haben ja recht, Erast Petrowitsch, aber bitte etwas freundlicher. Angelina ist zwar nicht blaublütig und Ihnen nicht ebenbürtig, aber sie steckt jedes adlige Fräulein in die Tasche. Ein anderer Mann würde sich nicht scheuen, ein solches Kleinod zu heiraten. Er würde es als Glück ansehen.

Aber laut sagte er nichts, das wagte er nicht.

»Anzeichen von Geschlechtsverkehr?« fragte der Chef konzentriert, ohne auf Anissis Mimik zu achten.

»Jegor Williamowitsch weiß es nicht genau. Die Erde ist zwar gefroren, aber immerhin ist viel Zeit vergangen. Doch wichtig ist etwas anderes!«

Anissi machte eine effektvolle Pause und ging zum Wesentlichen über.

Er erzählte, daß auf seine Anweisung hin die sogenannten Gräben geöffnet wurden – die Gemeinschaftsgräber für namenlose Tote. Insgesamt wurden siebzig Leichen untersucht. Neun Leichen, darunter auch eine männliche, wiesen Spuren von Verstümmelung auf. Das Bild glich dem vom heutigen Morgen: Jemand, der sich in Anatomie auskannte und über chirurgische Instrumente verfügte, hatte die Leichen geschändet.

»Das Erstaunlichste, Chef, besteht darin, daß drei verstümmelte Leichen aus den vorjährigen Gräben stammen!« berichtete Anissi und fügte bescheiden hinzu: »Ich hatte für alle Fälle angeordnet, die November- und Dezembergräben zu öffnen.«

Fandorin hatte seinem Gehilfen aufmerksam zugehört, aber jetzt sprang er vom Stuhl auf.

»Dezember, November? Das ist unmöglich!«

»Ich war auch empört. Was sagt man zu unserer Polizei? So viele Monate schon wütet eine Bestie in Moskau, und wir haben davon keine Ahnung! Solange Parias abgeschlachtet werden, kümmert es die Polizei nicht – sie werden verscharrt und adieu. Wie Sie meinen, Chef, aber ich an Ihrer Stelle würde Jurowski und Ejchman eins auf den Hut geben.«

Der Chef war verstimmt, und zwar gründlich.

Er ging rasch im Zimmer auf und ab und murmelte: »Im Dezember, das k-kann nicht sein, und im November erst recht nicht! Zu der Zeit war er noch in London!«

Anissi blinzelte verdattert, er begriff nicht, was London mit all dem zu tun hatte – sein Chef hatte ihn noch nicht mit der Ripper-Version vertraut gemacht.

Errötend dachte Fandorin daran, daß er dem Fürsten Dolgorukoi auf die Äußerung, der Kollegienrat irre sich nur selten, einen gekränkten Blick zugeworfen hatte.

Nun stellt sich heraus, daß Sie sich irren, Erast Petrowitsch, und wie Sie sich irren.

Der gefaßte Entschluß ist verwirklicht. Gottes Vorsehung muß mir geholfen haben, ihn so schnell in die Tat umzusetzen.

Den ganzen Tag erfüllte mich ein Gefühl von Begeisterung und Unverwundbarkeit – nach der gestrigen Ekstase.

Regen und Matsch, tagsüber viel Arbeit, aber keine Spur von Müdigkeit. Die Seele jubiliert, es drängt mich hinaus ins Freie, ich will über die umliegenden Straßen und Plätze schlendern.

Wieder ist es Abend. Ich gehe durch die Protopopowski-Gasse zur Kalantschowka. Dort steht ein Weib, eine Bäuerin, feilscht mit einem Droschkenkutscher. Sie werden sich nicht einig, der Kutscher fährt davon, sie aber steht da und trampelt verdrossen auf der Stelle. Ich sehe genauer hin, sie hat einen gewaltigen, aufgeblähten Leib. Schwanger, mindestens im siebten Monat. Es gibt mir einen Stich ins Herz: eine Fügung des Schicksals.

40

Ich gehe näher – alles stimmt. Genau die Richtige. Schmutzig verquollenes Gesicht. Ausgefallene Brauen und Wimpern – wahrscheinlich Lues. Man kann sich schwerlich ein Geschöpf vorstellen, das von dem Begriff Schönheit weiter entfernt wäre.

Ich spreche sie an. Sie ist aus dem Dorf gekommen, um ihren Mann zu besuchen. Er arbeitet im Arsenal.

Alles geht lächerlich einfach. Ich sage ihr, das Arsenal sei ganz in der Nähe, und biete ihr meine Begleitung an. Sie hat keine Angst, weil ich heute eine Frau bin. Ich führe sie über Ödplätze zum Teich der Immerowski-Gärtnerei. Dort ist es dunkel und menschenleer. Unterwegs beklagt sich die Frau, wie schwer ihr Leben im Dorf sei. Ich bedaure sie.

Ich gehe mit ihr ans Ufer und sage ihr, um sie nicht zu beunruhigen, daß eine Freude ihrer wartet. Worauf sie mich stumpf anguckt. Sie stirbt schweigend. Zu hören ist nur das Pfeifen der Luft aus ihrer Kehle und das Gluckern des Blutes.

Ich bin begierig, die Muschel zu öffnen, und warte nicht, bis die Zuckungen vorbei sind.

Aber mich erwartet eine herbe Enttäuschung. Als ich mit ungeduldig zitternden Händen die Gebärmutter öffne, überkommt mich Ekel. Der lebende Embryo ist häßlich und hat nicht die geringste Ähnlichkeit mit einer Perle. Er sieht genauso aus wie die Mißgeburten in den Spiritusgläsern auf dem Katheder von Professor Linz. Er bewegt sich, sperrt den kleinen Mäusemund auf. Angewidert schleudere ich ihn beiseite.

Schlußfolgerung: Ein Mensch muß, genau wie eine Blume, reifen, um schön zu werden. Jetzt weiß ich, warum ich Kinder nie schön fand – sie sind Zwerge mit einem unproportional großen Kopf und einem unentwickelten System der Reproduktion.

Die Moskauer Fahnder sind munter geworden – die gestrige

Dekoration hat die Polizei endlich von meinem Erscheinen in Kenntnis gesetzt. Lächerlich. Ich bin schlauer und stärker, sie werden mich nie kriegen. »Welch ein Künstler stirbt mit mir«, sagte Nero. Das gilt auch für mich.

Aber die Leiche des Weibes und ihr Mäusejunges werde ich im Teich versenken. Was soll ich schlafende Hunde wecken, und es gibt auch keinen Grund zum Prahlen, eine würdige Dekoration ist nicht zustande gekommen.

»Ein Päcksen«

5. April, Karmittwoch, Morgen
Seit dem Morgen hatte sich Fandorin in seinem Kabinett eingeschlossen, um nachzudenken, und Tulpow war wieder auf
den Boshedomka-Friedhof gefahren, um die Oktober- und
Septembergräben zu öffnen. Er hatte es selbst vorgeschlagen.
Man mußte doch herausfinden, wann der Moskauer Mörder
mit seinen »Kunstwerken« begonnen hatte. Der Chef hatte
nicht widersprochen. »Fahren Sie«, sagte er, während er mit
seinen Gedanken schon weit weg war – er deduzierte.

Die Arbeit war noch gräßlicher als am Vortag. Die Leichen,
bereits vor dem Frost begraben, waren stark verwest. Sie an-
zusehen überstieg Menschenkraft, und die verpestete Luft zu
atmen, erst recht. Anissi mußte sich ein paarmal übergeben,
er kam nicht dagegen an.

»Siehst du«, sagte er matt lächelnd zu dem Wärter, »mir
wachsen keine Schwielen.«

»Es gibt Leute, bei denen wachsen überhaupt keine«, antwortete der Wärter und wiegte teilnahmsvoll den Kopf. »Sel-
bige haben es besonders schwer auf Erden. Dafür liebt Gott
sie am meisten. Na komm, Jungchen, trink von meinem
Brand.«

Anissi setzte sich auf die Bank, trank einen Kräuterschnaps,
plauderte mit dem Friedhofsphilosophen über dies und das,
lauschte seinen Geschichten, erzählte von seinem Leben,
schöpfte ein wenig Mut und ging wieder zu den Gräben.

Aber es war alles umsonst – in den alten Gräben fand sich nichts, was der Ermittlung weitergeholfen hätte.

Sacharow sagte gallig: »Was man nicht im Kopf hat, muß man in den Beinen haben, dagegen wäre nichts zu sagen, wenn's nur Ihre Beine wären, Tulpow. Haben Sie keine Angst, daß die Gendarmen Ihnen aus Versehen eins mit der Hacke überziehen? Dann werde ich in aller Form einen Bericht schreiben: Anissi Tulpow hat seinen Tod selbst verschuldet – er ist gestolpert und mit seinem dummen Kopf auf einen Stein gefallen. Grumow wird es bezeugen. Sie hängen uns mit Ihren verfaulten Kadavern zum Halse heraus. Stimmt's, Grumow?«

Der schwindsüchtige Assistent bleckte die gelben Zähne, wischte mit dem schmutzigen Handschuh über die beulige Stirn und sagte: »Jegor Williamowitsch scherzen.«

Die Bemerkungen des zynischen, grobschlächtigen Doktors nahm Anissi ja noch hin. Schlimmer war, daß er sich von dem widerlichen Ishizyn verspotten lassen mußte.

Der wichtigtuerische Untersuchungsführer war im Morgengrauen zum Friedhof gekommen, ihm war wohl Anissis Vorhaben zu Ohren gekommen. Zuerst hatte er befürchtet, die Ermittlungen könnten ohne seine Teilnahme Fortschritte machen, doch dann beruhigte er sich und war wieder obenauf.

»Vielleicht«, sagte er, »haben Sie und Fandorin noch andere geniale Ideen? Wollen Sie auch noch in den Müllgruben wühlen, während ich die Ermittlungen führe?«

Sieghaft kichernd, fuhr er davon, der Kleingeist.

Unverrichteter Dinge kehrte Anissi in die Kleine Nikitskaja zurück.

Mißmutig stieg er die Treppe hoch und klingelte an der Tür.

Masa öffnete. In weißem Gymnastikanzug mit schwarzem Gürtel, um den Kopf eine Stirnbinde mit der Hieroglyphe »Fleiß«.

»Tag, Tuli-san. Komm Renshu machen.«

Das fehlte noch. Anissi konnte sich ohnehin kaum noch auf den Beinen halten.

»Ich muß dem Chef eine wichtige Meldung machen«, versuchte er sich zu drücken. Doch Masa war nicht hinters Licht zu führen. Er tippte mit dem Finger auf Anissis abstehende Ohren und erklärte kategorisch: »Wenn du wichtige Merdung hast, deine Augen gros und Ohren lot, aber jetzt Augen klein und Ohren weiß. Anzieh Turnhose. Wir üben.«

Manchmal trat Angelina für Anissi ein, nur sie konnte den Druck des verteufelten Japaners abwehren. Doch die klaräugige Hausherrin war nicht da, und der Tyrann zwang den armen Anissi, gleich in der Diele den Turndreß anzuziehen.

Sie gingen in den Hof. Anissi hüpfte fröstelnd von einem Bein aufs andere – der Boden war kalt –, schwenkte die Arme, brüllte »o-osu!«, und dann begann die Gemeinheit. Masa sprang ihm von hinten auf die Schultern und befahl ihm, im Kreis zu laufen. Der Japaner war nicht groß, aber gedrungen und stämmig und wog mindestens vierundsiebzig Kilo. Anissi drehte recht und schlecht zwei Runden, dann kam er aus dem Takt. Und der Peiniger rief ihm ins Ohr: »Gaman! Gaman!«

Das war sein Lieblingswort und bedeutete »Ausdauer«.

Anissi hatte noch Gaman für einen halben Kreis, dann brach er zusammen. Nicht ohne Hintergedanken – direkt vor einer großen schmutzigen Pfütze, damit der widerliche

Götze über ihn hinwegfliege und ein Bad nehme. Masa flog zwar wirklich über den Gestürzten hinweg, plumpste aber nicht in die Pfütze, sondern tauchte nur die Finger ein, federte sich mit den Händen ab, vollführte in der Luft einen unmöglichen Salto und landete jenseits des Wasserhindernisses auf den Beinen.

Er schüttelte den runden Kopf und sagte resigniert: »Nasön, geh wassen.«

Anissi war vom Hof wie weggeweht.

Den Bericht seines Assistenten (der sich gewaschen, umgezogen und gekämmt hatte) hörte Fandorin in seinem Kabinett an, dessen Wände mit japanischen Gravüren, Waffen und Gymnastikgeräten bedeckt waren. Obwohl Mittag schon vorüber war, trug der Kollegienrat noch seinen Hausrock. Daß Anissi keine Resultate vorweisen konnte, betrübte ihn nicht im geringsten, sondern schien ihn eher zu erfreuen. Im übrigen äußerte er keine sonderliche Verwunderung.

Als der Assistent verstummt war, ging Fandorin durchs Zimmer, fingerte den geliebten Nephrit-Rosenkranz und sagte den Satz, bei dem Anissi immer ein wohliges Ziehen im Herzen spürte: »Also, ü-überlegen wir.«

Der Chef klackerte mit den grünen Steinkügelchen, die Quasten an seinem Hausrock schaukelten.

»Denken Sie nicht«, begann er, »daß Ihr Ausflug zum Friedhof umsonst war.«

Einerseits war es angenehm, das zu hören, andererseits fand Anissi das Wort »Ausflug« im Zusammenhang mit seinen morgendlichen Qualen nicht recht angebracht.

»Wir mußten uns vergewissern, daß vor November keine Fälle von Verstümmelung der Opfer v-vorgekommen sind.

Ihre gestrige Mitteilung, daß zwei verunstaltete Leichen vom Dezember stammen und eine vom November, ließ mich anfangs an meiner Version von der Übersiedlung des Rippers nach Moskau zweifeln.«

Anissi nickte, denn inzwischen war er eingehend in die blutige Geschichte des britischen Monsters eingeweiht worden.

»Als ich jedoch heute morgen meine Londoner Au-Aufzeichnungen durchsah, kam ich zu dem Schluß, daß ich mich von dieser Hypothese nicht verabschieden muß. Wollen Sie wissen, warum?«

Anissi nickte wieder, denn er wußte, daß es jetzt seine Sache war, zu schweigen und nicht zu stören.

Der Chef nahm seinen Notizblock vom Tisch.

»Der letzte Mord, der dem berüchtigten Jack zugeschrieben wird, geschah am 20. Dezember auf der Poplar High Street. Zu der Zeit hatte unser Moskauer Ripper schon seine grausige A-Arbeit aufgenommen, was ausschließt, daß es sich bei dem englischen und dem russischen Mörder um dieselbe Person handelt. Doch bei der Prostituierten Rose Mylett, die in der Poplar High Street getötet wurde, war die Kehle nicht durchtrennt, und es fehlten die für Jack typischen Verstümmelungen. Die Polizei vermutete, daß der Mörder von späten Passanten gestört worden war. Ich dagegen neige im Licht der gestrigen Entdeckung zu der Annahme, daß der Ripper mit diesem M-Mord gar nichts zu tun hatte. Vielleicht hatte ein anderer die Frau getötet, aber in der allgemeinen Hysterie, die London nach den vorangegangenen Morden erfaßt hatte, wurde diese neuerliche Ermordung einer Prostituierten demselben Triebtäter zugeschrieben. Jetzt zu dem Mord, der sich am 9. November ereignete.«

Fandorin blätterte eine Seite um.

»Das ist zweifellos das Werk von Jack. Die Prostituierte Mary Jane Kelly wurde in der Dorset Street in ihrer Kammer gefunden, wo sie gewöhnlich ihre F-Freier empfing. Die Kehle war durchtrennt, die Brüste abgeschnitten, die inneren Organe ordentlich auf dem Bett ausgebreitet, der Magen geöffnet – man vermutete, daß der Mörder seinen Inhalt zu sich genommen hatte.«

Anissi würgte es wieder wie auf dem Friedhof.

»Auf der Schläfe war der uns von der Andrejitschkina bekannte blutige Lippenabdruck.«

Fandorin unterbrach seine Überlegungen, denn ins Zimmer kam Angelina: in einem unauffälligen grauen Kleid, mit schwarzem Tuch, unter dem dunkelblonde Haarsträhnen hervorlugten, wahrscheinlich vom frischen Wind in die Stirn gepustet. Die Freundin des Chefs kleidete sich unterschiedlich, mitunter auch damenhaft, doch am liebsten trug sie schlichte russische Kleider wie das heutige.

»Sie arbeiten? Störe ich?« fragte sie und lächelte müde.

Tulpow sprang auf und beeilte sich zu sagen: »Aber nein, Angelina Samsonowna, wir freuen uns, Sie zu sehen.«

»Ja, ja.« Fandorin nickte. »Du kommst aus dem Krankenhaus?«

Die schöne Frau nahm das Tuch von den Schultern und steckte die widerspenstigen Haare auf.

»Heute war es interessant. Doktor Blum hat uns beigebracht, Furunkel herauszuschneiden. Das ist überhaupt nicht schwer.«

Anissi wußte, daß Angelina, die lichte Seele, regelmäßig in die Strohbinder-Klinik in der Mamonow-Gasse ging, um die Leiden der Kranken zu lindern. Anfangs brachte sie ihnen Geschenke, las ihnen aus der Bibel vor, dann war ihr das zu

48

wenig. Sie wollte wirklich helfen, sich zur Krankenschwester ausbilden lassen. Fandorin versuchte es ihr auszureden, doch Angelina bestand darauf.

Eine von den heiligen Frauen, auf denen ganz Rußland ruht: Gebet, Nächstenliebe und ein liebendes Herz. Dem Anschein nach lebte sie in Sünde, aber sie war frei von jeder Unreinheit. Schließlich war es nicht ihre Schuld, daß sie in wilder Ehe lebte. Wieder einmal zürnte Anissi seinem Chef.

Fandorin runzelte die Stirn.

»Du hast F-Furunkel herausgeschnitten?«

»Ja.« Sie lächelte freudig. »Zwei alten Bettlerinnen. Heute ist doch Mittwoch, der Tag der kostenlosen Sprechstunde. Denken Sie nur, Erast Petrowitsch, es ist mir gut gelungen, und der Doktor hat mich gelobt. Ich habe schon viel gelernt. Und danach habe ich den alten Frauen das ›Buch Hiob‹ vorgelesen, zur seelischen Erbauung.«

»Du hättest ihnen lieber Geld geben sollen«, sagte Fandorin gereizt. »Dein Buch und deine Fürsorge brauchen sie nicht.«

Angelina antwortete: »Geld habe ich ihnen gegeben, jeder Frau ein Fünfundzwanzig-Kopekenstück. Und die Fürsorge ist für mich wichtiger als für sie. Ich lebe hier allzu glücklich mit Ihnen, Erast Petrowitsch. Das macht mir ein schlechtes Gewissen. Glück ist gut, aber Sünde ist es, im Glück die Unglücklichen zu vergessen. Man muß ihnen helfen, auf ihre Schwären schauen und daran denken, daß das Glück eine Gabe Gottes ist, die nur selten jemandem auf Erden zuteil wird. Wissen Sie, warum vor Schlössern und Palästen sich so viele Bettler und Krüppel drängen?«

»Natürlich. Dort bekommen sie m-mehr.«

»Nein, die Armen geben großzügiger als die Reichen. Es

ist, weil Gott den Glücklichen die Unglücklichen zeigen will: Denkt daran, daß es auf der Welt viel Leid gibt, verschließt euch nicht dem Leid.«

Fandorin seufzte und blieb die Antwort schuldig. Offenbar fiel ihm nichts mehr ein. Er drehte sich zu Anissi um und ließ die Nephritperlen klackern.

»F-Fahren wir fort. Also, ich gehe davon aus, daß das letzte Verbrechen des Rippers in England der Mord an Mary Jane Kelly war, begangen am 9. November; mit dem Fall vom 20. Dezember hat er nichts zu tun. Der 9. November, das ist nach russischem Kalender Ende Oktober, so daß der Ripper genügend Zeit hatte, um nach Moskau zu gelangen und ein O-Opfer für seine entartete Phantasie zu finden; dieses Opfer ist im Novembergraben des Boshedomka-Friedhofs gelandet. Einverstanden?«

Anissi nickte.

»Ist die W-Wahrscheinlichkeit groß, daß es in Europa zur selben Zeit zwei Triebtäter gibt, die nach haargenau demselben Szenario vorgehen?«

Anissi schüttelte den Kopf.

»Dann die letzte Frage. Ist die eben von mir erwähnte Möglichkeit so gering, daß wir uns ganz auf meine Hauptversion konzentrieren können?«

Ein zweimaliges Nicken, so energisch, daß die berühmten Tulpowschen Ohren wackelten.

Anissi hielt den Atem an, denn er wußte, daß jetzt vor seinen Augen ein Wunder geschehen würde: Aus dem Nichts, aus Nebel und Finsternis würde eine Theorie auftauchen – mit einem Plan der Ermittlung, vielleicht auch mit konkreten Verdächtigen.

»Fassen wir zusammen. Jack the Ripper ist aus uns bislang

unbekannten Gründen nach Moskau übergesiedelt und hat sich sogleich an die Ausrottung der hiesigen Prostituierten und Bettlerinnen gemacht. Erstens.« Der Eindringlichkeit halber klackerte er mit den Perlen. »Er ist im November vergangenen J-Jahres hier angekommen. Zweitens.« (Klack-klack!) »Die letzten Monate hat er sich in der Stadt aufgehalten, und wenn er verreiste, dann nur für kurze Zeit. Drittens.« (Klack-klack!) »Er ist Mediziner oder hat Medizin studiert, denn er besitzt medizinisches Gerät, kann damit u-umgehen und verfügt über Kenntnisse der Anatomie. Viertens.«

Ein letztes Klackern, und der Chef ließ den Rosenkranz in der Tasche des Hausrocks verschwinden, was bedeutete, daß er von der Theorie zur Praxis überging.

»Wie Sie sehen, Tulpow, scheint die Aufgabe nicht allzu schwer zu sein.«

Anissi sah das bislang nicht und enthielt sich darum eines Nickens.

»Na aber«, wunderte sich Fandorin. »Wir müssen doch nur die Personen überprüfen, die in dem fraglichen Zeitraum von England nach Rußland gekommen sind und sich in Moskau niedergelassen haben. Zudem nicht alle, nur diejenigen, die irgendwie mit Medizin zu tun haben oder hatten. Das ist a-alles. Sie werden staunen, wie klein der Kreis der Verdächtigen ist.«

Wirklich, wie einfach! Moskau ist nicht Petersburg, wieviel Mediziner können schon im November aus England in die alte Residenzstadt gekommen sein?

»Dann lassen Sie uns rasch in allen Polizeirevieren überprüfen, was für Personen eingereist sind!« Anissi war aufgesprungen, bereit, sich sofort in die Arbeit zu stürzen. »Wir

51

haben vierundzwanzig Reviere! In den Registrierbüchern finden wir unseren Freund!«

Angelina hatte zwar den Anfang von Fandorins Überlegungen versäumt, dann aber aufmerksam zugehört und stellte jetzt die vernünftige Frage: »Und wenn euer Unhold sich nicht bei der Polizei angemeldet hat?«

»Wenig wahrscheinlich«, antwortete der Chef. »Das ist ein ordentlicher Mensch, der lange an einem Ort gelebt hat, der f-frei durch Europa reist. Warum sollte er ein unnötiges Risiko eingehen, indem er gegen das Gesetz verstößt? Er ist doch kein politischer Terrorist, kein flüchtiger Sträfling, sondern ein Triebtäter. Die gesamte Aggressivität der Triebtäter bündelt sich in ihrer krankhaften ›Idee‹, für weitere Tätigkeiten bleibt keine Kraft. Gewöhnlich sind das stille, unauffällige Leute, bei denen man nie auf den Gedanken käme, daß in ihrem K-Kopf die Hölle ist … Setzen Sie sich doch, Tulpow. Wir brauchen nirgendwohin zu gehen. Was meinen Sie, womit ich mich den ganzen Vormittag beschäftigt habe, während Sie die Toten b-beunruhigten?«

Er nahm ein paar Blätter vom Tisch, die in Kanzleischrift vollgeschrieben waren.

»Ich habe die R-Reviervorsteher angerufen und gebeten, mir Mitteilung zu machen über jeden, der direkt aus England oder über eine Z-Zwischenstation nach Moskau gekommen ist. Ich habe nicht nur den November, sondern auch den Dezember angegeben, für den Fall, daß Rose Mylett doch von dem Ripper getötet wurde und Ihr Novemberfund die Tat eines hiesigen Verbrechers ist. Es ist schwer, eine genaue p-pathologisch-anatomische Begutachtung von einem Leichnam zu geben, der fünf Monate in der Erde gelegen hat, auch wenn sie gefroren war. Die zwei Leichen vom Dezember, das ist was anderes.«

»Das leuchtet mir ein«, stimmte Anissi zu. »Die Tote vom November war in der Tat … Jegor Williamowitsch wollte sie gar nicht untersuchen. Im November war die Erde noch nicht richtig gefroren, und die Leiche war verwest. Oh, verzeihen Sie, Angelina Samsonowna!« Anissi erschrak über seinen unnötigen Naturalismus, doch Angelina dachte nicht daran, in Ohnmacht zu fallen, ihre grauen Augen blickten noch genauso ernst und aufmerksam.

»Na sehen Sie. Aber selbst in z-zwei Monaten sind nur neununddreißig Personen aus England bei uns eingereist, Angelina Samsonowna und mich eingeschlossen. Aber uns beide werde ich mit Ihrer Erlaubnis außer a-acht lassen.« Fandorin lächelte. »Von den übrigen haben sich d-dreiundzwanzig nur kurz in Moskau aufgehalten und sind darum für uns ohne Interesse. Bleiben vierzehn, von denen nur drei eine Beziehung zur Medizin haben.«

»Aha!« rief Anissi kriegerisch.

»Als e-erster hat natürlich Doktor George Lindsay meine Aufmerksamkeit geweckt. Da die Gendarmerieverwaltung auf alle Ausländer ein Auge hat, war es ein leichtes, Angaben zu bekommen. Leider ist Mister Lindsay nicht unser Mann. Er hat sich vor seiner Ankunft in Moskau nur anderthalb Monate in seiner Heimat aufgehalten. Davor hat er in Indien g-gedient, weit weg vom Londoner East End. Ihm wurde eine Stelle im Katharinenkrankenhaus angeboten, darum ist er nach Moskau gekommen. Bleiben zwei, beide Russen. Ein Mann und eine Frau.«

»Eine Frau kann so etwas nicht getan haben«, sagte Angelina fest. »Freilich gibt es auch unter uns Scheusale, aber mit dem Messer Bäuche aufschlitzen, dazu gehört viel Kraft. Außerdem mögen wir Frauen kein Blut.«

»Hier geht es um ein besonderes Wesen, das keine Ähnlichkeit mit gewöhnlichen Menschen hat«, entgegnete Fandorin. »Es ist kein Mann und keine Frau, sondern etwas D-Drittes oder, um es volkstümlich auszudrücken, ein Unmensch. Frauen sind keineswegs auszuschließen. Es gibt unter ihnen auch sehr kräftige. Außerdem ist bei einer gewissen Routine im Umgang mit dem Skalpell keine besondere Kraft erforderlich. Da haben wir«, er warf einen Blick in die Liste, »die Hebamme Jelisaweta Neswizkaja, 28 Jahre alt, ledig, am 19. November über Sankt Petersburg nach Moskau gekommen. Eine ungewöhnliche Persönlichkeit. Mit siebzehn in einer politischen Sache verhaftet, zwei Jahre Festung, danach Zwangsansiedlung im Gouvernement Archangelsk. Sie floh ins Ausland und a-absolvierte an der Universität Edinburgh ein Medizinstudium. Später ersuchte sie um die Erlaubnis, in die Heimat zurückzukehren. Sie ist zurückgekehrt. Ihr Antrag auf Anerkennung ihres Arztdiploms wird gegenwärtig vom Innenministerium geprüft. Einstweilen ist sie als Hebamme in der neueröffneten Morosow-Frauenklinik untergekommen. Sie steht unter geheimer Polizeiaufsicht. Agentenberichten zufolge hält die Neswizkaja, obwohl ihr Arzttitel noch nicht bestätigt ist, Sprechstunden für mittellose Patienten ab. Die Krankenhausleitung drückt ein Auge zu und ist insgeheim sogar z-zufrieden, denn wer hat schon Lust, sich mit Mittellosen abzugeben. Das sind die Angaben, wie wir über die Neswizkaja haben.«

»Zur Zeit der Londoner Verbrechen des Rippers befand sie sich in England, erstens«, resümierte Anissi. »Zur Zeit der Moskauer Verbrechen befand sie sich in Moskau, zweitens. Sie besitzt medizinische Kenntnisse, drittens. Nach allem zu urteilen, ist sie eine spezifische Persönlichkeit und zeichnet sich nicht gerade durch ein weibliches Wesen aus, viertens. Wir dürfen sie keinesfalls außer acht lassen.«

»Richtig. Au-außerdem dürfen wir nicht vergessen, daß es sowohl bei den Verbrechen in London wie auch bei dem Mord an der Andrejitschkina keine Spuren von Geschlechtsverkehr gibt, wie sie für einen männlichen Triebtäter typisch wären.«

»Und wer ist der zweite?« fragte Angelina.

»Iwan Stenitsch. Dreißig Jahre alt, e-ehemaliger Student der medizinischen Fakultät der kaiserlichen Moskauer Universität. Vor sieben Jahren wegen ›Unsittlichkeit‹ ausgeschlossen. Weiß der Teufel, was das bedeutet, aber er paßt in unser Profil. Er hat ein paarmal den Beruf gewechselt, hat ein psychisches L-Leiden behandeln lassen, hat Europa bereist. Am 11. Dezember ist er von England nach Rußland zurückgekehrt. Seit Neujahr arbeitet er als Krankenpfleger in der Irrenanstalt ›Lindere meine Leiden‹.«

Anissi schlug mit der flachen Hand auf den Tisch.

»Verdammt verdächtig!«

»Also haben wir zwei V-Verdächtige. Wenn beide nichts mit der Sache zu tun haben, verfolgen wir die Linie, die Angelina Samsonowna vorgeschlagen hat, und überprüfen, ob der Ripper bei seiner Ankunft in Moskau dem Auge der Polizei entgehen konnte. Und erst, wenn wir auch das ausgeschlossen haben, werden wir nach einem einheimischen Wanja Ripper suchen, der nie in East End gewesen ist. Einverstanden?«

»Aber es ist derselbe Jack«, sagte Anissi überzeugt. »Alles stimmt überein.«

»Wen möchten Sie sich vorknöpfen, Tulpow, den Krankenpfleger oder die Hebamme?« fragte der Chef. »Ich überlasse Ihnen als Märtyrer der Exhumierung das Recht der Wahl.«

55

»Da Stenitsch in einem psychiatrischen Spital arbeitet, habe ich einen ausgezeichneten Vorwand, mich mit ihm bekannt zu machen – Sonja.« Das klang vernünftig, war aber weniger von kühler Logik diktiert als vielmehr vom Jagdfieber – immerhin kam ein Mann, noch dazu einer mit einem psychischen Defekt, eher als Ripper in Betracht als eine flüchtige Revolutionärin.

»Na gut«, sagte Fandorin lächelnd. »Sie fahren nach Lefortowo und ich nach Dewitschje Pole, zur Neswizkaja.«

Aber Anissi mußte sowohl den ehemaligen Studenten als auch die Hebamme aufsuchen, denn in diesem Moment klingelte es an der Tür.

Masa trat ein und meldete: »Post.« Und präzisierte genüßlich: »Ein Päcksen.«

Das »Päcksen« war nicht groß. Auf grauem Papier stand in hüpfender nachlässiger Schrift: »Hochwohlgeboren Kollegienrat Fandorin zu eigenen Händen. Dringend und streng geheim.«

Anissi wurde neugierig, aber der Chef öffnete das Päckchen nicht sofort.

»Hat das der B-Briefträger gebracht? Die Adresse fehlt.«

»Nein, hat ein Junge gegeben. Ist gleich weg. Soll ich ihm nach?« fragte Masa beunruhigt.

»Nein, den holst du nicht mehr ein.«

Unter der Verpackung kam ein Samtkästchen mit einem Atlasband zum Vorschein. In dem Kästchen war eine runde Lackpuderdose. In der Puderdose lag auf einer Serviette etwas Gelbes, Gewölbtes. Anissi hielt es im ersten Moment für einen Birkenreizker. Als er genauer hinsah, schrie er auf.

Ein Menschenohr.

Durch Moskau kriecht ein Gerücht:

In der Stadt geht ein Werwolf um. Sowie ein Weib nachts die Nase aus dem Haus steckt, ist der Werwolf zur Stelle. Er schleicht sich leise heran, funkelt mit roten Augen über den Zaun, und schon – wehe der christlichen Seele, die nicht rechtzeitig ein Gebet spricht – springt er herüber und schlägt als erstes die Zähne in die Kehle, dann reißt er den Bauch in Fetzen und labt sich an den Eingeweiden. Er hat wohl schon unzählige Frauen totgebissen, aber die Obrigkeit verheimlicht es vor dem Volk, aus Angst vor Väterchen Zar.

So habe ich es heute auf dem Sucharewka-Platz gehört.

Damit bin ich gemeint, ich bin der Werwolf, der hier umgeht. Lächerlich. Solche wie ich werden mit einer schrecklichen oder freudigen Botschaft gesandt. Ich, liebe Moskauer, wurde mit einer freudigen zu euch gesandt.

Häßliche Stadt und häßliche Menschen, ich mache euch schön. Alle werde ich nicht schaffen, seht es mir nach. Dazu reicht die Kraft nicht. Aber viele, viele.

Ich liebe euch mit all euren Scheußlichkeiten und Häßlichkeiten. Ich wünsche euch alles Gute. Ich habe genug Liebe für alle. Ich sehe die Schönheit unter den verlausten Kleidern, unter dem Schorf des ungewaschenen Körpers, unter Krätze und Ausschlag. Ich bin euer Erlöser, ich bin eure Erlöserin. Ich bin euch Bruder und Schwester, Vater und Mutter, Gatte und Gattin. Ich bin Mann und Frau. Ich bin androgyn, wie jener herrliche Urahn der Menschheit, der über die Merkmale beider Geschlechter verfügte. Später teilten sich die Androgyne in eine männliche und eine weibliche Hälfte, und es entstanden die Menschen – unglückliche Wesen, weit entfernt von der Vollkommenheit, leidend an der Einsamkeit.

Ich bin die euch fehlende Hälfte. Nichts wird mich hindern, mich mit denen von euch zu vereinen, die ich auswähle.

Der Herr verlieh mir Verstand, Findigkeit, Voraussicht, Unverwundbarkeit. Stumpfe, grobe, aschgraue Menschen versuchten in London, mich zu fangen, ohne ergründen zu wollen, was für Botschaften ich der Welt sandte.

Anfangs amüsierten mich diese kläglichen Versuche. Dann überkam mich Bitterkeit.

Vielleicht wird der Prophet in seiner Heimat verstanden, dachte ich. Das irrationale, mystische Rußland, das noch nicht den wahren Glauben verloren hat, Rußland mit seinen Skopzen*, den Selbstverbrennungen der Raskolniki** und seinen Skimniks, diesen asketischen Mönchen, lockte mich – und betrog mich. Jetzt versuchen ebenso stumpfe, grobe und phantasielose Menschen den Dekorateur in Moskau zu fangen. Des Nachts schüttelt mich lautloses Gelächter. Niemand sieht diese Anfälle von Fröhlichkeit, und wenn jemand sie sähe, würde er denken, ich wäre nicht bei Sinnen. Das ist natürlich, halten sie doch jeden, der ihnen nicht gleicht, für verrückt. Aber dann ist auch Christus verrückt, desgleichen alle Heiligen und alle genialen Narren, auf die sie so stolz sind.

Am Tage unterscheide ich mich in nichts von den Unschönen, Kläglichen, Geschäftigen. Ich bin ein Virtuose der Mimikry; sie kommen nie auf die Idee, daß ich von anderer Art bin.

Wie können sie sich vor Gottes Gabe ekeln – dem eigenen Körper! Es ist meine Pflicht und meine Berufung, sie ein wenig zur Schönheit zu erziehen. Ich mache die schön, welche häßlich

---

* »Verschnittene«; mystische Sekte im 18. Jahrh. Anm. d. Ü.

** von »raskol« (russ.) = Spaltung; religiöse Bewegung, die sich Mitte des 17. Jh. gegen die Reformen des Patriarchen Nikon wandte und verfolgt wurde. Anm. d. Ü.

sind. Die schön sind, rühre ich nicht an. Sie beleidigen nicht das Bild Gottes.

Das Leben ist ein spannendes, lustiges Spiel. Katz und Maus, hide-and-seek!* Ich bin die Katze und auch die Maus. I hide and I seek.** Eins, zwei, drei, vier, fünf, ich komme.

Wer sich nicht versteckt hat, ist selber schuld.

* Versteckspiel.
** Ich verstecke mich, und ich suche.

Schildkröte, Setter, Löwin, Häschen

5. April, Karmittwoch, am Tage Anissi bat Palascha, Sonja schön anzuziehen, und die Schwester freute sich und quietschte. Für das Dummchen war jede Ausfahrt ein Ereignis, und ins Krankenhaus, zum »Doto« (was in Sonjas Sprache Doktor bedeutete), fuhr das arme Wesen besonders gern. Dort sprach man lange und geduldig mit ihr, schenkte ihr Konfekt oder einen Kringel, hielt ihr ein kühles Rohr an die Brust, drückte ihren Bauch, daß es kitzelte, schaute ihr interessiert in den Mund, und Sonja gab sich Mühe und sperrte ihn so weit auf, daß alles zu sehen war.

Der Kutscher Nasar wurde gerufen. Zuerst hatte Sonja wie üblich etwas Angst vor dem friedlichen Pferd Mucha, das schnaubend mit dem Geschirr klirrte und mit einem blutunterlaufenem Auge zu der dicken, ungefügen, in Tücher gewickelten Weibsperson schielte. So war das Ritual zwischen Mucha und Sonja.

Sie verließen die Granatny-Gasse in Richtung Lefortowo. Gewöhnlich fuhren sie nicht so weit, sondern zu dem Doktor in der Roshdestwenka, zur Gesellschaft für Gegenseitige Hilfe, aber nun mußten sie die ganze Stadt durchqueren.

Die Trubnaja mußten sie umfahren, denn sie war überflutet. Moskau sah düster und schmuddelig aus. Graue Häuser, schmutzige Bürgersteige, die Leute eingemummt, vom Wind gebeugt. Aber Sonja schien es zu gefallen. Manchmal stieß sie dem Bruder den Ellbogen in die Seite: »Nissi, Nissi« und zeigte mit dem Finger auf Krähen auf einem Baum, auf ein Wasserfaß, auf einen betrunkenen Handwerker. Sie störte Anissi beim Nachdenken. Und nachdenken mußte er – über das abgeschnittene Ohr, mit dem sich der Chef persönlich beschäftigte, und über die eigene komplizierte Aufgabe.

Das Spital »Lindere meine Leiden«, das sich der Behandlung psychisch und nervlich Kranker widmete, befand sich auf dem Gospitalnaja-Platz, jenseits des Flusses Jausa. Anissi wußte, daß Stenitsch als Krankenpfleger bei Doktor Rosenfeld in der fünften Abteilung arbeitete, wo die Tobsüchtigen und die hoffnungslosen Fälle untergebracht waren.

Nachdem Anissi an der Kasse fünf Silberrubel bezahlt hatte, ging er mit seiner Schwester zu Rosenfeld. Er erzählte dem Arzt ausführlich von Sonjas Zuständen in der letzten Zeit: Sie wache nachts weinend auf, zweimal habe sie Palascha weggestoßen, was früher nie vorgekommen sei, und sie sei neuerdings ständig mit einem kleinen Spiegel zugange – halte ihn dicht vors Gesicht, reiße die Augen auf und starre stundenlang hinein.

Die Erzählung geriet lang. Zweimal kam ein Mann in weißem Kittel ins Zimmer. Zuerst brachte er sterile Spritzen, dann holte er ein Rezept für die Anfertigung einer Tinktur. Der Arzt siezte ihn und sprach ihn mit »Iwan Rodionowitsch« an. Das mußte Stenitsch sein. Er war ausgemergelt und blaß, hatte riesige Augen, langes storres Haar und einen ausrasierten Bart, was seinem Gesicht etwas Mittelalterliches verlieh.

Anissi überließ Sonja dem Arzt zur Untersuchung und ging auf den Korridor. Er sah eine etwas offenstehende Tür mit dem Schild »Behandlungszimmer« und schaute hinein.

Stenitsch stand mit dem Rücken zu ihm und rührte eine grüne Brühe zusammen. Was kann man von hinten schon sehen? Gebeugte Schultern, Kittel, an den Hacken geflickte Stiefel.

Der Chef hatte ihn gelehrt: Das Wichtigste bei einem Gespräch ist der erste Satz, in ihm liegt der Schlüssel. Wenn man das Richtige getroffen hat, öffnet sich die Tür, und man erfährt alles von dem Menschen. Man muß nur vorher den Typ richtig bestimmen. Laut Fandorin gibt es insgesamt sechzehn Typen, und jeder erfordert ein anderes Herangehen.

Ach, bloß nicht danebenhauen. Anissi fühlte sich nicht sattelfest in dieser spitzfindigen Wissenschaft.

Nach dem, was über Stenitsch bekannt war, und nach dem optischen Eindruck zu schließen, war er eine »Schildkröte«: ein verschlossener, mißtrauischer, introvertierter Mensch, der im Zustand eines unaufhörlichen inneren Monologs lebte.

Wenn das stimmte, war das richtige Herangehen »Bauch zeigen«, das heißt, die eigene Schutzlosigkeit und Ungefährlichkeit demonstrieren, um dann ohne Übergang alle Schutzschichten des Argwohns zu durchbrechen, dabei aber, Gott behüte, nicht durch Grobheit erschrecken, sondern Interesse wecken, ein Signal aussenden. In dem Sinne, wir sind aus dem gleichen Holz geschnitzt, sprechen dieselbe Sprache.

Tulpow bekreuzigte sich in Gedanken und legte los:

»Schön, wie Sie da vorhin im Zimmer meine Schwester angeschaut haben. Das hat mir gefallen. Mit Interesse, aber ohne Mitleid. Da ist Ihr Arzt das ganze Gegenteil – Mitleid hat er, doch kein Interesse. Dabei muß man die Menschen, die arm im Geiste sind, nicht bemitleiden, sie sind mitunter glücklicher als unsereins. Und sie haben Interessantes zu bieten. Äußerlich scheinbar ein Wesen wie wir, aber in Wirklichkeit ganz anders. Einem Schwachsinnigen erschließen sich manchmal Dinge, die uns verschlossen sind. Sie denken doch auch so, nicht wahr? Ich sehe es an Ihren Augen. Sie sollten Doktor sein, und nicht dieser Rosenfeld. Sie sind Student, oder?«

Stenitsch drehte sich um und machte große Augen. Dieser »Durchbruch« hatte ihn wohl einigermaßen verblüfft, aber im guten Sinne, er hatte keine Angst, zeigte keine Krallen. Er antwortete, wie es sich für einen Menschen vom Typ »Schildkröte« gehörte, kurz und knapp: »Ehemaliger.«

Das Herangehen war richtig gewählt. Nun, da der Schlüssel paßte, mußte Anissi ihn entsprechend der Wissenschaft seines Chefs sofort umdrehen und das Schloß aufschnappen lassen. Aber da war eine Feinheit zu beachten: Eine »Schildkröte« vertrug keine Familiarität, die Distanz mußte gewahrt werden, sonst zog sie sich in ihren Panzer zurück.

»Etwa ein Politischer?« Anissi spielte Enttäuschung. »Dann versteh ich mich doch nicht auf Gesichter. Ich habe Sie für einen vernünftigen Menschen gehalten und wollte Sie wegen meiner Schwester um Rat fragen … Ihr Sozialisten taugt nicht als Psychiater, ihr redet viel vom Wohl der Gesellschaft, aber die einzelnen Vertreter der Gesellschaft sind euch schnuppe, erst recht so ein armes Wesen wie meine Sonja. Verzeihen Sie meine Offenheit, aber ich bin nun mal geradezu. Leben Sie wohl, ich werde mich wohl besser mit Rosenfeld unterhalten.«

Und er wandte sich zum Gehen, wie es sich gehörte für den Typ »Setter« (offen, impulsiv, absolut in seinen Sympathien und Antipathien) – ein idealer Partner für die »Schildkröte«.

»Wie Sie meinen«, sagte der im Innersten getroffene Pfle-

63

ger. »Aber um das Wohl der Gesellschaft habe ich mich nie gekümmert, und von der Fakultät bin ich wegen einer ganz anderen Sache geflogen.«

»Ach so!« rief Anissi und hob triumphierend den Finger. »Ich habe Sie also doch richtig eingeschätzt. Sie leben nach Ihren Vorstellungen und gehen Ihren eigenen Weg. Es tut nichts, daß Sie nur Feldscher sind, ich schaue nicht auf den Titel. Ich brauche einen scharfsinnigen, lebendigen Menschen, der nicht die allgemein üblichen Maßstäbe anlegt. Ich bin es leid, Sonja von einem Arzt zum andern zu schleppen. Die sagen alle dasselbe: Oligophrenie, unheilbar. Aber ich fühle, daß sie eine lebendige Seele hat, die man wecken kann. Dürfte ich Sie konsultieren?«

»Ich bin noch nicht mal Feldscher«, antwortete Stenitsch, offenbar gerührt von der Offenheit des Unbekannten (und auch von der Schmeichelei, für die der Mensch so anfällig ist). »Zwar beschäftigt mich Herr Rosenfeld als Feldscher, aber eigentlich bin ich nur Krankenpfleger. Und ich arbeite ohne Gehalt, aus freiem Willen. Als Buße für meine Sünden.«

Ach so ist das, dachte Anissi. Daher der fade Blick, daher die Demut. Ich muß die Linie ändern.

Er sagte tiefernst: »Einen guten Weg der Buße haben Sie gewählt. Das ist besser, als in der Kirche Kerzen anzuzünden oder sich beim Beten die Knie wundzuscheuern. Gebe Ihnen Gott bald seelische Erleichterung.«

»O nein, nicht bald!« rief Stenitsch mit unverhofftem Feuer, und seine bislang trüben Augen glühten leidenschaftlich. »Es soll schwer sein, es soll lange dauern! Um so besser! Ich … ich spreche selten mit Menschen, bin sehr verschlossen. Überhaupt habe ich mich daran gewöhnt, allein zu sein. Aber Sie haben etwas an sich, was Offenheit weckt. Und so möchte ich … Ich bin sonst immer nur für mich, es fehlt nicht viel, und ich drehe wieder durch.«

Anissi staunte nur so. Es lebe die Wissenschaft des Chefs! Der Schlüssel paßte ins Schloß, und zwar so gut, daß die Tür ganz von allein aufsprang. Er brauchte nichts weiter zu tun, als zuzuhören und zuzustimmen.

Die Pause beunruhigte den Pfleger.

»Vielleicht haben Sie keine Zeit?« Seine Stimme zitterte. »Ich weiß, daß Sie Ihre eigenen Sorgen haben, da ist Ihnen sicherlich nicht nach fremden Offenbarungen zumute …«

»Wer selber Sorgen hat, kann die eines anderen besser verstehen«, heuchelte Anissi. »Was bedrückt Sie? Mir können Sie es anvertrauen. Wir kennen uns nicht, wissen voneinander nicht einmal den Namen. Wir reden miteinander und sehen uns nie wieder. Was für eine Sünde lastet auf Ihrer Seele?«

Für einen Moment hatte Anissi eine Vision: Gleich plumpst Stenitsch auf die Knie und ruft heulend: Verzeih mir Unseligem, guter Mann, eine schwere, blutige Sünde lastet auf mir, ich weide mit dem Skalpell Frauen aus. Das war's, der Fall ist abgeschlossen. Tulpow erhält von der Obrigkeit eine Auszeichnung und, das Wichtigste, vom Chef ein Lob.

Aber nein, Stenitsch plumpste nicht auf die Knie und sagte auch etwas ganz anderes: »Der Stolz. Mein ganzes Leben plage ich mich damit herum. Um ihn zu überwinden, bin ich hier und mache diese schwere, schmutzige Arbeit. Ich räume den Verrückten den Dreck weg, scheue keine Arbeit. Erniedrigung und Demut – das ist das beste Mittel gegen den Stolz.«

»Dann sind Sie wegen des Stolzes von der Universität geflogen?« fragte Anissi, außerstande, seine Enttäuschung zu verbergen.

»Was? Ach, von der Universität. Nein, das war etwas anderes ... Gut, ich erzähl's Ihnen, um meinen Stolz zu bezähmen.« Der Pfleger verfärbte sich, lief bis zum Scheitel rot an. »Ich hing früher noch einer anderen, schweren Sünde an, der Wollust. Das Leben hat mir geholfen, sie zu überwinden. In jungen Jahren war ich lasterhaft, nicht so sehr aus Sinnlichkeit wie vielmehr aus Neugier. Aus Neugier, das ist noch verwerflicher, nicht wahr?«

Anissi wußte nicht, was er darauf antworten sollte, aber er brannte darauf, von dem Laster zu hören. Womöglich führte von der Wollust ein Faden zum Verbrechen?

»Ich sehe in der Wollust überhaupt keine Sünde«, sagte er. »Sünde ist, dem Nächsten weh zu tun. Doch Wollust tut keinem weh, es sei denn, Gewalt ist im Spiel.«

Stenitsch schüttelte nur den Kopf.

»Ach, wie jung Sie sind, mein Herr. Dann haben Sie auch nicht von dem ›Sadoklub‹ gehört? Natürlich nicht, damals gingen Sie bestimmt noch aufs Gymnasium. Dieses Jahr im April ist es sieben Jahre her ... In Moskau weiß überhaupt kaum jemand davon. Tja, in medizinischen Kreisen hat es viel Staub aufgewirbelt, aber aus diesen Kreisen sickert nichts durch, der Korpsgeist. Man trägt den Dreck nicht aus der Hütte. Mich freilich hat man hinausgetragen ...«

»Was war das für ein Klub?« stellte sich Anissi dumm, während er an die Relegierung wegen »Unsittlichkeit« dachte.

Der Gesprächspartner lachte unangenehm.

»Wir waren eine Gruppe von Taugenichtsen, anderthalb Dutzend. Studenten der medizinischen Fakultät und zwei Mädchen, die die Höheren Frauenkurse besuchten. Es war eine finstere, rauhe Zeit. Das Jahr, in dem die Nihilisten den

66

Befreierzaren* in die Luft sprengten. Wir waren auch Nihilisten, bloß ohne Politik. Für Politik hätten sie uns damals zu Zwangsarbeit verurteilt, oder zu noch Schlimmerem. So haben sie nur unseren Anführer Sozki in ein Militärgefängnis gesteckt. Ohne Gerichtsverhandlung, ohne Aufsehen, durch Ministererlaß. Die anderen wurden auf andere Fachrichtungen verteilt, Pharmazie, Chemie, Pathologie, sie waren unwürdig, den hehren Arzttitel zu tragen. Und wer wie ich keine einflußreichen Fürsprecher hatte, flog ganz raus.«

»War das nicht zu hart?« fragte Anissi teilnahmsvoll. »Was haben Sie denn Furchtbares angestellt?«

»Jetzt denke ich, daß es nicht zu hart war. Genau richtig … Wissen Sie, junge Menschen, die den Pfad der medizinischen Ausbildung beschritten haben, neigen mitunter zum Zynismus. In ihnen setzt sich die Meinung fest, daß der Mensch nicht das Ebenbild Gottes ist, sondern eine Maschine aus Gelenken, Knochen, Nerven und so weiter. In den unteren Kursen gilt es als flott, im Leichenschauhaus zu frühstücken und eine Flasche Bier auf den eben erst zugenähten Bauch eines ›Kadavers‹ zu stellen. Es werden auch vulgärere Scherze getrieben, die will ich jetzt nicht erzählen. Aber das sind alles noch die üblichen Streiche, wir jedoch sind weiter gegangen. Unter uns gab es gut Betuchte, so daß uns alle Möglichkeiten offenstanden. Gewöhnliche Ausschweifung reichte uns bald nicht mehr. Sozki, Gott hab ihn selig, hatte Phantasie. Er ist nicht aus dem Gefängnis zurückgekehrt, ist zugrunde gegangen. Sonst hätte er es weit gebracht. Wir fanden Gefallen an sadistischen Vergnügungen. So suchten wir uns besonders abstoßende Straßendirnen, gaben ihnen ein

---

* Alexander II. (1818–1881); schaffte 1861 die Leibeigenschaft ab, was ihm den Namen »Befreierzar« eintrug. Anm. d. Ü.

Fünfundzwanzigkopekenstück und kühlten unser Mütchen an ihnen. Einmal, in einem Halb-Rubel-Bordell, haben wir im Suff eine alte Nutte, die für drei Rubel zu allem bereit war, zu Tode gebracht ... Der Fall wurde niedergeschlagen, kam nicht vor Gericht. Es wurde in aller Stille, ohne Skandal geregelt. Ich war anfangs wütend, daß mein Leben zerstört war, denn ich hatte mir das Studium vom Munde abgespart, hatte Nachhilfestunden gegeben, und meine Mutter hatte mir geschickt, was sie erübrigen konnte ... Aber Jahre später begriff ich plötzlich, daß es richtig war.«

Anissi sagte mit eingekniffenen Augen: »Wieso denn plötzlich?«

»Eben so«, antwortete Stenitsch knapp und streng. »Ich habe Gott geschaut.«

Irgendwas stimmt da nicht, dachte Anissi. Wenn ich ein bißchen daran kratze, kommt vielleicht auch die »Idee« zum Vorschein, von der der Chef gesprochen hat. Aber wie soll ich das Gespräch auf England bringen?

»Das Leben hat Sie sicherlich herumgewirbelt? Haben Sie auch im Ausland Ihr Glück gesucht?«

»Das Glück, nein, das habe ich nicht gesucht. Ausschweifung habe ich in verschiedenen Ländern gesucht. Und ich habe sie gefunden, der Herr vergebe mir.« Stenitsch bekreuzigte sich inbrünstig vor einer in der Ecke hängenden Ikone des Erlösers.

Da sagte Anissi treuherzig: »Waren Sie auch in England? Davon träume ich, aber es wird mir wohl nicht beschieden sein. Alle sagen, ein höchst zivilisiertes Land.«

»Merkwürdig, daß Sie nach England fragen.« Der ehemalige Sünder sah Anissi aufmerksam an. »Sie sind überhaupt ein merkwürdiger Herr. Was Sie auch fragen, es trifft genau ins Schwarze. In England nämlich habe ich Gott geschaut. Davor führte ich ein unwürdiges, erniedrigendes Dasein und ließ mich von einem Tollkopf aushalten. Aber dann faßte ich einen Entschluß und änderte mit einem Schlag mein Leben.«

»Sie haben doch selbst gesagt, daß Erniedrigung hilft, den Stolz zu überwinden. Warum haben Sie dann beschlossen, sich von diesem Leben loszusagen? Das ist unlogisch.«

Anissi wollte Stenitsch dazu bringen, mehr über sein Leben in England zu erzählen, aber er hatte einen groben Fehler gemacht – er hatte mit seiner Frage die »Schildkröte« zur Verteidigung gezwungen, und das hätte er unter keinen Umständen tun dürfen.

Und Stenitsch zog sich sofort in seinen Panzer zurück.

»Wer sind Sie denn, daß Sie über die Logik meiner Seele befinden? Wozu habe ich mich überhaupt vor Ihnen ausgeheult?«

Der Krankenpfleger bekam einen flammenden, haßerfüllten Blick, die schmalen Finger fuhren krampfhaft über den Tisch. Auf dem Tisch aber stand unter anderem ein Stahltopf mit medizinischen Geräten. Anissi fiel ein, daß Stenitsch an einer psychischen Krankheit litt, und retirierte in den Korridor. Er würde ohnehin nichts Vernünftiges mehr zu hören bekommen.

Aber einiges hatte er doch erfahren.

Jetzt stand ihm ein weiter Weg bevor, von Lefortowo zum entgegengesetzten Ende, nach Dewitschje Pole, wo vor kurzem die mit Mitteln des Manufaktur-Rats Timofej Morosow gebaute und nach ihm benannte Frauenklinik eröffnet worden war. Sonja war immerhin auch eine Frau, da würden sich schon Frauenprobleme finden lassen. So kam es, daß das Dummchen der Untersuchung wieder nützlich sein konnte.

Sonja war ganz aus dem Häuschen – der »Doto« aus Lefortowo hatte großen Eindruck auf sie gemacht.

»Mitammer poch-poch, Nie hochsprung, nifürcht, akeinbon«, erzählte sie dem Bruder aufgelebt von ihren Erlebnissen.

Für jeden anderen wäre es eine sinnlose Aneinanderreihung von Lauten gewesen, doch Anissi hatte alles verstanden: Der Doktor hatte mit einem kleinen Hammer auf das Knie geklopft, und das Knie war hochgesprungen, Sonja hatte sich nicht gefürchtet, aber der Doktor hatte ihr kein Bonbon gegeben.

Damit sie ihn nicht beim Nachdenken störte, ließ er am Sirotski-Institut anhalten und kaufte einen großen giftroten Hahn am Stöckchen. Sonja wurde gleich still. Sie schob die Zunge gute fünf Zentimeter heraus, leckte an dem roten Hahn und guckte mit ihren weißlichen Äuglein nach links und rechts. Was sie heute alles erlebte! Am Abend würde man seine liebe Not mit ihr haben, bis sie zur Ruhe kam und einschlief.

Endlich waren sie da. Eine schöne Klinik hatte der großzügige Manufaktur-Rat bauen lassen. Der Familie Morosow hatte die Stadt Moskau überhaupt viel Gutes zu verdanken. Erst kürzlich hatten die Zeitungen geschrieben, daß die Ehrenbürgerin Morosowa für junge Ingenieure Studienaufenthalte im Ausland gestiftet hatte, zur Vervollkommnung der praktischen Kenntnisse. Jetzt konnte jeder, der das Kaiserliche Moskauer Technikum abgeschlossen hatte, natürlich nur, so er rechtgläubig und gebürtiger Russe war, nach England oder auch in die Nordamerikanischen Staaten reisen.

Eine große Sache. Und hier in der Frauenklinik wurde montags und dienstags für mittellose Frauen eine kostenlose Sprechstunde abgehalten. War das nicht fabelhaft?

Heute war allerdings Mittwoch.

Anissi las den Aushang im Empfangszimmer: »Konsultation beim Professor – zehn Rubel. Sprechstunde beim Doktor – fünf Rubel. Sprechstunde bei der Ärztin Fr. Roganowa – drei Rubel«.

»Nicht billig«, beklagte sich Anissi bei dem Mann in der Anmeldung. »Meine Schwester ist schwachsinnig. Ist es da vielleicht billiger?«

Der Mann antwortete zuerst unwirsch: »Nein. Kommen Sie am Montag oder Dienstag wieder.«

Dann warf er einen Blick auf Sonja, die mit offenem Mund dastand, und wurde milder: »Gehen Sie in die Entbindungsstation, zu Jelisaweta Andrejewna. Sie ist eigentlich auch Ärztin, aber dem Titel nach bloß Hebamme. Die macht es billiger. Vielleicht nimmt sie auch gar nichts, wenn sie Mitleid hat.«

Ausgezeichnet. Frau Neswizkaja war also da.

Sie gingen durch einen kleinen Garten. Als sie sich dem einstöckigen gelben Gebäude der Entbindungsstation näherten, kam es zu einem Zwischenfall.

Im ersten Stock wurde ein Fenster aufgestoßen, die Scheibe fiel klirrend zu Boden. Anissi sah, wie eine junge Frau, bloß im Nachthemd, aufs Fensterbrett kletterte, lange schwarze Haare umwehten die Schultern.

»Geht weg, ihr Peiniger!« schrie die Frau gellend. »Ich hasse euch! Ihr wollt meinen Tod!«

Sie blickte nach unten – es waren hohe Räume, und bis zur Erde war es weit –, preßte sich mit dem Rücken an die

Steinwand und tastete sich auf dem Sims entlang, vom Fenster weg. Sonja stand stocksteif, mit herunterhängender Unterlippe – so ein Schauspiel hatte sie noch nie gesehen.

Aus dem Fenster schauten sofort mehrere Köpfe und redeten auf die Schwarzhaarige ein, keine Dummheiten zu machen, zurückzukommen.

Man sah, daß die Frau nicht bei Sinnen war. Sie taumelte, und der Sims war schmal. Gleich würde sie fallen oder sich herunterstürzen. Der Schnee unten war getaut, die nackte Erde steinig, Eisenstäbe ragten heraus. Das bedeutete für die Frau den Tod oder schwere Verletzungen.

Anissi blickte nach links, nach rechts. Die Leute starrten hinauf, alle hatten ratlose Mienen. Was sollte er tun?

»Hol eine Plane oder wenigstens eine Decke!« schrie er einem Sanitäter zu, der zum Rauchen herausgekommen und mit der Zigarette im Mund erstarrt war. Jetzt kam er zu sich und stürzte los, aber er würde wohl kaum rechtzeitig wieder da sein.

Nun kletterte, die anderen beiseiteschiebend, eine hochgewachsene Frau aufs Fensterbrett. Weißer Kittel, Metallkneifer, die Haare im Nacken zu einem festen Knoten gesteckt.

»Jermolajewa, mach keinen Blödsinn!« rief sie im Befehlston. »Dein Sohn weint, er hat Hunger!«

Und dann stieg sie auch heraus auf den Sims.

»Das ist nicht mein Sohn!« kreischte die Schwarzhaarige. »Den habt ihr mir untergeschoben! Komm nicht näher! Ich habe Angst vor dir!«

Die Frau im weißen Kittel machte noch einen Schritt und streckte die Hand aus, aber die Jermolajewa drehte sich weg und sprang.

Die Zuschauer schrien auf – im letzten Moment konnte die Ärztin die Verrückte unterhalb des Kragens packen. Das Nachthemd knirschte, hielt aber. Die Beine der Herabhängenden wurden unschicklich entblößt, und Anissi mußte blinzeln, doch gleich darauf schämte er sich seiner unziemlichen Anwandlungen. Die Ärztin klammerte sich mit einer Hand an die Regenrinne und hielt mit der anderen die junge Frau fest. Gleich würde sie sie loslassen oder zusammen mit ihr herabstürzen!

Anissi riß sich den Mantel herunter und winkte zwei Männer heran. Zu dritt hielten sie den ausgebreiteten Mantel unter die Frau.

»Ich kann nicht mehr! Die Finger lösen sich!« rief die eiserne Ärztin, und im selben Augenblick fiel die Schwarzhaarige herab.

Der Aufprall warf die drei Männer um. Anissi sprang auf und schüttelte die gestauchten Handgelenke. Die Frau lag mit geschlossenen Augen, schien aber zu leben, Blut war nicht zu sehen. Einer von Anissis Helfern, dem Aussehen nach ein Handlungsgehilfe, saß auf der Erde und hielt sich wimmernd die Schulter. Schade um den Mantel – er hatte keine Ärmel mehr, und der Kragen war eingerissen. Ein neuer Mantel, erst im Herbst geschneidert, für 45 Silberrubel.

Die Ärztin war schon zur Stelle – wie sie das geschafft hatte! Sie hockte sich neben die Bewußtlose, fühlte den Puls, tastete Arme und Beine ab.

»Sie lebt und ist heil.«

Zu Anissi sagte sie: »Sehr geistesgegenwärtig von Ihnen, sie mit dem Mantel aufzufangen.«

»Was hat sie denn?« fragte er und schüttelte die Handgelenke.

»Kindbettfieber. Zeitweilige Bewußtseinstrübung. Kommt selten vor, aber manchmal doch. Und was ist mit dir?« wandte sie sich an den Handlungsgehilfen. »Ausgerenkt? Komm her.«

Sie griff mit ihren kräftigen Händen zu, ein kurzer Ruck, und der Handlungsgehilfe schrie leise auf.

Eine Pflegerin kam keuchend angelaufen und fragte: »Lisaweta Andrejewna, was machen wir mit ihr?«

»Einzelzimmer. Mit drei Decken zudecken, Morphium spritzen. Soll sie schlafen. Und laß sie nicht aus den Augen.«

Sie wandte sich zum Gehen.

»Ich wollte eigentlich zu Ihnen, Frau Neswizkaja«, sagte Anissi und dachte bei sich: Der Chef hat recht, auch Frauen als Verdächtige in Betracht zu ziehen. Ein solches Pferd ist nicht nur imstande, jemandem mit dem Skalpell die Kehle durchzuschneiden, sondern auch einen Menschen mit bloßen Händen zu erwürgen, ohne weiteres.

»Wer sind Sie? In welcher Angelegenheit?« Die Verdächtige sah ihn an. Der Blick hinter dem Kneifer war hart, überhaupt nicht weiblich.

»Tulpow, Gouvernementsekretär. Ich bin mit einer Kranken hier, um Ihren Rat einzuholen. Sie quält sich sehr mit der Periode. Würden Sie sie untersuchen?«

Die Ärztin blickte Sonja an und fragte sachlich: »Schwachsinnig? Hat sie ein Geschlechtsleben? Ist sie Ihre Beischläferin?«

»Erlauben Sie mal!« rief Anissi entsetzt. »Das ist meine Schwester. Sie ist von Geburt an so.«

»Können Sie bezahlen? Wenn ja, bekomme ich zwei Rubel für die Untersuchung.«

»Ich zahle mit dem größten Vergnügen«, beeilte sich Anissi zu versichern.

»So, so, warum gehen Sie dann nicht zum Doktor oder zum Professor? Na schön, kommen Sie mit.«

Sie ging mit raschen, ausgreifenden Schritten voraus, Anissi nahm Sonja bei der Hand und folgte ihr.

Sein weiteres Vorgehen überlegte er sich im Gehen.

Über den Typ gab es keinen Zweifel – eine klassische »Löwin«. Das empfohlene Herangehen – Verwirrung zeigen, Schüchternheit. Das stimmt die »Löwin« weicher.

Das Behandlungszimmer der Hebamme war klein, sauber, spartanisch eingerichtet: Untersuchungsliege, Tisch, Stuhl. Auf dem Tisch zwei Broschüren – »Über das Unhygienische der Frauenunterkleidung«, verfaßt von dem Privatdozenten für Frauenheilkunde und Geburtshilfe A. N. Solowjow, und »Mitteilungen der Gesellschaft zur Verbreitung praktischer Kenntnisse unter gebildeten Frauen«.

An der Wand ein Werbeplakat:

HYGIENISCHE DAMENKISSEN
Hergestellt aus Zellstoffwatte.
Eine sehr bequeme Binde mit Gürtel,
zu tragen von Damen während der Periode.
Der Preis für das Dutzend 1 R. Der Preis für
den Gürtel 40 Kop. bis 1R. 50 Kop.
Pokrowka-Straße, Jegorow-Haus

Anissi stieß einen Seufzer aus und stammelte: »Warum ich mich entschlossen habe, mich gerade an Sie zu wenden, Frau Neswizkaja. Ich, müssen Sie wissen, habe nämlich gehört, daß Sie in höchstem Maße qualifiziert sind, obwohl die Stellung, die Sie einnehmen, nicht dem entspricht, was einer so gelehrten Frau zukäme ... Das heißt, ich habe nicht das geringste gegen den Beruf der Hebamme ... Es liegt mir fern, ihn herabzusetzen oder, Gott behüte, anzweifeln, ganz im Gegenteil ...«

Es schien ihm recht gut gelungen zu sein, er war vor Verwirrung sogar errötet, aber da verblüffte ihn die Frau: Sie packte ihn bei den Schultern und drehte sein Gesicht zum Licht.

»Sieh mal an, diesen Augenausdruck kenne ich doch. Sind Sie vielleicht Polizeispitzel? Ihr arbeitet mit Finten und habt euch sogar eine Schwachsinnige besorgt. Was wollt ihr noch von mir? Warum laßt ihr mich nicht endlich in Ruhe? Wollt ihr mir unerlaubtes Praktizieren anhängen? Der Direktor weiß davon.«

Sie stieß ihn angewidert beiseite. Anissi rieb sich die Schultern – war das ein Griff. Sonja schmiegte sich erschrocken an den Bruder und plärrte. Er streichelte ihr den Kopf.

»Bist du erschrocken? Die Tante macht nur Spaß, ein Spiel. Sie ist eine gute Frau, eine Doktorin ... Jelisaweta Andrejewna, Sie befinden sich im Irrtum, was mich betrifft. Ich bin in der Kanzlei Seiner Erlaucht des Generalgouverneurs angestellt. Auf einem niederen Posten natürlich. Ein kleines Licht. Tulpow, Sekretär. Soll ich Ihnen meine Dokumente zeigen?«

Er breitete verwirrt die Arme aus, lächelte befangen.

Ausgezeichnet! Sie bekam ein schlechtes Gewissen, und das war das Beste, um eine »Löwin« zum Reden zu bringen.

»Entschuldigen Sie, ich sehe überall ... Sie müssen verstehen ...«

Mit zitternder Hand nahm sie eine Papirossa vom Tisch und zündete sie an, was ihr allerdings erst mit dem dritten Streichholz gelang. Sieh an, die eiserne Doktorin.

»Entschuldigen Sie, daß ich schlecht von Ihnen gedacht

habe. Ich bin mit den Nerven runter. Und dann noch die Jermolajewa ... Ach ja, Sie haben sie ja gerettet, das hatte ich ganz vergessen ... Ich muß Ihnen etwas erklären. Ich weiß nicht, warum, aber ich möchte, daß Sie verstehen ...«

Sie möchten mir etwas erklären, meine Gnädige, antwortete ihr Anissi in Gedanken, weil Sie eine »Löwin« sind und ich mich wie ein »Häschen« benehme. »Löwinnen« vertragen sich am besten mit sanften, schutzlosen »Häschen«. Psychologie, Jelisaweta Andrejewna.

Aber neben der Genugtuung empfand Anissi auch ein moralisches Unbehagen – Spitzel war er zwar nicht, aber er arbeitete bei der Fahndung, und die Schwester hatte er als Vorwand mitgebracht. Die Ärztin hatte schon recht.

Sie hatte hastig, in ein paar Zügen die Papirossa geraucht und zündete sich eine zweite an. Anissi wartete und klapperte kläglich mit den Augen.

»Rauchen Sie?« Sie hielt ihm die Schachtel hin.

Eigentlich rauchte Anissi nicht, aber »Löwinnen« führen die andern gern am Gängelband, darum nahm er eine Papirossa, zog den Rauch ein und mußte husten.

»Ja, die sind etwas stark.« Die Ärztin nickte. »Alles Gewohnheit. Im Norden ist der Tabak kräftig, und ohne Tabak hält man es dort im Sommer nicht aus – Mücken, Schnaken.«

»Dann sind Sie aus dem Norden?« fragte Anissi naiv und streifte unbeholfen die Asche ab.

»Nein, ich bin in Petersburg geboren und wuchs dort als Mamas Liebling auf. Aber als ich siebzehn war, kamen Männer in blauen Uniformen mit einer Droschke vorgefahren, holten mich von Mama weg und sperrten mich in die Festung.«

Sie sprach abgehackt. Ihre Hände zitterten nicht mehr, ihre

77

Stimme wurde scharf, die Augen verengten sich böse, aber jetzt war nicht Anissi der Grund, das war klar.

Sonja hatte sich auf den Stuhl gesetzt und schniefte, an die Wand gelehnt, vor sich hin – die Eindrücke hatten sie ermüdet.

»Aber weshalb denn?« fragte flüsternd das »Häschen«.

»Weil ich einen Studenten kannte, der in einem Haus verkehrte, in dem sich manchmal Revolutionäre trafen.« Die Ärztin lachte bitter auf. »Es hatte wieder einmal ein Attentat auf den Zaren gegeben, also kassierten sie uns alle. Bis sie alles aufgeklärt hatten, saß ich zwei Jahre in Einzelhaft. Und das mit siebzehn. Wieso ich nicht verrückt geworden bin, weiß ich nicht. Aber vielleicht bin ich's ja auch … Dann ließen sie mich frei. Aber für alle Fälle, damit ich keine ungebührlichen Bekanntschaften knüpfte, verbannten sie mich in ein Dorf im Gouvernement Archangelsk. Dort stand ich unter Polizeiaufsicht. Nehmen Sie mir also mein Mißtrauen nicht übel. Ich habe eine besondere Beziehung zu blauen Uniformen.«

»Und wo haben Sie Medizin studiert?« fragte Anissi und schüttelte teilnahmsvoll den Kopf.

»Zuerst im Dorfkrankenhaus. Ich mußte ja von irgendwas leben, also wurde ich Krankenschwester. Ich begriff, daß Medizin das Richtige für mich ist. Wohl das einzige, was Sinn hat… Dann hat es mich nach Schottland verschlagen, und ich habe Medizin studiert. Ich machte als erste Frau eine chirurgische Ausbildung – dort haben es Frauen auch nicht so leicht – und wurde eine gute Chirurgin. Ich habe eine sichere Hand, kann Blut sehen und ekle mich nicht vor den menschlichen Eingeweiden. Sie besitzen sogar ihre eigene Schönheit.«

Anissi pirschte sich heran.

»Sie können also auch operieren?«

Sie lächelte herablassend: »Ich kann sogar Amputationen vornehmen und in der Bauchhöhle operieren. Aber statt dessen mache ich seit Monaten …« Sie winkte wütend ab.

Was machte sie »statt dessen«? Schnitt sie Straßenmädchen die Därme heraus?

Die vermutlichen Motive?

Anissi betrachtete verstohlen das unschöne, sogar grobe Gesicht der Ärztin. Krankhafter Haß auf den weiblichen Körper? Sehr gut möglich. Die Ursachen: eigene körperliche Reizlosigkeit, die persönliche Situation, die ungeliebte Arbeit als Hebamme, der tägliche Anblick von Patientinnen, deren Frauenschicksal sich glücklich gefügt hat. Das reicht doch. Nicht auszuschließen ist auch eine latente Geistestrübung als Folge des erlittenen Unrechts und der Einzelhaft in so jungen Jahren.

»Na schön, dann werde ich mal Ihre Schwester untersuchen. Genug geschwatzt. Das ist sonst gar nicht meine Art.«

Sie nahm den Zwicker ab, rieb sich mit ihren kräftigen Fingern müde die Nasenwurzel und massierte dann ihr Ohrläppchen. Anissi mußte natürlich sofort an das unheilvolle Ohr denken.

Wie mochte es inzwischen dem Chef ergangen sein? War es ihm gelungen, den Absender des »Päcksens« zu ermitteln?

Und wieder ist Abend. Gesegnete Finsternis, die mich mit ihrem braunen Flügel zudeckt. Ich gehe am Eisenbahndamm entlang. Eine merkwürdige Erregung beengt mir die Brust.

Erstaunlich, wie sehr mich der Anblick von Bekannten aus meinem früheren Leben aus der Bahn wirft. Sie haben sich verändert, einige bis zur Unkenntlichkeit, von mir ganz zu schweigen.

Erinnerungen kommen hoch. Dumme, unnötige. Jetzt ist alles anders.

Am Bahnübergang steht vor dem Schlagbaum eine kleine Bettlerin. Zwölf, dreizehn Jahre alt. Sie zittert vor Kälte, hat rauhe rote Hände, die Füße sind in schmutzige Lappen gewickelt. Ein grauenhaftes, wirklich grauenhaftes Gesicht: eiternde Augen, aufgeplatzte Lippen, triefende Nase. Ein unglückliches, mißratenes Menschenkind.

Eines solchen Wesens muß man sich doch erbarmen. Denn man kann auch dieses abstoßende Gesicht schön machen. Machen muß man eigentlich gar nichts. Es reicht, seine wahre Schönheit sichtbar werden zu lassen.

Ich folge dem Mädchen. Die Erinnerungen beunruhigen mich nicht mehr.

Studienfreunde

5. April, Karmittwoch, Tag und Abend
Nachdem Fandorin seinen Assistenten mit einem Auftrag weggeschickt hatte, bereitete er sich auf konzentriertes Nachdenken vor. Da ihm auch eine irrationale Erleuchtung gelegen käme, wollte er mit der Meditation beginnen.

Er schloß die Tür seines Arbeitszimmers, setzte sich mit gekreuzten Beinen auf den Teppich und versuchte, sich aller Gedanken zu entledigen. Den Blick anzuhalten, das Gehör auszuschalten. Sich auf den Wellen der Großen Leere zu wiegen, aus der, wie schon mehrfach geschehen, der anfangs kaum hörbare, dann immer deutlicher werdende und schließlich ohrenbetäubende Laut der Wahrheit erklingen würde.

Die Zeit verging. Dann stand sie still. Dann gab es sie gar nicht mehr. Von innen, aus dem Bauch, stieg langsam kühle Ruhe nach oben, vor den Augen verdichtete sich goldfarbener Nebel, aber da ließ die riesige Standuhr in der Zimmerecke einen Schnarcher hören und begann dröhnend zu schlagen: bom-bom-bom-bom-bom!

Fandorin kam zu sich. Schon fünf? Er verglich die Zeit auf seiner Breguet-Taschenuhr, denn er vertraute der Standuhr nicht ganz – und richtig, sie ging zwanzig Minuten vor.

Sich ein zweites Mal in Meditation zu versetzen erwies sich als schwer. Ihm fiel ein, daß er um fünf Uhr am Wettkampf des Moskauer Velozipedisten-Klubs zugunsten armer Witwen und Waisen von Militärangehörigen teilnehmen sollte.

81

In der Manege wetteiferten die besten Moskauer Sportler miteinander, darunter auch die Veloziped-Mannschaften des Grenadierkorps. Fandorin hatte keine schlechten Chancen, wie schon im vergangenen Jahr den Hauptpreis zu gewinnen.

Aber ihm war gar nicht nach Wettkampf zumute.

Er verscheuchte die unangebrachten Gedanken und betrachtete das blaßlila Tapetenmuster. Gleich würde sich der Nebel wieder verdichten, die gemalten Schwertlilien würden die Blüten öffnen und duften, und das Satori würde über ihn kommen.

Etwas störte. Der Nebel wurde wie von einem Wind weggeweht, der von links kam. Dort auf dem Tisch lag in einer Lackdose das abgeschnittene Ohr. Es lag da und gab keine Ruhe.

Fandorin konnte von klein auf nicht den Anblick verstümmelter Menschen ertragen. Dabei hatte er in seinem Leben schon alle möglichen Greuel gesehen, hatte an Kriegen teilgenommen, aber er hatte nicht gelernt, gleichgültig hinzunehmen, was die Menschen einander antaten.

Als er begriff, daß die Schwertlilien auf den Tapeten heute nicht duften würden, stieß er einen tiefen Seufzer aus. Da es ihm nicht gelungen war, die Intuition zu wecken, mußte er sich auf die Ratio verlassen.

Also setzte er sich an den Tisch und nahm die Lupe zur Hand.

Er begann mit dem Packpapier. Ganz gewöhnliches Papier, in das man alles einwickeln konnte. Kein Anhaltspunkt.

Nun die Aufschrift. Große, ungleichmäßige Buchstaben mit nachlässigen Endlinien. Wenn man genauer hinguckte, sah man winzige Tintenspritzer – der Schreiber hatte stark aufgedrückt. Vermutlich ein Mann in den besten Jahren. Womöglich war er erregt oder betrunken gewesen. Nicht auszuschließen war aber auch eine Frau, die zu Affekten und Hysterie neigte. In diesem Zusammenhang waren die Häkchen am Buchstaben »O« und die koketten Schnörkel am »F« interessant.

Das Wichtigste: An den Gymnasien wurde eine solche Schrift nicht gelehrt. Entweder war die Person von einem Hauslehrer unterrichtet worden, was eher auf eine Frau hindeutete, oder sie hatte überhaupt keine regelmäßige Ausbildung erhalten. Es gab aber keinen einzigen orthographischen Fehler. Hm, interessant. Zumindest war die Aufschrift ein Anhaltspunkt.

Weiter – die Samtschachtel. Eine Verpackung für teure Broschen oder Manschettenknöpfe. Innen ein Monogramm: »A. Kusnezow, Kamergerski-Gasse«. Das gab nichts her. Ein großes Juweliergeschäft, eines der bekanntesten in Moskau. Man konnte natürlich Nachforschungen anstellen, aber das war wenig sinnvoll, denn von solchen Schachteln wurden pro Tag wahrscheinlich Dutzende verkauft.

Das Atlasband – nichts Besonderes. Glatt, rot. Solche Bänder flechten sich Zigeunerinnen oder Kaufmannstöchter an Feiertagen in die Zöpfe.

Die Dose (Puder »Cluseret« Nr. 6) betrachtete Fandorin mit der Lupe besonders aufmerksam, hielt sie nur am äußersten Rand fest. Er streute ein weißes Pulver, eine Art Talkum, darauf, und auf der glatten Lackoberfläche traten viele Fingerabdrücke hervor. Der Kollegienrat befeuchtete sie mit einem speziellen hauchdünnen Papier. Vor Gericht wurden Fingerabdrücke als Beweis nicht anerkannt, aber es konnte trotzdem nützlich sein.

Erst jetzt widmete er sich dem armen Ohr. Als erstes versuchte er sich vorzustellen, daß es keinerlei Beziehung zu einem Menschen hatte. Es war einfach ein interessanter Gegenstand, der alles über sich erzählen wollte.

Der Gegenstand erzählte ihm folgendes.

Das Ohr hatte einer jungen Frau gehört. Nach den Sommersprossen auf beiden Seiten der Ohrmuschel zu urteilen, war sie rotblond gewesen. Das Ohrläppchen war durchstochen, aber sehr unsachgemäß: Das Loch war groß und länglich. Dieser Umstand und die wettergegerbte Haut sprachen erstens dafür, daß die ehemalige Besitzerin des Ohrs das Haar hochgesteckt getragen hatte; zweitens hatte sie keiner privilegierten Schicht angehört; drittens hatte sie sich lange mit unbedecktem Kopf in der Kälte aufgehalten. Das war besonders wichtig. Mit unbedecktem Kopf, selbst in der kalten Jahreszeit, gingen vor allem Dirnen auf die Straße. Das war ja auch ein Merkmal ihres Gewerbes.

Sich auf die Lippe beißend, drehte Fandorin das Ohr, das er doch nicht einfach als Gegenstand betrachten konnte, mit der Pinzette um und untersuchte den Schnitt. Er stammte von einem außergewöhnlich scharfen Instrument. Kein Tropfen angetrocknetes Blut. Also war die Rotblonde zu dem Zeitpunkt, als das Ohr abgetrennt wurde, schon ein paar Stunden tot gewesen.

Woher kam die leichte Schwärzung an der Schnittstelle? Ah, vom Auftauen, das war's! Die Leiche hatte in einem Eisschrank gelegen, darum der ideale Schnitt; als das Ohr abgetrennt wurde, war das Gewebe noch gefroren.

Die Leiche einer Prostituierten, die im Kühlraum aufbewahrt wurde? Wozu? Solche Frauen wurden gewöhnlich zum Boshedomka-Friedhof gefahren und dort verscharrt. Wenn sie doch in den Kühlraum kamen, dann entweder im Leichenschauhaus der Medizinischen Fakultät, zu Unterrichtszwecken, oder im Leichenschauhaus der Gerichtsmedizin, zwecks polizeilicher Ermittlungen.

Jetzt das Interessanteste: Wer hatte das Ohr geschickt und weshalb?

Zuerst – weshalb.

Genau das hatte im vergangenen Jahr auch der Londoner Mörder getan. Er hatte Mr. Albert Lask, der das Komitee zur Ergreifung des Rippers leitete, eine halbe Niere der Prostituierten Catherine Eddowes geschickt, deren verstümmelter Körper am 30. September gefunden worden war.

Für Fandorin hatte dieses Bubenstück zwei Bedeutungen. Erstens war es eine Herausforderung, eine Demonstration der Überzeugung, straffrei zu bleiben. Etwa so: Wie sehr ihr euch auch anstrengt, ihr kriegt mich nicht. Aber es gab vielleicht noch eine zweite Ebene: das einem solchen Triebtäter innewohnende masochistische Verlangen, gefangen und bestraft zu werden. Wenn ihr, die Hüter der Gesellschaft, wirklich allmächtig und allgegenwärtig seid, wenn das Recht der Vater ist und ich sein schuldig gewordenes Kind bin, dann gebe ich euch den Schlüssel in die Hand, findet mich. Die Londoner Polizei konnte mit dem Schlüssel nichts anfangen.

Möglich war natürlich auch eine ganz andere Version: Das grausige Päckchen hatte nicht der Mörder geschickt, sondern ein zynischer Scherzbold, der in der tragischen Situation einen Anlaß für einen makabren Spaß sah. In London hatte die Polizei auch einen höhnischen Brief bekommen, unterschrieben mit »Jack the Ripper«; seitdem trug der Mörder diesen Namen. Die englischen Ermittler waren aber zu dem Schluß gekommen, daß es sich um eine Mystifikation handelte, wahrscheinlich mußten sie ihren Mißerfolg bei der Suche nach dem Absender rechtfertigen.

Es lohnte nicht, sich die Arbeit zu erschweren, indem man sie verdoppelte. Im Moment war nicht wichtig, ob der Mörder das Ohr geschickt hatte, sondern wer es getan hatte. Vielleicht war es ja der Ripper. Der Moskauer Streich unterschied sich von dem Londoner allerdings durch einen wesentlichen Umstand: Von den Morden in East End hatte die ganze britische Hauptstadt gewußt, und es konnte sich eigentlich jeder einen »Spaß« erlauben. Im vorliegenden Fall aber waren die Einzelheiten des gestrigen Verbrechens nur sehr wenigen Personen bekannt, selbst wenn man die nächsten Freunde und Verwandten hinzurechnete.

Also, was ließ sich über den Absender des »Päcksens« sagen?

Er war ein Mensch, der nicht das Gymnasium besucht hatte, aber eine ausreichende Bildung besaß, um Wörter wie »Hochwohlgeboren« und »Kollegienrat« fehlerfrei zu schreiben. Erstens.

Nach der Schachtel von Kusnezow und der Puderdose von Cluseret zu urteilen ein Mensch, der nicht zu den Armen gehörte. Zweitens.

Ein Mensch, der nicht nur über die Morde informiert war, sondern auch Fandorins Rolle bei der Ermittlung kannte. Drittens.

Ein Mensch, der Zugang zum Leichenschauhaus hatte, was den Kreis der Verdächtigen noch mehr einengte. Viertens.

Ein Mensch, der chirurgische Praktiken beherrschte. Fünftens.

Was noch?

»Masa, den Kutscher! Schnell!«

Sacharow kam aus dem Seziersaal, mit Lederschürze, die schwarzen Handschuhe voller braunem Schleim. Sein Gesicht war verquollen, verkatert, in einem Mundwinkel steckte die erloschene Pfeife.

»Ah, das Auge des Gouverneurs«, sagte er lässig statt einer Begrüßung. »Wurde noch jemand in Scheiben geschnitten?«

»Jegor Williamowitsch, wieviel L-Leichen von Prostituierten liegen bei Ihnen im Kühlraum?« fragte Fandorin scharf.

Der Experte zuckte die Achseln.

»Wie Herr Ischizyn angeordnet hat, bringt man uns jetzt alle Freudenmädchen, die sich endgültig ausgefreut haben. Außer unserer gemeinsamen Freundin Andrejitschkina wurden gestern und heute noch sieben angeliefert. Warum, wollen Sie sich an ihnen ergötzen?« Sacharow grinste. »Es sind Prachtexemplare darunter. Aber wohl nicht Ihr Geschmack. Sie bevorzugen doch Ausgeweidete?«

Der Pathologe sah, daß sich der Beamte unwohl fühlte, und zog anscheinend daraus Vergnügen.

»Z-Zeigen Sie sie mir.«

Der Kollegienrat schob energisch den Unterkiefer vor und machte sich auf einen scheußlichen Anblick gefaßt.

In dem großen Raum, in dem helle elektrische Lampen brannten, sah Fandorin als erstes Holzregale, vollgestellt mit Gläsern, in denen formlose Gegenstände schwammen, erst dann blickte er zu den zinkbeschlagenen rechteckigen Tischen. Auf einem Tisch am Fenster ragte ein schwarzes Mikroskop, da lag auch ein ausgestreckter Körper, an dem der Assistent hantierte.

Fandorin warf einen flüchtigen Blick auf den Leichnam, sah, daß es ein Mann war, und wandte sich erleichtert ab.

»Penetration des Scheitelbeins durch eine Schußwaffe,

Jegor Williamowitsch, sonst nichts«, näselte der Assistent und starrte neugierig auf Fandorin – diese in Polizeikreisen und darüber hinaus fast legendäre Persönlichkeit.

»Den haben sie von Chitrowka hergebracht«, erklärte Sacharow. »Einer von den kleinen Gaunern. Aber Ihre Hühner sind alle dort, im Kühlraum.«

Er stieß die schwere Eisentür zum Kühlraum auf, aus dem ihnen Kälte und ein grausiger schwerer Gestank entgegenschlug.

Ein Druck auf den Schalter, und an der Decke leuchtete eine matte Glaslampe auf.

»Da liegen unsere Heldinnen, etwas abseits«, der Arzt wies dem versteinerten Fandorin die Richtung.

Der erste Eindruck war gar nicht so schlimm: wie das »Türkische Frauenbad« von Ingres. Ein Gewirr nackter Frauenleiber, fließende Linien. Nur war der Dampf nicht heiß, sondern eisig, und alle Odalisken lagen, ohne sich zu rühren. Dann erreichten Details das Auge: lange tiefrote Schnitte, blaue Flecke, zusammengeklebte Haare.

Sacharow tätschelte einer Frau, die wie eine Nixe aussah, die blaue Wange.

»Nicht übel, was? Aus einem Bordell. Schwindsucht. Hier ist überhaupt nur ein einziger gewaltsamer Tod: Der Vollbusigen dort wurde mit einem Stein der Schädel eingeschlagen. Zwei Selbstmorde. Drei sind im Suff erfroren. Die werden alle hierher gekarrt. Der reinste Blödsinn. Doch was geht's mich an. Ich krähe, aber ob's hell wird, ist mir egal.«

Fandorin beugte sich über ein mageres Mädchen, dessen Schultern und Brüste von Sommersprossen gesprenkelt waren. Er strich die langen rotblonden Haare aus dem qualvoll verzerrten, spitznasigen Gesicht. An der Stelle des rechten Ohrs war ein kleines kirschrotes Loch.

»Was sind denn das für Eigenmächtigkeiten?« wunderte sich Sacharow und warf einen Blick auf das am Fuß der Toten befestigte Kärtchen. »Marfa Setschkina, sechzehn Jahre. Ja, ich erinnre mich. Selbstmord mit phosphorhaltigen Zündhölzern. Die ist gestern gebracht worden. Aber da hatte sie noch beide Ohren, das weiß ich genau. Wo ist das rechte Ohr hingekommen?«

Der Kollegienrat holte die Puderdose hervor, öffnete sie schweigend und hielt sie dem Arzt unter die Nase.

Der nahm das Ohr mit ruhiger Hand und paßte es an das kirschrote Loch.

»Das ist es! Was hat das zu bedeuten?«

»Das hätte ich gern von Ihnen gewußt.« Fandorin hielt sich ein parfümiertes Taschentuch vors Gesicht, fühlte aufsteigende Übelkeit und sagte: »Gehen wir, reden wir draußen.«

Sie kehrten in den Seziersaal zurück, der dem Kollegienrat jetzt ungeachtet der aufgeschnittenen Leiche beinahe gemütlich vorkam.

»D-Drei Fragen. Wer war gestern abend hier? Wem haben Sie von der Ermittlung und von meiner Mitwirkung erzählt? Wessen Schrift ist das?«

Fandorin legte das Einwickelpapier des »Päcksens« vor Sacharow hin und hielt es für nötig, hinzuzufügen: »Ich weiß, daß Sie das nicht geschrieben haben – Ihre Schrift kenne ich. Aber ich hoffe, Sie verstehen, was diese S-Sendung bedeutet?«

Sacharow erbleichte und büßte offensichtlich die Spottlust ein.

»Ich warte auf Ihre Antwort, Jegor Williamowitsch. Soll ich die Fragen w-wiederholen?«

Der Arzt schüttelte den Kopf und schielte zu Grumow, der mit übergroßem Eifer etwas Graublaues aus der Bauchhöhle zog. Sacharow schluckte, und an seinem sehnigen Hals zuckte der Adamsapfel.

»Gestern abend waren Kommilitonen von früher hier. Wir haben auf den Jahrestag ... eines denkwürdigen Ereignisses angestoßen. Sieben, acht Leute. Wir haben hier Sprit getrunken, wie in Studentenzeiten ... Vielleicht habe ich ein Wort über die Ermittlung fallenlassen, ich erinnre mich nicht mehr. Es war gestern ein harter Tag, ich war müde und habe nicht viel vertragen ...«

Er verstummte.

»Die dritte Frage«, erinnerte ihn Fandorin. »Wessen Schrift? Und lügen Sie nicht, daß Sie sie nicht erkennen. Es ist eine charakteristische Schrift.«

»Lügen ist nicht mein Fall«, knurrte Sacharow. »Und die Handschrift habe ich erkannt. Aber ich bin kein Denunziant, ich bin ein ehemaliger Student der Moskauer Universität. Finden Sie das selber heraus.«

Fandorin sagte feindselig: »Sie sind nicht nur ein ehemaliger Student, sondern zur Zeit auch Gerichtsarzt, und Sie haben einen Eid g-geleistet. Oder ist Ihnen entfallen, worum es bei der Ermittlung geht?« Mit leiser, völlig ausdrucksloser Stimme fuhr er fort: »Ich kann natürlich die Schrift aller Ihrer ehemaligen Kommilitonen überprüfen lassen, aber das dauert Wochen. Dann bleibt Ihre Korporationsehre gewahrt, aber ich werde dafür sorgen, daß Sie vor Gericht gestellt werden und das R-Recht verlieren, im Staatsdienst zu arbeiten. Sacharow, Sie kennen mich seit Jahren. Ich rede nichts in den Wind.«

Sacharow zuckte zusammen, die Pfeife rutschte im Mund hin und her.

»Ersparen Sie mir das, Herr Kollegienrat … Ich kann nicht. Dann gibt mir keiner mehr die Hand. Dann bin ich nicht nur im Staatsdienst erledigt, sondern auch als Mediziner. Das beste wäre …« Die gelbe Stirn des Arztes legte sich in Falten. »Wir feiern heute weiter. Um sieben treffen wir uns bei Burylin. Er hat das Studium nicht abgeschlossen, wie noch ein paar andere aus unserer Clique, aber von Zeit zu Zeit sehen wir uns. Ich bin mit meiner Arbeit hier gerade fertig, den Rest kann Grumow erledigen. Eigentlich wollte ich mich jetzt waschen, umziehen und losfahren. Ich habe gleich neben der Friedhofsverwaltung eine Dienstwohnung. Sehr bequem … Also, wenn es Ihnen koveniert, kann ich Sie zu Burylin mitnehmen. Ich weiß nicht, ob die von gestern alle kommen, aber der Mann, der Sie interessiert, wird bestimmt dort sein, da bin ich sicher … Entschuldigen Sie, aber das ist alles, was ich tun kann. Meine Ehre als Arzt.«

Die kläglichen Töne paßten gar nicht zu dem Pathologen. Fandorin dämpfte seinen Zorn und setzte Sacharow nicht weiter zu. Er schüttelte nur verwundert den Kopf über diese sonderbare Korporationsethik: Einen mutmaßlichen Mörder durfte man nicht angeben, sofern er ein ehemaliger Kommilitone war, aber einen Fahnder ins Haus eines Studienfreundes mitbringen – bitte sehr.

»Sie erschweren mir meine Au-Aufgabe, aber schön, meinetwegen. Es ist schon nach acht. Ziehen Sie sich um, und wir fahren.«

Während der Fahrt (und sie mußten weit fahren, bis zur Jakimanskaja) schwiegen sie die meiste Zeit. Sacharow war finsterer als eine Gewitterwolke und antwortete unwillig auf Fragen, dennoch entlockte ihm Fandorin einiges über den Gastgeber.

Er hieß Kusma Burylin. Fabrikant, Millionär, Abkömmling eines alten Kaufmannsgeschlechts. Sein Bruder, viele Jahre älter als er, hatte den Glauben der Skopzen angenommen. Er hatte die Sünde »abgeschnitten«*, hatte als Einsiedler gelebt und Kapital angehäuft. Als sein jüngerer Bruder vierzehn wurde, wollte er auch ihn »reinigen«, aber just am Vorabend der »großen Weihe« war Burylin der Ältere plötzlich und unerwartet verschieden, und der Halbwüchsige behielt nicht nur seine natürliche Unversehrtheit, sondern erbte auch noch ein gewaltiges Vermögen. Wie Sacharow giftig bemerkte, hatte die nachträgliche Angst um die wie durch ein Wunder erhalten gebliebene Männlichkeit das ganze weitere Leben Burylins geprägt. Er war dazu verdammt, sich sein Leben lang immer wieder zu beweisen, daß er kein Skopze war, was zu wilden Exzessen führte.

»Weshalb studiert so ein r-reicher Mann Medizin?« fragte Fandorin.

»Was hat Burylin nicht alles studiert, bei uns und im Ausland. Er ist neugierig, unbeständig. Ein Diplom braucht er nicht, darum hat er kein Studium abgeschlossen, und von der medizinischen Fakultät ist er geflogen.«

»Weshalb?«

»Da gab's schon einen Grund«, antwortete der Arzt unbestimmt. »Sie werden bald selbst sehen, was für eine Type das ist.«

Die beleuchtete Auffahrt der Burylinschen Villa, deren Vorderfront auf den Fluß blickte, war von weitem zu sehen. Sie überstrahlte mit hellen, bunten Lichtern das dunkle Kaufmannsviertel an der Uferstraße, wo man sich während der

---

* Anspielung auf den Brauch der Skopzen (Verschnittene), sich der Kastration zu unterziehen. Anm. d. Ü.

92

Großen Fasten früh schlafen legte und ohne Notwendigkeit kein Licht anzündete. Das Haus war groß, erbaut in einem häßlichen maurisch-gotischen Stil: einerseits spitze Türmchen, Chimären, Greife, andererseits Flachdach, runde Kuppel über der Orangerie und minarettähnlicher Turm.

Vor der durchbrochenen Umzäunung drängten sich Gaffer, starrten auf die festlich erhellten Fenster und sagten mißbilligend: In der Karwoche, der letzten Woche der vierzigtägigen Fasten solche Ausschweifung. Aus dem Haus drang das gedämpfte Wimmern von Zigeunergeigen, Gitarrenspiel, Schellenklang, Gelächter und von Zeit zu Zeit ein dumpfes Gebrüll.

Sie traten ein, überließen die Mäntel den Türstehern, und hier erwartete den Kollegienrat eine Überraschung: Unter dem bis oben zugeknöpften schwarzen Mantel des Arztes kamen Frack und weiße Krawatte zum Vorschein.

Auf den verblüfften Blick Fandorins sagte Sacharow mit schiefem Lächeln: »Tradition.«

Sie stiegen die breite Marmortreppe hinauf. Lakaien in himbeerfarbener Livree rissen die hohen vergoldeten Türen auf, und Fandorin erblickte einen geräumigen Saal, vollgestellt mit Palmen, Magnolien und anderen exotischen Pflanzen in Kübeln. Der letzte Schrei der europäischen Mode – aus dem Salon eine Art Dschungel zu machen. »Die hängenden Gärten der Semiramis« hieß das. Nur sehr Wohlhabende konnten sich so etwas leisten.

In diesem Paradiesgarten hatten es sich die Gäste bequem gemacht – alle wie Sacharow in schwarzem Frack mit weißer Krawatte. Fandorin war nicht ohne Schick gekleidet – beigefarbenes Sakko, zitronengelbe gemusterte Weste, vorzüglich geschneiderte Hose mit scharfer Bügelfalte –, fühlte sich aber in dieser schwarz-weißen Versammlung wie verkleidet. Sacharow hätte ihn ja auch darauf vorbereiten können.

Übrigens, selbst wenn Fandorin einen Frack getragen hätte, wäre er unter den Gästen aufgefallen, denn es waren nicht viele, etwa ein Dutzend. Im wesentlichen hatten die Herren ein manierliches und sogar wohlanständiges Aussehen, obwohl sie keineswegs alt waren – um die Dreißig, vielleicht ein bißchen darüber. Die Gesichter waren erhitzt und vom Wein gerötet, und einige machten einen derangierten Eindruck, wahrscheinlich erlebten sie nicht oft eine solche Lustbarkeit. Am anderen Ende des Saals war eine vergoldete geschlosseneTür zu sehen. Von dort kamen Geschirrgeklapper und Laute eines probenden Zigeunerchors. Offenbar wurde dort ein Bankett vorbereitet.

Die Neuankömmlinge platzten in den Höhepunkt einer Rede, gehalten von einem kahlköpfigen Herrn mit Bauchansatz und goldenem Zwicker.

»Sensinow war unser Primus. Er ist schon ordentlicher Professor«, raunte Sacharow, wohl nicht ohne Neid.

»… erinnert man sich an die Streiche in jenen denkwürdigen Tagen. Damals, vor sieben Jahren, war es auch in der Karwoche, so wie jetzt.« Der Professor verstummte und schüttelte betrübt den Kopf. »Wie heißt es so schön: Wer Vergangenem nachhängt, dem reiße man ein Auge aus, doch wer die Vergangenheit vergißt, dem reiße man beide aus. Oder: Alles nimmt einmal ein Ende. So ist es auch. Wir sind älter geworden, in die Breite gegangen, haben Fett angesetzt. Wie gut, daß wenigstens Kusma noch der alte Tausendsassa ist, der uns langweilige Äskulaps ab und zu auf Trab bringt.«

Alle lachten und wandten sich einem stattlichen Mann zu, der in einem Sessel saß, ein Bein übers andere geschlagen, und

Wein aus einem riesigen Pokal trank. Das mußte Kusma Burylin sein. Ein kluges, galliges Gesicht von tatarischem Zuschnitt – breit, mit hohen Backenknochen und eigensinnigem Kinn. Die kurzgeschnittenen schwarzen Haare standen hoch wie Igelborsten.

»Alles nimmt ein Ende, aber für den einen ein gutes, für den andern ein böses«, sagte ein Langhaariger mit ausgemergeltem Gesicht, der von den anderen abstach. Er trug auch einen Frack, aber eindeutig einen ausgeliehenen, und statt eines gestärkten Hemdes ein Chemisett. »Du, Sensinow, bist mit heiler Haut davongekommen. Ein Liebling der Obrigkeit. Andre hatten weniger Glück. Tomberg hat Delirium tremens, Stenitsch soll nicht mehr ganz richtig im Kopf sein, Sozki ist als Sträfling krepiert. In letzter Zeit sehe ich ihn dauernd, gestern zum Beispiel …«

»Tomberg hat sich dem Suff ergeben, Stenitsch ist übergeschnappt, Sozki verreckt, und Sacharow ist kein Chirurg geworden, sondern ein Leichenaufschlitzer der Polizei«, unterbrach der Hausherr rücksichtslos den Sprecher, blickte dabei aber nicht Sacharow an, sondern Fandorin.

»Wen hast du denn da mitgebracht, Jegorka, du englische Fresse? Ich kann mich nicht erinnern, daß wir so einen Flegel in unserer medizinischen Bruderschaft hatten.«

Sacharow, der Judas, rückte demonstrativ von Fandorin ab und erklärte unbefangen: »Meine Herren, das ist Erast Petrowitsch Fandorin, eine in gewissen Kreisen wohlbekannte Person. Er steht im Dienst des Generalgouverneurs und ist für besonders wichtige Kriminalfälle zuständig. Er wollte unbedingt mitkommen. Ich konnte es nicht ablehnen – er vertritt die Obrigkeit. Ich bitte, ihn freundlich aufzunehmen.«

Empörtes Stimmengewirr. Einer sprang auf, ein anderer klatschte höhnisch Beifall.

»Was zum Teufel hat das zu bedeuten?«

»Diese Herren machen vor nichts mehr halt!«

»Man sieht ihm aber nicht an, daß er ein Greifer ist.«

Diese und ähnliche Bemerkungen, die von allen Seiten kamen, machten, daß Fandorin erbleichte und die Augen zusammenzog. Die Sache nahm eine unangenehme Wendung. Fandorin sah den tückischen Arzt durchdringend an, aber ehe er ihm etwas sagen konnte, war der Hausherr in zwei Schritten bei dem ungebetenen Gast und packte ihn mit eisernem Griff bei den Schultern.

»In meinem Haus gibt es nur eine Obrigkeit – Kusma Burylin«, blaffte der Millionär. »Zu mir kommt man nicht ungebeten, und schon gar nicht als Greifer. Und wer es einmal getan hat, tut es nie wieder.«

»Kusma, weißt du noch, beim Grafen Tolstoi?« rief der Langhaarige. »Wie wir dort den Reviervorsteher auf den Bären gesetzt und in den Fluß getrieben haben! Das machen wir auch mit diesem Stutzer! Unserm Petz wird es guttun, der ist so träge geworden.«

Burylin warf den Kopf zurück und lachte schallend.

»Ach, Filja, alte Säuferseele, das schätze ich an dir, daß du solche Einfälle hast. He! Schafft Petz her!«

Einige von den Gästen, die noch nicht ganz berauscht waren, versuchten, den Hausherrn zur Vernunft zu bringen, aber schon führten zwei stramme Lakaien einen zottigen Bären mit Maulkorb aus dem Speisesaal an Ketten herbei. Der Bär brüllte beleidigt, wollte nicht gehen, versuchte sich immer wieder zu setzen, und die Lakaien schleiften ihn über den Boden, daß die Krallen über das spiegelblanke Parkett scharrten. Ein Kübel mit einer Palme wurde umgestoßen und krachte zu Boden, Erdklumpen flogen hoch.

»Das geht zu weit! Kusma!« rief Sensinow. »Wir sind doch keine kleinen Jungen mehr. Du kriegst Unannehmlichkeiten! Wenn du nicht damit aufhörst, geh ich!«

»Wirklich«, unterstützte noch ein Vernünftiger den Professor. »Das gibt einen Skandal, und davon hat keiner was.«

»Geht doch zum Teufel!« schnauzte Burylin. »Aber ihr müßt wissen, ihr Klistierspritzen, daß ich für die ganze Nacht das Etablissement von Madame Joli gemietet habe. Dann fahren wir eben ohne euch hin.«

Nach diesen Worten verstummten die Stimmen des Protests.

Fandorin stand friedlich da. Er sagte kein Wort und machte nicht den leisesten Versuch, sich zu befreien. Seine dunkelblauen Augen waren ohne jeden Ausdruck auf den entfesselten Hausherrn gerichtet.

Der befahl den Lakaien: »Dreht den Petz um, damit er den Greifer nicht zerkratzt. Habt ihr ein Seil mitgebracht? Dreh du ihm auch den Rücken zu, du Beamtenseele. Afonja, kann der Petz schwimmen?«

»Aber ja, Kusma Sawwitsch. Wenn wir im Sommer auf dem Landsitz sind, planscht er sehr gern«, antwortete fröhlich ein Lakai mit dichtem Schopf.

»Jetzt wird er auch planschen. Allerdings ist das Aprilwasser noch ein bißchen kalt. Was sperrst du dich denn!« herrschte Burylin den Kollegienrat an. »Dreh dich um!«

Er umklammerte Fandorins Schultern und versuchte ihn umzudrehen, doch der Kollegienrat bewegte sich keinen Zentimeter, als wäre er aus Stein gehauen. Burylin spannte alle Kräfte an. Sein Gesicht wurde puterrot, auf der Stirn traten

97

die Adern hervor. Fandorin blickte ihn noch immer ruhig an, doch in den Mundwinkeln spielte ein leises Lächeln.

Burylin ächzte noch ein bißchen, fühlte aber, daß er sich lächerlich machte, nahm die Hände weg und starrte den sonderbaren Beamten betroffen an. Im Raum war es sehr still geworden.

»Ihretwegen bin ich hier, Verehrtester«, öffnete Fandorin zum erstenmal die Lippen. »P-Plaudern wir ein wenig?«

Er faßte den Fabrikanten mit zwei Fingern am Handgelenk und schritt rasch zu der verschlossenen Tür des Bankettsaals. Es war zu sehen, daß diese Finger über besondere Eigenschaften verfügten, denn der korpulente Hausherr krümmte sich vor Schmerz und trippelte hinter dem Dunkelhaarigen mit den weißen Schläfen her. Die Lakaien standen wie festgewurzelt. Der Bär setzte sich unverzüglich hin und wiegte dümmlich den zottigen Schädel.

An der Tür drehte sich Fandorin um.

»Viel Spaß noch, meine H-Herren. Kusma Sawwitsch wird mir derweil einige Erklärungen geben.«

Das letzte, was Fandorin wahrnahm, bevor er den Gästen den Rücken zukehrte, war der konzentrierte Blick Sacharows.

Die im Bankettsaal gedeckte Tafel war märchenhaft schön. Der Kollegienrat warf einen flüchtigen Blick auf das Spanferkel, das, umrahmt von goldfarbenen Ananasscheiben, friedlich vor sich hin döste, auf den furchtgebietenden Stör in Aspik, auf die kunstvoll arrangierten Salattürme, auf die roten Zangen der Hummer, und ihm fiel ein, daß er wegen der mißglückten Meditation um sein Mittagessen gekommen war. Macht nichts, tröstete er sich. Konfuzius hat gesagt: Der Edle sättigt sich durch Enthaltung.

Am anderen Ende des Saals leuchteten die roten Hemden und Tücher des Zigeunerchors. Als die Sänger sahen, wie der Hausherr von einem schnurrbärtigen Stutzer am Handgelenk hereingeführt wurde, unterbrachen sie ihre Probe mitten im Wort. Burylin winkte ihnen mit der freien Hand ärgerlich zu: Es gibt nichts zu gaffen.

Die Solistin, mit Bändern und Münzketten behangen, verstand diese Geste falsch und sang mit Bruststimme:

>>Ach, nicht als seine Braut,
ach, ihr nicht angetraut …<<

Der Chor fiel dumpf, mit einem Viertel seiner Kraft ein:

>>führt er das Liebchen fein
wohl in das Kämmerlein …<<

Fandorin ließ die Hand des Millionärs los und wandte ihm das Gesicht zu.

>>Ich habe Ihr Päckchen erhalten. Soll ich es als G-Geständnis ansehen?<<

Burylin rieb sich das weiß verfärbte Handgelenk und sah Fandorin neugierig an.

>>Sie haben ja eine Mordskraft, Herr Kollegienrat. Sieht man Ihnen gar nicht an. Was für ein Päckchen? Und was für ein Geständnis?<<

>>Sehen Sie, auch mein Titel ist Ihnen bekannt, obwohl Sacharow ihn vorhin nicht genannt hat. Sie haben das O-Ohr abgeschnitten, niemand sonst. Sie haben Medizin studiert, und Sie waren gestern bei Sacharow. Ist das Ihre Handschrift?<<

Er hielt dem Fabrikanten das Packpapier hin.

Burylin warf einen Blick darauf und griente.

>>Wessen sonst. Also hat Ihnen mein Geschenk gefallen?

Ich hatte Anweisung gegeben, daß es zur Mittagszeit zugestellt wird. Ist Ihnen nicht der Bissen im Halse steckengeblieben? Wahrscheinlich haben Sie eine Sitzung einberufen, verschiedene Versionen konstruiert. Nun, ich gestehe, ich habe ein Faible für Späße. Als der Sprit gestern abend Sacharows Zunge löste, bin ich auf diesen Streich verfallen. Haben Sie von dem Londoner Mörder Jack the Ripper gehört? Er hat sich mit der dortigen Polizei auch so ein Ding geleistet. Bei Sacharow lag auf dem Tisch eine Frau, mausetot, rotblond. Ich hab mir unbemerkt ein Skalpell gegriffen, still und leise das Ohr abgeschnitten, in ein Tuch gewickelt und eingesteckt. Sacharow hat Sie schon sehr plastisch beschrieben, Herr Fandorin, er sagte, Sie wären imstande, jeden Knoten zu lösen. Und er hat nicht gelogen, Sie sind ein interessantes Exemplar. Solche Leute mag ich, weil ich auch so bin.« In den schmalen Augen des Millionärs war ein verschlagenes Glitzern. »Machen wir es so. Sie vergessen meinen Scherz – er hat sowieso nicht geklappt. Und Sie begleiten uns. Wir lassen die Puppen tanzen. Im Vertrauen gesagt, ich habe mir einen famosen Jux für diese Quacksalber, meine alten Bekannten, ausgedacht. Bei Madame Joli ist schon alles vorbereitet. Morgen wird sich ganz Moskau den Bauch halten vor Lachen. Kommen Sie mit. Sie werden es nicht bereuen.«

Da donnerte der Chor plötzlich mit voller Kraft:

>»Kusja-Kusja-Kusja-Kusja,
Kusja-Kusja-Kusja-Kusja,
Kusja-Kusja-Kusja-Kusja,
Kusja, trink auf ex!«

Burylin warf nur einen Blick über die Schulter, und das Geschrei brach ab.

»Sind Sie oft im Ausland?« fragte Fandorin.

»Hier bin ich oft.« Den Hausherrn schien der Themenwechsel nicht zu verwundern. »Aber im Ausland lebe ich. Was soll ich mir hier unnütz die Hosen durchscheuern – ich habe tüchtige Verwalter, die machen alles ohne mich. Bei einem so großen Unternehmen muß man nur eines können – die richtigen Leute finden. Wenn man die hat, kann man sich auf die Bärenhaut legen, dann läuft die Sache von selbst.«

»Waren Sie unlängst in E-England?«

»Ich bin häufig in Leeds und in Sheffield. Ich habe dort Fabriken. In London schaue ich bei der Börse vorbei. Das letzte Mal war ich im Dezember dort. Danach in Paris, und zum Dreikönigsfest bin ich nach Moskau zurückgekehrt. Warum fragen Sie nach England?«

Fandorin senkte ein wenig die Wimpern, um den Glanz in seinen Augen zu löschen. Er pflückte einen Fussel von seinem Ärmel und sagte akzentuiert: »Ich nehme Sie wegen Leichenschändung in Arrest. Vorerst auf administrativem Weg, gegen Morgen w-wird auch der Haftbefehl des Staatsanwalts da sein. Kaution kann nicht vor morgen mittag gestellt werden. Sie kommen mit mir, Ihre Gäste können nach Hause fahren. Der Besuch im Bordell fällt aus. Wozu rechtschaffene Ärzte in V-Verruf bringen. Und die Puppen können Sie in der Arrestzelle tanzen lassen.«

Zum Dank für das gerettete Mädchen hatte ich in der Nacht einen Traum.

Mir träumte, daß ich vor Gottes Thron stehe.

»Setz dich mir zur Linken«, sagt der Himmlische Vater zu mir. »Ruh dich aus, du bringst den Menschen Freude und Erlösung, und das ist schwere Arbeit. Unverständig sind sie, meine

Kinder. Das Schwarze sehen sie für weiß an und das Weiße für schwarz; das Elend für Glück, und das Glück für Elend. Wenn Ich aus Barmherzigkeit einen von ihnen im Säuglingsalter zu Mir berufe, beweint und beklagt man den Abberufenen, statt sich für ihn zu freuen. Wenn Ich einen von ihnen bis zu hundert Jahren am Leben lasse, bis zum körperlichen Verfall und zum geistigen Erlöschen, den übrigen zur Strafe und Belehrung, dann sind sie nicht entsetzt über sein schreckliches Los, sondern beneiden ihn. Nach einer mörderischen Schlacht freuen sich die von Mir Verworfenen, selbst wenn sie Verwundungen erlitten, und die Gefallenen, die Ich vor Mein Angesicht berufen, werden bedauert und im stillen sogar als Pechvögel verachtet. Doch sie sind die wahrhaft Glücklichen, denn sie sind schon bei Mir; zu bedauern ist, wer noch bleiben muß. Was soll Ich mit den Menschen machen? Sage es mir, du gute Seele. Wie sie zur Einsicht bringen?«

Und ich bekam Mitleid mit dem Herrgott, der vergeblich nach der Liebe seiner unverständigen Kinder dürstet.

Der Triumph Plutos

6. April, Gründonnerstag

Jetzt war Anissi dem Untersuchungsführer Ishizyn beigeordnet.

Nach der gestrigen »Bilanz« spätabends, als sich herausgestellt hatte, daß es nun mehr Verdächtige als erwartet gab, war der Chef im Kabinett auf und ab gegangen, hatte mit dem Rosenkranz geklackert und gesagt: »Na schön, Tulpow. Der Morgen ist klüger als der Abend. Gehen Sie nach Hause, Sie waren heute v-viel auf den Beinen.«

Anissi hatte folgende Entscheidung erwartet: Stenitsch, Neswizkaja und Burylin (nach seiner Freilassung) insgeheim beobachten lassen, alle ihre Aktivitäten im vergangenen Jahr überprüfen und vielleicht noch ein Experiment machen.

Aber nein, der unberechenbare Chef hatte anders entschieden. Als Anissi am Morgen, im tristen Nieselregen fröstelnd, in die Kleine Nikitskaja kam, übergab ihm Masa eine Nachricht:

Ich tauche für einige Zeit unter und versuche es vom anderen Ende her. Sie arbeiten solange mit Ishizyn zusammen. Ich fürchte, daß er aus übermäßigem Eifer Fehler macht. Er ist zwar ein wenig angenehmes Subjekt, aber hartnäckig, und ehe man sich's versieht, hat er etwas ausgeschnüffelt.

E. F.

Na so was. Von welchem »anderen Ende her«?

Anissi fand den hochwichtigen Untersuchungsführer nicht. Er rief in der Staatsanwaltschaft an und bekam die Auskunft: »Er mußte zur Gendarmerieverwaltung.« Daraufhin ließ er sich mit der Gendarmerieverwaltung verbinden und erhielt die Antwort: »Er ist in einer dringenden Angelegenheit unterwegs, die keiner telephonischen Erörterung unterliegt.« Die Stimme des Diensthabenden vibrierte derart, daß Anissi erriet – ein neuer Mord. Eine Viertelstunde später kam von Ishizyn ein Bote – der Polizist Linkow. Er hatte den Kollegienrat nicht zu Hause angetroffen und erschien nun bei Anissi in der Granatny-Gasse.

»Ein grauenhafter Vorfall, Euer Wohlgeboren«, meldete er, aufs höchste erregt. »Die unmenschliche Tötung einer minderjährigen Person. So ein Unglück, so ein Unglück …«

Er schniefte und wurde rot, schämte sich wohl seiner Empfindsamkeit.

Anissi betrachtete den ungelenken Polizisten mit dem dünnen Hals und wußte alles über ihn. Nicht dumm, sentimental, liest wahrscheinlich gern. Ist aus Armut zur Polizei gegangen, doch dieser harte Dienst ist nichts für dieses Küken. Anissi erginge es genauso, hätte er nicht das Glück gehabt, Fandorin zu begegnen.

»Kommen Sie, Linkow«, sagte Anissi und siezte den Polizisten mit Bedacht. »Wir fahren gleich ins Leichenschauhaus, sie wird sowieso dorthin gebracht.«

Deduktion zahlte sich aus – er behielt recht. Nur eine halbe Stunde saß Anissi bei dem Friedhofswärter Pachomenko und plauderte mit diesem angenehmen Mann über Gott und die Welt, als drei Droschken vorfuhren, gefolgt von einer Kutsche ohne Fenster, der sogenannten Leichenfuhre.

Der ersten Droschke entstiegen Ishizyn und Sacharow, der

104

zweiten der Photograph mit seinem Assistenten, der dritten zwei Gendarmen und der Reviervorsteher. Die Gendarmen öffneten die abgeschabten Türen der Kutsche und trugen auf einer Bahre etwas Kurzes heraus, zugedeckt mit einer Plane.

Der Gerichtsmediziner war mißgestimmt und kaute mit besonderer Erbitterung auf seiner Pfeife. Ishizyn hingegen sah frisch und munter aus, ja, beinahe freudig. Bei Anissis Anblick verzog er das Gesicht.

»Ach, Sie sind hier. Haben Sie es also schon gerochen? Ist Ihr Vorgesetzter auch da?«

Als er hörte, daß Fandorin nicht da war und auch nicht kommen würde und daß sein Assistent noch nichts Genaues wußte, war Ishizyn wieder obenauf.

»Also, jetzt kommt Zug in die Sache«, teilte er mit und rieb sich energisch die Hände. »Folgendermaßen. Heute im Morgengrauen haben Streckenwärter der Linie Moskau – Brest im Gebüsch beim Bahnübergang Nowo-Tichwinsk die Leiche einer minderjährigen Landstreicherin gefunden. Sacharow hat festgestellt, daß der Tod nicht später als Mitternacht eingetreten ist. Ich kann Ihnen sagen, Tulpow, es war ein unappetitlicher Anblick!« Er lachte kurz auf. »Stellen Sie sich vor, der Bauch ausgeweidet, ringsum an den Zweigen die Innereien aufgehängt. Und was das Gesicht betrifft ...«

»Wieder ein blutiger Kuß?« rief Anissi aufgeregt.

Der Untersuchungsführer prustete und konnte gar nicht wieder aufhören zu lachen – offensichtlich die Nerven.

»Ach, Sie schaffen mich noch«, sagte er endlich und wischte sich die Tränen weg. »Dieser Kuß hat's Fandorin und Ihnen aber angetan. Entschuldigen Sie schon meine unangebrachte Heiterkeit. Ich zeige sie Ihnen, dann werden Sie verstehen. He, Splakow! Warte! Zeig uns ihr Gesicht!«

Die Gendarmen stellten die Bahre auf die Erde und schlugen die Plane etwas zurück. Nach Ishizyns geheimnisvollen Worten war Anissi darauf gefaßt, etwas besonders Unangenehmes zu sehen: glasige Augen, eine fürchterliche Grimasse, eine hervorquellende Zunge, aber nichts dergleichen. Unter der Plane lag ein schwarz-roter Klumpen mit zwei weißen Bällen, die einen dunklen Punkt in der Mitte hatten.

»Was ist das?« fragte Tulpow, und seine Zähne schlugen ganz von selbst aufeinander.

»Diesmal hat unser Spaßvogel überhaupt kein Gesicht übriggelassen«, erklärte Ishizyn mit finsterer Heiterkeit. »Sacharow sagt, daß die Haut an der Haarlinie eingeschnitten und dann wie eine Apfelsinenschale abgezogen wurde. Da haben Sie Ihren Kuß. Vor allem ist er nicht mehr zu erkennen.«

Vor Anissis Augen verschwamm und drehte sich alles. Die Stimme des Untersuchungsführers drang wie aus weiter Ferne zu ihm.

»Mit der Heimlichtuerei ist es nun vorbei. Die dämlichen Streckenwärter haben alles ausgeplaudert. Einer wurde ohnmächtig abtransportiert. Aber schon vorher gingen Gerüchte in Moskau um. In der Gendarmerie häufen sich Anzeigen gegen den Mörder, der beschlossen habe, das weibliche Geschlecht mit Stumpf und Stiel auszurotten. Am frühen Morgen wurde in Petersburg Meldung erstattet, die volle Wahrheit gesagt. Der Minister persönlich wird uns beehren, Graf Tolstow. Tja. Dann werden wohl Köpfe rollen. Ich will meinen behalten, ich weiß nicht, wie es Ihnen geht. Ihr Vorgesetzter kann es ja mit Deduktion versuchen, er hat einen hochgestellten Gönner. Aber ich muß es ohne Deduktion schaffen, mit Entschlossenheit und Energie. Mit leerem Gerede ist es jetzt nicht mehr getan.«

Tulpow wandte sich von der Bahre ab, schluckte und verscheuchte den trüben Schleier vor seinen Augen. Er holte tief Luft, und es wurde besser.

Das »leere Gerede« durfte er Ishizyn nicht durchgehen lassen, und er sagte mit hölzerner Stimme: »Mein Chef meint, Entschlossenheit und Energie sind gut beim Holzhacken und beim Umgraben.«

»Genau so.« Ishizyn bedeutete den Gendarmen, die Leiche wegzubringen. »Ich werde, verdammt noch mal, ganz Moskau umgraben, und sollten mir Fehler unterlaufen, wird das Resultat mich rechtfertigen. Wenn ich keine Resultate vorweise, bin ich sowieso geliefert. Sind Sie mir zur Überwachung beigegeben, Tulpow? Überwachen Sie, aber ersparen Sie mir Ihre Bemerkungen. Wenn Sie eine Beschwerde schreiben wollen – bitte sehr. Ich kenne Graf Tolstow, er weiß Entschlossenheit zu schätzen und drückt bei Eigenmächtigkeiten schon mal ein Auge zu, wenn es um die Sache geht.«

»Ich habe derartiges von Polizisten zu hören bekommen, aber aus dem Munde eines Angestellten der Staatsanwaltschaft klingen solche Ansichten merkwürdig«, entgegnete Anissi, überzeugt, daß Fandorin an seiner Stelle genauso geantwortet hätte.

Jedoch der Untersuchungsführer reagierte auf die würdevolle, zurückhaltende Replik nur mit einer wegwerfenden Handbewegung. Da schlug Anissi einen offiziellen Ton an: »Bitte kommen Sie zur Sache, Herr Hofrat. Worin besteht Ihr Plan?«

Sie gingen ins Arbeitszimmer des Arztes und setzten sich an den Tisch; zum Glück war Sacharow im Seziersaal mit einer Leiche beschäftigt.

»Also, wenn Sie erlauben.« Ishizyn warf dem rangniederen

Tulpow einen überlegenen Blick zu. »Strengen wir unsern Grips an. Wen tötet unser Bauchaufschlitzer? Prostituierte, Obdachlose, Bettlerinnen, also Frauen vom Bodensatz der Stadt, Abfall der Gesellschaft. Erinnern wir uns nun, wo diese Morde geschahen. Wo die namenlosen Frauen herkamen, die in den Gräben verscharrt wurden, läßt sich nicht mehr feststellen. Bekanntlich macht sich unsere Moskauer Polizei in solchen Fällen nicht die Mühe überflüssiger Schreiberei. Aber wo die anderen Leichen gefunden wurden, ist bestens bekannt.«

Ishizyn schlug ein kariertes Heft auf.

»Aha, hier! Die Bettlerin Marja Kossaja wurde am 11. Februar in der Kleinen Trjochswjatski-Gasse getötet, in dem Asyl Sytschugins. Die Kehle durchgeschnitten, der Bauch aufgetrennt, die Leber entfernt. Die Prostituierte Alexandra Sotowa wurde am 5. Februar in der Swinjin-Gasse gefunden, auf dem Pflaster. Wieder Kehle plus herausgeschnittene Gebärmutter. Diese beiden sind unsere Klientinnen.«

Er trat zu dem an der Wand hängenden Stadtplan der Polizei und tippte mit seinem langen spitzen Zeigefinger darauf.

»Sehen wir uns das mal an. Die Andrejitschkina vom Dienstag wurde hier gefunden, in der Selesnjowskaja. Das Mädchen von heute am Bahnübergang Nowo-Tichwinsk, hier. Von dem einen Tatort zum anderen ist es nicht mehr als ein reichlicher Kilometer. Genauso weit ist es zum Tatarenviertel.«

»Was hat das Tatarenviertel damit zu tun?« fragte Tulpow.

»Später, später.« Ishizyn winkte ab. »Unterbrechen Sie mich jetzt nicht … Nun zu den beiden alten Leichen. Die Kleine Trjochswjatski- Gasse ist hier. Und hier die Swinjin-

Gasse. Gleich daneben. Dreihundert bis fünfhundert Schritte bis zur Synagoge in der Spassoglinistschewski-Gasse.«

»Noch näher ist es nach Chitrowka«, warf Anissi ein. »Dort wird jeden Tag jemand umgebracht. Es ist sozusagen die Brutstätte des Verbrechens.«

»Umgebracht ja, aber doch nicht so! Nein, Tulpow, das riecht nach etwas anderem als dem gewöhnlichen Verbrechen eines Christenmenschen. In diesen Ausweidungen ist ein fanatischer, nichtrussischer Geist zu spüren. Die Rechtgläubigen begehen viele Schweinereien, aber doch nicht so was. Und was soll der Unsinn von dem Londoner Jack, angeblich ein Russe, der jetzt zurückgekehrt ist, um sich in den heimatlichen Gefilden auszutoben. Humbug! Ein Russe, der nach London reist, gehört einer kultivierten Schicht an. Und wird ein kultivierter Mensch in den stinkenden Därmen einer Marja Kossaja wühlen? Können Sie sich so etwas vorstellen?«

Anissi konnte sich so etwas nicht vorstellen und schüttelte ehrlich den Kopf.

»Na sehen Sie. Das liegt doch auf der Hand. Man muß ein Phantast und Theoretiker wie Ihr Vorgesetzter sein, um den gesunden Menschenverstand durch abstrakte Gedankenkonstrukte zu ersetzen. Ich hingegen, Tulpow, bin Praktiker.«

»Aber die Kenntnisse der Anatomie?« verteidigte Anissi seinen Chef. »Und die professionelle Handhabung des chirurgischen Instruments? Nur ein Mediziner konnte all diese Scheußlichkeiten begehen!«

Ishizyn lächelte siegesgewiß.

»Das ist eben Fandorins Irrtum! Mich hat diese Hypothese von Anfang an peinlich berührt. So was ist un-mög-lich«, sagte er akzentuiert. »Einfach unmöglich, und basta. Wenn ein Mensch aus guter Gesellschaft pervers veranlagt ist, läßt er sich etwas Subtileres einfallen als diese Widerwärtigkeiten.« Er nickte in Richtung Seziersaal. »Denken Sie an Marquis de Sade. Oder nehmen wir die vorjährige Geschichte mit dem Notarius Schiller, erinnern Sie sich? Er hat die junge Frau betrunken gemacht, bis sie bewußtlos war, hat ihr eine Stange Dynamit in eine gewisse Stelle gesteckt und die Lunte gezündet. Man sieht gleich, ein gebildeter Mensch, wenn auch ein Ungeheuer, natürlich. Aber zu den Abscheulichkeiten, mit denen wir hier zu tun haben, ist nur Plebs fähig, Gesindel. Und was die Kenntnisse der Anatomie und die chirurgische Fertigkeit angeht, so läßt sich das sehr einfach erklären, meine Herren Schlauberger.«

Er machte eine Pause, hob um des höheren Effekts willen den Finger und flüsterte: »Ein Fleischer! Der kennt sich mit der Anatomie nicht schlechter aus als ein Chirurg. Jeden Tag, den Gott werden läßt, trennt er Leber, Magen, Nieren mit filigraner Präzision heraus, genauso gut wie der verstorbene Herr Pirogow*. Und die Messer eines guten Metzgers sind nicht stumpfer als ein Skalpell.«

Anissi schwieg erschüttert. Der unangenehme Mensch Ishizyn hatte recht! Wie hatten sie bloß die Fleischer außer acht lassen können!

Ishizyn war mit der Reaktion seines Gesprächspartners zufrieden.

»Und nun zu meinem Plan.« Er trat wieder an die Karte. »Offenbar haben wir es mit zwei Herden zu tun. Die ersten beiden Leichen wurden hier entdeckt, die beiden letzten – da. Warum der Verbrecher die Örtlichkeit gewechselt hat, wissen wir nicht. Vielleicht dachte er, daß es sich im nördlichen Mos-

---

* Pirogow, Nikolai Iwanowisch (1810–1881); bekannter Arzt und Chirurg. Anm. d. Ü.

kau besser meucheln läßt als im Zentrum: mehr Ödflächen und Büsche, weniger Häuser. Jedenfalls nehme ich alle Fleischer unter Verdacht, die in den beiden uns interessierenden Gegenden wohnen. Ich habe schon eine Liste.« Er holte ein Verzeichnis hervor und legte es vor Anissi auf den Tisch. »Insgesamt siebzehn Personen. Richten Sie Ihr Augenmerk auf diejenigen, die mit einem sechseckigen Stern oder einem Halbmond gekennzeichnet sind. Zum Beispiel hier im Tatarenviertel. Die Tataren haben ihre eigenen Fleischer, durchweg Räuber. Ich erinnere daran, daß es von dem Schuppen, in dem die Andrejitschkina gefunden wurde, bis zum Tatarenviertel ein Kilometer ist. Bis zum Bahnübergang, wo das Mädchen ohne Gesicht gefunden wurde, ist es genauso weit. Und hier«, der lange Finger wanderte über die Karte, »in unmittelbarer Nähe der Trjochswjatski- und der Swinjin-Gasse, ist die Synagoge. Gleich daneben sind die Schächter zugange, gräßliche Jiddenfleischer, die das Vieh nach ihrem barbarischen Brauch zu Tode bringen. Haben Sie nie gesehen, wie das gemacht wird? Es erinnert sehr an die Arbeit unseres Freundes. Spüren sie, Tulpow, wonach das riecht?«

Nach den geblähten Nüstern des hochwichtigen Untersuchungsführers zu urteilen, roch es nach einem donnernden Prozeß, nach grandiosen Auszeichnungen und schwindelerregender dienstlicher Beförderung.

»Tulpow, Sie haben das Leben noch vor sich. Ihre Zukunft liegt in Ihren eigenen Händen. Sie können sich an Fandorin halten und das Nachsehen haben. Sie können aber auch der Sache förderlich sein, und dann werde ich Sie nicht vergessen. Sie sind ein verständiger, anstelliger junger Mann. Solche Gehilfen kann ich brauchen.«

Anissi öffnete schon den Mund, um dem Frechling die

nötige Abfuhr zu erteilen, aber Ishizyn war mit seiner Rede noch nicht zu Ende.

»Von den siebzehn uns interessierenden Fleischern sind vier Tataren und drei Juden. Sie sind die Hauptverdächtigen. Um aber dem Vorwurf der Voreingenommenheit zuvorzukommen, lasse ich alle einsperren. Dann werde ich gründlich mit ihnen arbeiten. Gott sei Dank habe ich Erfahrung.« Er lächelte raubgierig und rieb sich die Hände. »Folgendermaßen. Zuerst werde ich die Heiden mit gesalzenem Fleisch füttern, denn die Fasten der Rechtgläubigen gelten für sie nicht. Schweinefleisch werden sie nicht fressen, also lasse ich sie mit Rindfleisch traktieren, wir achten ja fremde Gebräuche. Den Rechtgläubigen kredenze ich Salzheringe. Zu trinken bekommen sie nichts. Schlafen dürfen sie auch nicht. Sie werden die ganze Nacht dasitzen und heulen, und am Morgen, damit sie sich nicht langweilen, lasse ich sie der Reihe nach holen, und meine Jungs geben ihnen die ›Wurst‹ zu kosten. Wissen Sie, was das ist?«

Anissi schüttelte den Kopf.

»Eine feine Sache: ein Strumpf, gefüllt mit nassem Sand. Hinterläßt keine Spuren, ist aber sehr wirkungsvoll, besonders wenn man die Nieren und andere empfindliche Stellen damit bearbeitet.«

»Leonti Andrejewitsch, Sie sind doch ein gebildeter Mensch!« rief Anissi.

»Eben. Darum weiß ich, wann man die Vorschriften einhalten muß und wann das gesellschaftliche Interesse eine Verletzung der Vorschriften erlaubt.«

»Und wenn Sie sich nun irren und der Mörder überhaupt kein Fleischer ist?«

»Natürlich ist er ein Fleischer, was denn sonst.« Ishizyn

zuckte die Achseln. »Habe ich es Ihnen nicht überzeugend genug erklärt?«

»Aber vielleicht gesteht nicht der Schuldige, sondern der Kleinmütigste. Dann geht der wirkliche Mörder straffrei aus!«

Ishizyn wurde derart dreist, daß er sich erlaubte, Anissi gönnerhaft auf die Schulter zu klopfen.

»Ich habe auch das vorausgesehen. Natürlich wäre es unersprießlich, sollten wir jetzt irgendeinen Moische oder Abdullah hängen, und in drei Monaten findet die Polizei wieder eine ausgeweidete Nutte. Wir haben es hier mit einem besonderen Fall zu tun, der in die Kategorie der Staatsverbrechen hineinreicht. Immerhin mußte der allerhöchste Besuch abgesagt werden! Darum sind auch außergewöhnliche Mittel erlaubt.« Ishizyn ballte die Finger zur Faust, so daß die Gelenke knackten. »Einer kommt an den Galgen, die übrigen sechzehn werden ohne Aufsehen auf administrativem Weg in kalte, menschenleere Gegenden verfrachtet, wo es kaum jemanden gibt, den sie abstechen könnten. Außerdem wird die Polizei sie auch dort überwachen.«

Der »Plan« des entschlossenen Untersuchungsführers entsetzte Anissi, obwohl es schwer war, die Effektivität solcher Maßnahmen zu leugnen. Vielleicht sah die Moskauer Obrigkeit der Visite des gestrengen Grafen Tolstow mit solcher Furcht entgegen, daß sie diese Initiative billigte, aber damit wäre das Leben unschuldiger Menschen zerstört. Wie konnte man das verhindern? Ach, Erast Petrowitsch, wo stecken Sie bloß?

Anissi stöhnte, wackelte mit seinen berühmten Ohren, bat den Chef in Gedanken um Nachsicht für seine Eigenmächtigkeit und erzählte Ishizyn von den gestrigen Ergebnissen der Ermittlung, damit der Untersuchungsführer sich nicht zuviel einbildete, damit er wußte, daß es außer der Fleischer-Variante noch andere, gediegenere Versionen gab.

Ishizyn hörte aufmerksam zu, ohne Anissi ein einziges Mal zu unterbrechen. Sein nervöses Gesicht wurde erst tiefrot, dann kreideweiß, schließlich fleckig, und die Augen sahen aus wie die eines Betrunkenen.

Als Anissi geendet hatte, leckte sich Ishizyn mit weißlicher Zunge die dicken Lippen und wiederholte langsam: »Eine nihilistische Hebamme? Ein übergeschnappter Student? Ein wirrköpfiger Kaufmann? So, so …«

Dann sprang er auf, lief durchs Zimmer und raufte sich die Haare, womit er seinem idealen Scheitel einen nicht wieder gutzumachenden Schaden zufügte.

»Ausgezeichnet!« rief er und blieb vor Anissi stehen. »Ich freue mich sehr, daß Sie sich entschlossen haben, offen mit mir zusammenzuarbeiten. Zwischen uns darf es keine Geheimnisse geben, wir dienen doch der gleichen Sache.«

Anissi fühlte widerliche Kälte im Herzen. Er hatte einen Fehler gemacht. Ishizyn aber war nicht mehr zu bremsen.

»Also, versuchen wir's. Die Fleischer lasse ich natürlich trotzdem festnehmen, die können einstweilen sitzen. Bearbeiten wir erst mal Ihre Mediziner.«

»Was heißt – bearbeiten?« Anissi geriet in Panik, als er an den Pfleger und die Ärztin dachte. »Mit der ›Wurst‹ oder wie?«

»Nein, mit diesen Leuten muß man anders umgehen.«

Ishizyn überlegte kurz, nickte sich selber zu und legte seinen neuen Aktionsplan dar: »Also, wir gehen folgendermaßen vor. Für die Gebildeten gelten andere Methoden. Die Bildung macht die Seele des Menschen weicher, empfindsamer. Wenn unser Bauchaufschlitzer der guten Gesellschaft angehört, ist er ein Werwolf: am Tage ein normaler Mensch wie alle, aber nachts, in der Raserei des Verbrechens, wie vom Satan besessen. Das müssen wir nutzen. Ich greife mir die Täubchen, wenn sie normal sind, und konfrontiere sie mit den Taten des Werwolfs. Mal sehen, ob ihre Empfindsamkeit dieses Bild erträgt. Ich bin sicher, daß der Schuldige zusammenbricht. Wenn er bei Tageslicht sieht, was sein anderes ›Ich‹ anstellt, wird er sich verraten, ganz sicher. Das ist Psychologie, Tulpow. Führen wir also ein Experiment durch.«

Anissi mußte plötzlich daran denken, wie seine Mutter ihm als Kind ein Märchen erzählte und den Hahn Petja mit jämmerlicher Stimme wehklagen ließ: »Der Fuchs trägt mich durch blaue Wälder, über hohe Berge, in tiefe Höhlen …«

Erast Petrowitsch, Chef, es steht schlecht, ganz schlecht.

An der Vorbereitung des »Untersuchungsexperiments« beteiligte sich Anissi nicht. Er saß in Sacharows Arbeitszimmer, und um nicht an seinen Patzer denken zu müssen, las er in der Zeitung auf dem Tisch wahllos alle Meldungen.

Die »Moskauer Nachrichten« vom 6. (18.) April teilten mit:

BAU DES EIFFELTURMS BEENDET

Paris. Wie die Agentur Reuter meldet, ist das gigantische und völlig nutzlose Bauwerk aus Eisenstäben, mit dem die Franzosen die Besucher der 15. Weltausstellung zu verblüffen gedenken, endlich fertiggestellt. Dieses gefährliche Unterfangen weckte erwartungsgemäß Unmut unter der Pariser Bevölkerung. Kann man dulden, daß Paris überragt wird von einem endlosen Fabrikschlot, der mit seiner lächerlichen

Höhe die wunderbaren Monumente der Hauptstadt herab-
würdigt? Erfahrene Ingenieure bezweifeln, daß ein so hohes
und vergleichsweise schmales Bauwerk, errichtet auf einem
Fundament, das nur ein Drittel seiner Höhe ausmacht, dem
Druck des Windes standhalten kann.

DUELL AUF SÄBEL

Rom. Ganz Italien spricht von dem Duell, das zwischen
General Andreotti und dem Abgeordneten Cavallo statt-
gefunden hat. Vergangene Woche hatte General Andreotti
in seiner Rede vor Veteranen der Schlacht von Solferino
sich besorgt über die jüdische Übermacht in der Zeitungs-
und Verlagsbranche Europas geäußert. Der Abgeordnete
Cavallo, von Geburt Jude, fühlte sich durch diese völlig
gerechtfertigte Behauptung verletzt und nannte in seiner
Rede vor dem Parlament den General einen »sizilianischen
Esel«, woraufhin der General ihn zum Duell forderte. Andreotti wurde beim zweiten Ausfall leicht an der Schulter verletzt, damit war das Duell beendet. Die Gegner tauschten
einen Händedruck.

MINISTER ERKRANKT

St. Petersburg. Der vor einigen Tagen an Lungenentzün-
dung erkrankte Minister für Verkehr ist auf dem Wege der
Besserung: Er hat keine Schmerzen mehr in der Brust und
hat die letzte Nacht gut geschlafen. Er ist bei vollem Bewußtsein.

Anissi las auch die Reklameanzeigen: für ein erfrischendes
Glyzerinpuder, für eine Schuhcreme für Galoschen, für neu-
este Klappbetten und nikotinabweisende Zigarettenspitzen.

Von einer seltsamen Apathie ergriffen, studierte er lange ein Bild, unter dem stand:

Das geruchlose Puder-Klosett von Ingenieur S. Timochowitsch. Es ist preiswert, entspricht allen Anforderungen der Hygiene und paßt in jeden Wohnraum. Das Klosett kann in Aktion besichtigt werden – im Hause Adadurows nahe des Roten Tors. Vermietung für Sommerhäuser möglich.

Dann saß Anissi einfach da und blickte traurig aus dem Fenster.

Ishizyn hingegen sprühte vor Energie. Unter seiner persönlichen Aufsicht wurden zusätzliche Tische in den Seziersaal getragen, so daß es insgesamt dreizehn waren. Zwei Totengräber, der Wärter und die Polizisten brachten auf Bahren aus dem Kühlraum die drei identifizierten und die zehn namenlosen Leichen, darunter auch die minderjährige Landstreicherin. Ishizyn gruppierte die Leichen mehrfach neu, um einen maximalen optischen Effekt zu erzielen. Anissi zuckte zusammen, als er aus dem Nebenraum durch die geschlossene Tür den schneidenden dünnen Kommandotenor Ishizyns hörte: »Wo stellst du den Tisch hin, du Trottel? In Hufeisenform, hab ich gesagt.« Oder noch schlimmer: »Nicht so, nicht so! Klapp ihr den Bauch weiter auf! Gefroren, na und? Mit dem Spaten, dem Spaten! So ist es gut.«

Die Festgenommenen wurden gegen drei Uhr nachmittags gebracht, jeder in einer Droschke mit Bewachung.

Anissi sah durchs Fenster, wie als erster ein rundgesichtiger, breitschultriger Mann in zerknittertem schwarzem Frack und mit verrutschter weißer Krawatte zum Leichenschauhaus geführt wurde – das mußte der Fabrikant Burylin sein, der seit der gestrigen Festnahme noch nicht zu Hause gewesen war. Zehn Minuten später wurde Stenitsch gebracht. Er trug einen weißen Kittel (war offenbar direkt aus der Klinik geholt worden) und blickte gehetzt nach allen Seiten. Bald traf auch die Neswizkaja ein. Sie ging zwischen zwei Gendarmen, die Schultern gestrafft und den Kopf erhoben. Ihr Gesicht war haßverzerrt.

Da quietschte die Tür, und Ishizyn schaute herein. Er glühte vor Erregung – wie ein Theaterbesitzer vor der Premiere.

»Die Täubchen sitzen einstweilen im Büro, unter Bewachung«, teilte er Anissi mit. »Kommen Sie schauen, ob alles in Ordnung ist.«

Anissi erhob sich widerwillig und ging in den Seziersaal.

In der Mitte des großen Raums war ein freier Platz, auf drei Seiten von Tischen umstanden. Auf jedem Tisch lag unter einer Plane ein Leichnam. Hinter den Tischen, entlang der Wand, standen die Gendarmen, Polizisten, Totengräber, der Wärter, eine Amtsperson für zwei Leichen. Am äußersten Tisch saß auf einem einfachen Holzstuhl Sacharow, wie immer mit Schürze und die obligate Pfeife zwischen den Zähnen. Er hatte ein gelangweiltes, ja, schläfriges Gesicht. Seitlich hinter ihm stand Grumow, wie die Gattin mit dem Angetrauten auf einem Kleinbürger-Photo, nur daß er nicht die Hand auf Sacharows Schulter gelegt hatte. Der Assistent sah bedrückt aus – offensichtlich war dem stillen Mann ein solcher Menschenauflauf in diesem Reich des Schweigens unheimlich. Es roch nach Desinfektionsmitteln, doch den scharfen chemischen Geruch durchdrang nachhaltig süßlicher Verwesungsgestank. Auf einem abseits stehenden kleinen Tisch lag ein Stapel Papiertüten. Der gründliche Ishizyn hatte an alles gedacht – es konnte ja jemandem schlecht werden.

»Hier werde ich stehen.« Ishizyn zeigte mit dem Finger. »Und dort die drei. Auf mein Kommando greifen die sieben Männer mit jeder Hand nach einer Plane und ziehen sie weg. Ein exorbitanter Anblick. Sie werden es gleich selbst sehen. Mit der Nase, mit der Nase stoßen wir diese Schweinehunde mitten hinein. Ich bin sicher, daß die Nerven des Verbrechers nicht standhalten werden. Oder doch?« fragte er plötzlich beunruhigt und betrachtete das Arrangement.

»Sie werden nicht standhalten«, antwortete Anissi mürrisch. »Bei keinem der drei.«

Er begegnete dem Blick Pachomenkos, und der zwinkerte ihm verstohlen zu: Gräm dich nicht, Jungchen, denk an die Schwielen.

»Hereinführen!« schnarrte Ishizyn, zur Tür gewandt, lief rasch in die Mitte des Zimmers und nahm die Pose unbeugsamer Strenge ein: die Hände auf der Brust verschränkt, einen Fuß vorgesetzt, das schmale Kinn hochgereckt, die Brauen gerunzelt.

Die Inhaftierten wurden hereingeführt. Stenitsch starrte sofort auf die schrecklichen Planen und zog den Kopf zwischen die Schultern. Anissi und die übrigen schien er gar nicht wahrzunehmen. Dafür interessierte sich die Neswizkaja überhaupt nicht für die Tische. Sie betrachtete die Anwesenden, heftete den Blick auf Anissi und lachte verächtlich auf. Anissi errötete vor Pein. Der Millionär stellte sich neben den Tisch mit den Papiertüten, stützte die Hand auf und drehte neugierig den Kopf. Er zwinkerte Sacharow zu. Der nickte zurückhaltend.

»Ich bin ein geradliniger Mensch«, begann Ishizyn mit spröder, durchdringender Stimme, wobei er jedes Wort betonte. »Darum werde ich nicht um den heißen Brei herumreden. In

den letzten Monaten ist in Moskau eine Reihe ungeheuerlicher Morde verübt worden. Die Ermittlungsbehörden wissen, daß einer von Ihnen diese Verbrechen begangen hat. Ich
werde Ihnen jetzt etwas Interessantes zeigen und dabei jedem
in die Seele blicken. Ich bin ein erfahrener Wolf der Kriminalpolizei, mich führt man nicht hinters Licht. Bislang hat der
Mörder das Werk seiner Hände nur nachts gesehen, in einem
Zustand des Wahnsinns. Aber nun können Sie sich daran ergötzen, wie es bei Tageslicht aussieht. Los!«

Er gab ein Zeichen, und die Leichentücher glitten wie von
selbst zu Boden. Linkow verdarb allerdings ein wenig den Effekt – er riß zu heftig, und die Plane blieb am Kopf der Leiche hängen. Der tote Kopf fiel hölzern auf den Tisch zurück.

Der Anblick hatte es wirklich in sich. Anissi bedauerte,
sich nicht rechtzeitig abgewandt zu haben, doch nun war es
zu spät. Er preßte sich mit dem Rücken an die Wand, holte
dreimal tief Luft und atmete aus – es schien nachzulassen.

Ishizyn blickte nicht auf die Leichen. Er saugte sich mit
den Augen an den Verdächtigen fest, wechselte abrupt von
einem zum andern: Stenitsch, Neswizkaja, Burylin; Stenitsch,
Neswizkaja, Burylin. Und noch einmal, und noch einmal.

Anissi bemerkte, wie bei dem Polizisten Pribludko, der unbeweglich, mit steinernem Gesicht dastand, die Spitzen des
schwarz gefärbten Schnurrbarts leise zitterten. Linkow hatte
die Augen zusammengekniffen und bewegte die Lippen – er
betete wohl. Die Totengräber guckten gleichgültig, sie hatten
bei ihrer groben Arbeit schon so manches gesehen. Der Wärter Pachomenko schaute traurig und teilnahmsvoll auf die
Leichen. Er wechselte einen Blick mit Anissi und schüttelte
kaum merklich den Kopf, was wohl bedeutete: Ach, Menschen, Menschen, was tut ihr euch an. Diese schlichte Be-

wegung brachte Anissi endgültig zu sich. Sieh dir die Verdächtigen an, befahl er sich selbst. Nimm dir ein Beispiel an Ishizyn.

Da steht der ehemalige Student Stenitsch, knackt mit den schmalen Fingern, und auf seiner Stirn sind große Schweißperlen. Man kann sicher sein, daß es kalter Schweiß ist. Verdächtig? Und wie!

Der andere ehemalige Student, der Ohrabschneider Burylin, ist wiederum etwas zu ruhig: Über sein Gesicht huscht ein spöttisches Lächeln, in den Augen funkeln böse Lichter. Aber der Millionär tut nur so, als ob ihm das alles nichts ausmacht – immerhin hat er vom Tisch eine Papiertüte genommen und drückt sie an die Brust. So etwas nennt man »unwillkürliche Reaktion«, auf die man, wie der Chef gelehrt hat, besonders achten muß. Ein Lebemann wie Burylin kann vor Übersättigung durchaus nach neuen, starken Empfindungen dürsten.

Jetzt zur eisernen Lady Neswizkaja, der ehemaligen Festungsinsassin, die sich in Edinburgh aufs Operieren spezialisiert hat. Eine außergewöhnliche Person, von der man nicht weiß, wozu sie fähig ist und was man von ihr erwarten kann. Wie ihre Augen blitzen!

Da bestätigte die »außergewöhnliche Person« unverzüglich, daß sie zu überraschenden Reaktionen fähig war.

Ihre tönende Stimme zerriß die Friedhofsstille.

»Ich weiß, auf wen Sie abzielen, Herr Opritschnik*!« schrie sie Ishizyn an. Das ist ja so bequem! Die ›Nihilistin‹ in der Rolle des blutgierigen Ungeheuers! Schlau! Die besondere Pikanterie besteht darin, daß es sich um eine Frau handelt, nicht wahr? Bravo, Sie werden es weit bringen! Ich

* Opritschniki; Leibgarde Iwans des Schrecklichen. Anm. d. Ü.

121

wußte ja, zu welchen Verbrechen Ihre Bande fähig ist, aber das übersteigt wirklich alle Grenzen des Denkbaren!« Plötzlich stöhnte die Ärztin und griff sich ans Herz, erschüttert von einer Erkenntnis. »Ach, das haben Sie gemacht! Sie selber! Daß ich das nicht gleich gesehen habe! Ihre Henkersknechte haben diese Unglücklichen zerstückelt – um den ›Abschaum der Gesellschaft‹ tut es Ihnen ja nicht leid. Je weniger es davon gibt, um so leichter für Sie! Lumpen! Wollen Sie den ›Kastigator‹ spielen? Mit einer Klappe zwei Fliegen schlagen? Die Landstreicherinnen vermindern und auf die ›Nihilisten‹ einen Schatten werfen! Nicht gerade originell, aber wirksam!«

Sie lachte haßerfüllt, mit zurückgeworfenem Kopf. Der Zwicker flog von der Nase und baumelte an der Schnur.

»Schweigen Sie!« kreischte Ishizyn, der offenbar befürchtete, ihr Ausfall könnte seine Untersuchungspsychologie zunichte machen. »Unverzüglich! Eine Verunglimpfung der Staatsmacht lasse ich nicht zu!«

»Mörder! Bestien! Satrapen! Provokateure! Strolche! Verderber Rußlands! Vampire!« schrie die Neswizkaja, und es war zu spüren, daß ihr Vorrat an Schimpfwörtern beträchtlich war und nicht so bald versiegen würde.

»Linkow, Pribludko, stopft ihr den Mund!« Ishizyn verlor endgültig die Beherrschung.

Die Polizisten gingen unschlüssig zu der Ärztin und faßten sie an der Schulter, wußten aber wohl nicht recht, wie sie einer anständigen Dame den Mund stopfen sollten.

»Verflucht sollst du sein, du Bestie!« schrie sie und blickte Ishizyn in die Augen. »Du wirst einen jämmerlichen Tod sterben, wirst an deinen eigenen Intrigen verrecken!«

Sie riß die Hand hoch und zielte mit dem Finger auf das

Gesicht des Untersuchungsführers, und plötzlich krachte ein Schuß.

Ishizyn machte einen Hüpfer, duckte sich und griff sich an den Kopf. Anissi war perplex: Konnte man denn mit dem Finger einen Menschen erschießen?

Da brach dröhnendes Gelächter los. Burylin wedelte mit den Händen und wackelte mit dem Kopf, außerstande, den Anfall von unbändiger Heiterkeit zu bemeistern. Ach so war das. Der Witzbold hatte unbemerkt, während alle auf die Frau schauten, die Papiertüte aufgeblasen und dann auf den Tisch geknallt.

»Aaah!« Ein unmenschlicher Laut, der das Gelächter des Fabrikanten übertönte, stieg zur Decke hoch.

Stenitsch!

»Ich kaaann nicht!« heulte der Pfleger gellend. »Ich kann nicht mehr! Peiniger! Folterknechte! Weshalb quält ihr mich? Wofür? Herrgott, wofüüür?«

Seine völlig wahnsinnigen Augen irrten über die Gesichter und verharrten bei Sacharow, der als einziger saß: schweigend, mit schiefem Lächeln, die Hände in den Taschen seiner Lederschürze.

»Was grinst du so, Jegor? Das hier ist dein Reich, nicht wahr? Dein Reich, dein Hexensabbat? Du sitzt auf dem Thron, leitest den Ball! Triumphierst! Pluto, König des Todes! Und das sind deine Untertanen!« Er zeigte auf die verunstalteten Leichen. »In aller Pracht!« Im weiteren faselte der Verrückte völlig Zusammenhangloses. »Mir einen Tritt, unwürdig! Aber du, wessen bist du würdig? Worauf bist du so stolz? Sieh dich doch an! Aasgeier! Leichenfresser! Seht ihn euch an, den Leichenfresser! Und das Assistentchen? Ein schönes Pärchen! ›Hin zum Raben fliegt der Rab, Und dem

Raben krächzt der Rab: „Rabe, Rab, kannst du mir künden, Wo wir Atzung heute finden?"‹«* Und er verfiel in ein hysterisches Kichern.

Der Mund Sacharows bog sich verächtlich herab. Grumow lächelte unsicher.

Ein großartiges Experiment, dachte Anissi und blickte zu dem Untersuchungsführer, der sich ans Herz faßte, und zu den Verdächtigen: Eine schreit Verwünschungen, einer lacht schallend, und der dritte kichert. Hol euch alle der Teufel.

Er drehte sich um und ging hinaus.

Uff, die frische Luft tat gut.

Er ging auf einen Sprung in seine Wohnung, um nach Sonja zu sehen und rasch einen Teller von Palaschas Kohlsuppe zu essen, dann eilte er zum Chef. Er hatte etwas zu erzählen und zu gestehen. Vor allem war er ungeduldig, zu erfahren, mit was für geheimnisvollen Dingen sich Fandorin tagsüber beschäftigt hatte.

Bis zur Kleinen Nikitskaja war es nicht weit, höchstens fünf Minuten zu Fuß. Anissi lief die bekannte Vortreppe hinauf, drückte den Klingelknopf – keiner da. Nun, Angelina war in der Kirche oder im Krankenhaus, aber wo steckte Masa? Ein banges Gefühl durchzuckte Anissi: Während er einen schweren Schnitzer gemacht hatte, war der Chef vielleicht in Nöten gewesen und hatte nach seinem treuen Diener geschickt?

Verzagt trottete er zurück. Auf der Straße jagte schreiend eine Schar Kinder vorüber. Mindestens drei Knirpse waren dunkelhäutig und hatten Schlitzaugen. Anissi schüttelte den Kopf, denn er mußte daran denken, daß Fandorins Kam-

* Gedicht von Alexander Puschkin. Nachdichtung F. Fiedler. Anm. der Ü.

merdiener bei den Köchinnen, Stubenmädchen und Wäscherinnen der Umgebung als Schatz und Herzensbrecher galt. Wenn das so weiterging, würde in zehn Jahren die ganze Gegend von kleinen Japanern wimmeln.

Er kam nach zwei Stunden wieder, als es schon dunkel war. Die Fenster waren erleuchtet, und er stürmte freudig über den Hof.

Die Hausherrin und Masa waren daheim, doch Fandorin war noch immer nicht da. Er hatte den ganzen Tag nichts von sich hören lassen.

Angelina bot Anissi Platz an, brachte ihm Tee mit Rum und Eclairs, die er so gern aß.

»Es ist doch Fastenzeit«, sagte er unsicher und atmete den göttlichen Duft des frisch gebrühten Tees ein, der durch das jamaikanische Getränk noch veredelt war. »Und dann Rum?«

»Sie halten doch die Fasten sowieso nicht ein, Anissi Pitirimowitsch«, antwortete Angelina lächelnd.

Sie saß ihm gegenüber, die Wange in die Hand gestützt. Trank keinen Tee, aß kein Gebäck.

»Fasten soll keine Entbehrung sein, sondern eine Auszeichnung. Sonst will der Herr es nicht. Wenn Ihre Seele nicht danach verlangt, lassen Sie es bleiben. Erast Petrowitsch zum Beispiel geht nicht in die Kirche, erkennt die Kirchengesetze nicht an, aber das ist nicht schlimm. Hauptsache, Gott lebt in seiner Seele. Wenn der Mensch auch ohne Kirche zu Gott findet, soll man ihn nicht zwingen.«

Da konnte Anissi nicht an sich halten, und der lang angestaute Kummer brach aus ihm heraus.

»Nicht alle Kirchengesetze darf man umgehen. Auch wenn man selbst dem keine Bedeutung beimißt, sollte man doch an die Gefühle seines Nächsten denken. Sie, Angelina Samsonowna, leben nach kirchlichem Gesetz, halten alle Gebote ein, und die Sünde wagt sich nicht in Ihre Nähe, aber vom Standpunkt der Gesellschaft … Ungerecht ist das, quälend …«

Er brachte es doch nicht fertig, es direkt auszusprechen, und verhaspelte sich. Aber die kluge Angelina hatte auch so alles verstanden.

»Sie meinen, daß wir in wilder Ehe leben?« fragte sie ruhig, als ginge es um eine ganz alltägliche Sache. »Da tun Sie Erast Petrowitsch unrecht, Anissi Pitirimowitsch. Er hat mir zweimal in aller Form einen Heiratsantrag gemacht. Ich selbst wollte nicht.«

Anissi war fassungslos.

»Aber warum denn nicht?«

Wieder lächelte sie, aber dieses Lächeln galt nicht Anissi, sondern ihren Gedanken.

»Wenn man liebt, denkt man nicht an sich. Und ich liebe Erast Petrowitsch. Weil er sehr schön ist.«

»Das stimmt.« Anissi nickte. »Ein wirklich schöner Mann.«

»Davon rede ich nicht. Die körperliche Schönheit ist nicht von Dauer. Die Blattern oder eine Verbrennung, und schon gibt es sie nicht mehr. Im vorigen Jahr, als wir in England lebten, brach im Nachbarhaus ein Brand aus. Erast Petrowitsch ging hinein, um einen Hund aus den Flammen zu retten. Seine Kleidung und die Haare fingen Feuer. Auf der Wange hatte er eine große Brandwunde, Wimpern und Augenbrauen waren versengt. Er sah gar nicht mehr schön aus. Es hätte ja auch das ganze Gesicht entstellt sein können. Doch die wahre Schönheit ist nicht im Gesicht. Und Erast Petrowitsch ist schön.«

Das letzte Wort sprach Angelina mit besonderem Ausdruck, und Anissi verstand, was sie meinte.

»Aber ich habe Angst um ihn. Ihm ist eine große Kraft gegeben, und eine große Kraft ist eine große Versuchung. Ich müßte jetzt eigentlich in der Kirche sein, denn heute ist Gründonnerstag, Gedächtnis des Heiligen Abendmahls, aber ich Sünderin kann die vorgegebenen Gebete nicht sprechen. Ich bitte den Erlöser nur für ihn, für Erast Petrowitsch. Damit der Herr ihn bewahre – vor der Schlechtigkeit der Menschen und noch mehr vor dem Hochmut, der die Seele verdirbt.«

Bei diesen Worten blickte Anissi auf die Uhr und sagte beunruhigt: » Ehrlich gesagt, mir macht eher die Schlechtigkeit der Menschen Sorgen. Es ist schon nach eins, und er ist noch immer nicht da. Vielen Dank für Speis und Trank, Angelina Samsonowna. Ich gehe jetzt. Wenn Erast Petrowitsch kommt, schicken Sie nach mir, ich bitte Sie sehr.«

Auf dem Heimweg dachte Anissi über das Gehörte nach. In der Kleinen Nikitskaja, unter einer Gaslaterne, kam ein keckes Straßenmädchen auf ihn zugeflogen – im schwarzen Haar ein breites Band, die Augen angemalt, auf den Wangen Rouge.

»Einen schönen Abend auch, liebwerter Kafalier. Möchten Sie einem Mädchen nicht einen Wodka oder ein Likörchen spendieren?« raunte sie leidenschaftlich und bewegte die schwarzgefärbten Brauen. »Ich zeig mich auch erkenntlich, mein Schöner. Ich mach dich so glücklich, daß du's dein Lebtag nicht vergißt ...«

Anissi spürte in der tiefsten Tiefe seines Wesens einen Stich. Die Straßendirne sah nicht übel aus, gar nicht übel. Aber nach dem letzten Sündenfall, in der Butterwoche, hatte

127

Anissi endgültig der käuflichen Liebe abgeschworen. Denn danach fühlte er sich jedesmal mies und hatte ein schlechtes Gewissen. Heiraten müßte er, aber wo sollte er Sonja lassen?

Er sagte mit väterlicher Strenge: »Du solltest dich zu nachtschlafender Zeit nicht draußen herumtreiben. Womöglich gerätst du an einen verrückten Unhold mit einem Messerchen.«

Aber die kecke Dirne blieb ungerührt.

»Ach, du bist aber fürsorglich«, prustete sie. »Keine Bange, mein Liebster paßt auf mich auf.«

Und richtig, auf der anderen Straßenseite zeichnete sich im Schatten eine Silhouette ab. Als der Zuhälter sah, daß er entdeckt war, kam er lässig näher. Schick war er: tief in die Stirn gezogene Bibermütze, geckenhaft offenstehender Pelzmantel, schneeweißer Schal bis zur Nase und weiße Gamaschen.

Er hob träge an zu sprechen, wobei ein Goldzahn aufblitzte: »Entschuldigen Sie, mein Herr. Entweder Sie nehmen das Fräulein, oder Sie gehen Ihrer Wege. Stehlen Sie einem werktätigen Mädchen nicht die Zeit.«

Das Mädchen blickte ihren Beschützer voller Vergötterung an, und das erboste Anissi noch mehr als die Frechheit des Zuhälters.

»Von dir laß ich mich grade belehren!« ereiferte er sich. »Ich bring dich ganz fix aufs Revier.«

Der Lude blickte rasch nach links und rechts, sah, daß die Straße leer war, und erkundigte sich, noch lässiger und mit drohendem Unterton: »Wirst du dir auch nichts abbrechen?«

»Na warte!«

Mit einer Hand packte Anissi den Strolch am Ärmel, mit der anderen riß er die Trillerpfeife aus der Tasche. Gleich hin-

ter der Ecke, auf dem Twerskoi-Boulevard, stand ein Polizei-
posten. Bis zur Gendarmerieverwaltung war es auch nur ein
Katzensprung.

»Lauf, Ines, das mach ich allein!« befahl der Goldzahn.

Das Mädchen raffte augenblicklich die Röcke und rannte
aus Leibeskräften davon, und der flegelhafte Zuhälter sagte
mit der Stimme Fandorins: »Hören Sie auf zu pfeifen,
Tulpow. Da f-fallen einem ja die Ohren ab.«

Schnaufend und mit seiner Waffe klirrend, kam der Polizist
Semjon Sytschow angerannt.

Der Chef hielt ihm einen halben Rubel hin und sagte: »Gut
gemacht, du rennst schnell.«

Semjon nahm nicht die Münze von dem verdächtigen
Mann und blickte fragend zu Anissi.

»Ist schon in Ordnung, Sytschow, du kannst gehen, mein
Guter«, sagte Anissi verwirrt. »Entschuldige, daß ich dich
umsonst beunruhigt habe.«

Da erst nahm Sytschow den halben Rubel, salutierte aufs
respektvollste und kehrte auf seinen Posten zurück.

»Schläft Angelina noch nicht?« fragte Fandorin und
schaute zu den erleuchteten Fenstern des Seitenflügels.

»Nein, sie wartet auf Sie.«

»Dann gehen wir noch ein bißchen spazieren, wenn Sie
nichts dagegen haben, und r-reden.«

»Chef, was ist das für eine Maskerade? Auf dem Zettel
stand, daß Sie es vom anderen Ende her versuchen. Was ist damit gemeint?«

Fandorin warf seinem Assistenten einen mißbilligenden
Blick zu.

»Sie haben eine lange Leitung, Tulpow. ›Vom anderen Ende
her‹, das bedeutet, von der Seite der Opfer des Rippers. Ich

bin davon a-ausgegangen, daß die leichten Mädchen, die unser Mann besonders zu hassen scheint, mehr wissen als wir. Vielleicht haben sie einen Verdächtigen gesehen, haben etwas gehört, v-vermuten etwas. Darum habe ich mich zu einer Erkundung entschlossen. Mit einem Polizisten oder Beamten reden diese Leute nicht offen, also habe ich eine passende Tarnung gewählt. Ich muß z-zugeben, daß ich in der Rolle des Zuhälters einen gewissen Erfolg hatte«, fügte Fandorin bescheiden hinzu. »Einige gefallene Mädchen haben sich erboten, unter meinen Schutz zu wechseln, was Unzufriedenheit bei den Konkurrenten auslöste, bei Bremse, Kasbek und Hengst.«

Anissi wunderte sich nicht im geringsten über den Erfolg seines Chefs auf zuhälterischem Gebiet – ein Bild von einem Mann, und dazu nach Chitrowka-Eleganz gekleidet. Laut fragte er: »Haben Sie etwas erfahren?«

»Nun ja, ein wenig!« antwortete Fandorin fröhlich. »Mamsell Ines, deren Charme Sie wohl nicht g-ganz gleichgültig gelassen hat, erzählte mir eine spannende Geschichte. Vor anderthalb Monaten trat abends ein Mann auf sie zu und sprach die seltsamen Worte: ›Du siehst so traurig aus. Komm mit mir. Ich will dich erfreuen.‹ Aber Ines, ein pfiffiges M-Mädchen, ging nicht mit, denn sie hatte bemerkt, daß er im Näherkommen etwas hinter dem Rücken verbarg, etwas, was im Mondlicht blinkte. Einen ähnlichen Vorfall hatte es noch mit einer Glaschka oder Daschka gegeben. Da floß sogar Blut, aber bis zum Mord ist es nicht gekommen. Ich hoffe, diese Glaschka-Daschka zu finden.«

»Das ist er, der Ripper!« rief Anissi aufgeregt. »Wie sah er aus? Was erzählt Ihre Zeugin?«

»Das Dumme ist, daß Ines ihn nicht richtig gesehen hat.

Sein Gesicht war im Schatten, und sie erinnert sich nur an seine Stimme. Eine weiche, ruhige, höfliche Stimme. Als ob eine K-Katze schnurrt.«

»Und die Körpergröße? Die Kleidung?«

»Daran erinnert sie sich nicht. Nach eigenem Bekenntnis war sie ›angetütert‹. Sie sagt, es war kein vornehmer Herr, aber auch keiner aus Chitrowka, sondern etwas dazwischen.«

»Aha, das ist doch schon was.« Anissi knickte die Finger ein. »Erstens, doch ein Mann. Zweitens, eine charakteristische Stimme. Drittens, aus der Mittelschicht.«

»Unsinn«, unterbrach ihn der Chef. »Durchaus möglich, daß er sich für seine nächtlichen A-Abenteuer extra umzieht. Auch die Stimme ist verdächtig. ›Als ob eine Katze schnurrt‹, was heißt das? Nein, eine Frau ist nicht endgültig auszuschließen.«

Anissi dachte an die Überlegungen Ishizyns. »Aber der Ort! Wo hat er sie angesprochen? In Chitrowka?«

»Nein, Ines ist ein F-Fräulein aus Gratschowka, und ihr Wirkungskreis ist der Trubnaja-Platz samt Umgebung. Der Betreffende hat sie auf dem Sucharew-Platz angesprochen.«

»Sucharew-Platz, das kommt auch hin«, überlegte Anissi. »Das sind vom Tatarenviertel zehn Minuten zu Fuß.«

»Halt, Tulpow, stop.« Der Chef blieb stehen. »Was hat das T-Tatarenviertel damit zu tun?«

Nun war Anissi an der Reihe zu erzählen. Er begann mit dem Wichtigsten – dem »Untersuchungsexperiment« Ishizyns.

Fandorin hörte zu und runzelte die Brauen. Einmal fragte er zurück: »Kastelator‹?«

»Ich glaube, die Neswizkaja hat das gesagt. Oder so ähnlich. Was ist das?«

»Wahrscheinlich ›Kastigator‹, das kommt von castigatio und bedeutet Züchtigung«, erklärte Fandorin. »Die sizilianische Polizei hatte eine Art G-Geheimorden geschaffen, der ohne Untersuchung und Gericht kleine Gauner, Landstreicher, Prostituierte und sonstige Parias der Gesellschaft beseitigte. Die Schuld an den Morden schoben die Mitglieder der Organisation auf die örtlichen Verbrecherbanden und rechneten grausam mit ihnen ab. Tja, da liegt die H-Hebamme nicht so falsch. Was Ishizyn betrifft.«

Als Anissi seinen Bericht über das Experiment beendet hatte, sagte Fandorin ungehalten: »Tja, wenn es doch einer von den dreien war, kriegen wir ihn jetzt nicht mehr so leicht. Wer gewarnt ist, ist gerüstet.«

»Ishizyn hat gesagt, wenn sich während des Experiments keiner verrät, dann läßt er alle drei observieren.«

»Und was b-bringt das? Die Indizien, sofern es welche gibt, werden vernichtet. Jeder Triebtäter hat eine Art Sammlung, Souvenirs, an denen sein Herz hängt. Triebtäter, Tulpow, sind ein sentimentales Völkchen. Mancher nimmt sich einen Fetzen von der Kleidung der Leiche mit, mancher etwas Schlimmeres. Ein bayrischer Mörder, der sechs Frauen umgebracht hat, sammelte Bauchnabel, er hatte eine verhängnisvolle Schwäche für diesen harmlosen Körperteil. Die getrockneten Bauchnabel waren denn auch das wichtigste B-Beweisstück. Unser ›Chirurg‹ kennt sich in Anatomie aus, und jedesmal fehlt bei der Leiche irgendein inneres Organ. Ich nehme an, er nimmt es für seine ›Sammlung‹ mit.«

»Chef, sind Sie sicher, daß der Mörder ein Mediziner ist?« fragte Anissi und weihte Fandorin in Ishizyns Fleischer-Theorie und seinen Plan ein.

»Er glaubt also nicht an die englische Version?« wunderte

sich Fandorin. »Aber die Ähnlichkeit mit den Londoner Morden liegt auf der Hand. Nein, Tulpow, das hat ein und derselbe Mensch getan. Warum sollte ein Moskauer F-Fleischer nach London fahren?«

»Trotzdem wird sich Ishizyn von seiner Idee nicht abbringen lassen, besonders jetzt, nach dem Fehlschlag des Experiments. Die armen Fleischer sitzen seit Mittag im Gefängnis. Sie bekommen kein Wasser, dürfen nicht schlafen. Und morgen früh wird er sie in die Mangel nehmen.«

Schon lange hatte Anissi die Augen seines Chefs nicht so drohend funkeln sehen.

»Aha, dann wird der ›Plan‹ schon in die Tat umgesetzt«, knurrte der Kollegienrat durch die Zähne. »Nun ja. Ich wette, daß heute nacht noch jemand ohne Schlaf bleibt. Und obendrein seinen Posten los wird. Fahren wir, Tulpow. Statten wir Herrn Ishizyn einen späten Besuch ab. Soviel ich weiß, hat er eine Dienstwohnung im Haus der Gerichtsbehörde. Das ist ganz in der Nähe, auf der Wosdwishenka. Marsch, Marsch, Tulpow, auf geht's.«

Das einstöckige Haus, in dem ledige und durchreisende Beamte des Justizministeriums logierten, war Anissi wohlbekannt. Es war ein langgestrecktes, im englischen Stil erbautes rotbraunes Gebäude mit separaten Eingängen für jede Wohnung.

Sie klopften an das Kabuff des Pförtners. Er blickte verschlafen heraus, nur halb bekleidet. Lange weigerte er sich, den späten Besuchern mitzuteilen, welche Wohnung der Hofrat Ishizyn innehatte – zu zweifelhaft wirkte Fandorin in seiner malerischen Maskerade. Schließlich half ihnen Anissis Schirmmütze mit der Kokarde aus der Verlegenheit.

Sie stiegen zu dritt die Stufen bis zur Wohnungstür hinauf. Der Pförtner läutete, nahm die Mütze ab und bekreuzigte sich.

»Leonti Andrejewitsch werden mächtig böse sein«, erklärte er flüsternd. »Das müssen Sie auf sich nehmen, meine Herren.«

»Tun wir, tun wir«, murmelte Fandorin und betrachtete aufmerksam die Tür. Dann stieß er sie leicht an, und sie ging lautlos auf.

»Nicht verschlossen!« murmelte der Pförtner. »Nachlässig ist diese Sinka, das Dienstmädchen. Hat bloß Wind im Kopf. Wenn nun Räuber oder Einbrecher kommen. Wir hatten mal einen Fall …«

»Pst!« machte Fandorin und hob den Finger.

Die Wohnung war wie ausgestorben. Eine Uhr schlug Viertel.

»Sieht nicht gut aus, Tulpow, gar nicht gut.«

Fandorin ging in die Diele, zog aus der Jackentasche eine elektrische Lampe. Ein wunderbares Gerät, amerikanischer Provenienz. Man drückt auf eine kleine Feder, dadurch wird in der Lampe Energie erzeugt, und ein Lichtstrahl strömt aus. Anissi hätte sich auch gern so eine Lampe gekauft, aber sie war zu teuer.

Der Strahl tastete die Wände ab, lief über den Boden, verharrte.

»Gütiger Himmel!« piepste der Pförtner. »Sinka.«

Der Lichtkreis griff das unnatürlich weiße Gesicht einer jungen Frau mit offenen, starren Augen aus der Dunkelheit.

»Wo ist das Schlafzimmer des Hausherrn?« fragte Fandorin scharf und rüttelte den versteinerten Pförtner an der Schulter. »Führ uns hin. Rasch!«

134

Sie stürzten ins Wohnzimmer, aus dem Wohnzimmer ins Kabinett, und von dort ins Schlafzimmer.

Man sollte meinen, Tulpow hätte sich in den letzten Tagen an verzerrte tote Gesichter gewöhnt, doch etwas derart Ekelhaftes hatte er noch nicht gesehen.

Ishizyn lag im Bett, mit weit aufgerissenem Mund. Die unglaublich herausgequollenen Augen verliehen ihm Ähnlichkeit mit einem Frosch. Der gelbe Strahl huschte hierhin und dahin, beleuchtete kurz irgendwelche dunkle Häufchen neben dem Kissen und glitt zur Seite. Es roch nach Fäulnis und Unsauberkeit.

Der Strahl kehrte zu dem schrecklichen Gesicht zurück. Der elektrische Kreis verengte sich, wurde heller und schärfer und beleuchtete jetzt nur den Kopf des Toten.

Auf der Stirn war der dunkle Abdruck eines Kusses zu sehen.

Erstaunlich, was für Wunder meine Meisterschaft zu vollbringen vermag. Man kann sich schwer ein widerwärtigeres Wesen als diesen Beamten vorstellen. Die Widerwärtigkeit seines Benehmens, seiner Manieren, seiner Redeweise, seiner greulichen Physiognomie war so absolut, daß sich anfangs Zweifel in meine Seele schlichen – ist es denkbar, daß auch dieses Scheusal im Innern so schön ist wie die übrigen Kinder Gottes?

Und mir ist es gelungen, ihn schön zu machen! Natürlich reicht der männliche Körperbau nicht an den weiblichen heran, aber jeder, der den Untersuchungsführer Ishizyn nach Vollendung meiner Arbeit sehen könnte, müßte zugeben, daß er sich zu seinem Vorteil verändert hat.

Er hat Glück gehabt. Diese Auszeichnung wurde ihm für seine Bravour und Beflissenheit zuteil. Und dafür, daß er mit seinem

*häßlichen Spektakel in meinem Herzen schmerzende Begierde
geweckt hat. Er hat die Begierde geweckt, und er hat sie gestillt.*

*Ich bin ihm nicht mehr böse, ihm ist verziehen, auch wenn ich
seinetwegen Dinge vergraben mußte, die meinem Herz teuer
waren – Flakons, in denen kostbare Mementos aufbewahrt waren, die mich an Minuten höchsten Glücks erinnerten. Der Spi-
ritus ist ausgegossen, jetzt werden meine Reliquien verfaulen.
Aber da kann man nichts machen. Es ist gefährlich geworden,
sie noch länger aufzubewahren. Die Polizei kreist über mir wie
ein Schwarm Krähen.*

*Ein häßlicher Dienst – auszuschnüffeln, nachzuspüren. Da-
mit beschäftigen sich extrem häßliche Menschen, als würden sie
extra danach ausgesucht: mit stumpfem Maul, Schweinsäuglein,
blaurotem Genick, vorspringendem Adamsapfel, abstehenden
Ohren.*

*Nein, das ist vielleicht ungerecht. Einer von ihnen ist zwar
grundhäßlich, aber wohl noch nicht ganz verloren. Auf seine Art
ist er sogar sympathisch.*

Er hat ein schweres Leben.

Ich müßte dem Jüngling helfen. Noch ein gutes Werk tun.

Stenographischer Bericht

7. April, Karfreitag

»... Unzufriedenheit und Sorge. Der Imperator ist äußerst beunruhigt über die furchtbaren, unerhörten Verbrechen, die in der alten Hauptstadt geschehen. Es ist ein einzigartiger Vorfall, daß der allerhöchste Besuch zu den Ostermessen im Kreml abgesagt wurde. Besonders indigniert waren Seine Majestät über den Versuch der Moskauer Administration, die Mordserie, die, wie sich nun herausstellt, schon einige Wochen anhält, vor dem Zaren geheimzuhalten. Als ich gestern abend zur Aufklärung der Geschehnisse aus Sankt Petersburg abreiste, war der letzte Mord, der ungeheuerlichste von allen, noch nicht geschehen. Die Tötung des Beamten der Staatsanwaltschaft, der die Untersuchung leitet, ist ein für das Russische Imperium beispielloses Ereignis. Und die Umstände dieser Untat, die einem das Blut in den Adern gefrieren lassen, rütteln an den Grundfesten der gesetzlichen Ordnung. Meine Herren, meine Geduld ist erschöpft. In Voraussehung der berechtigten Entrüstung Seiner Majestät treffe ich aus eigenem Willen und kraft meiner Befugnisse folgende Entscheidung ...«

Die Worte fielen schwer, langsam, bedrohlich. Der Redner überflog mit hartem Blick die Gesichter der Anwesenden – die angespannten Gesichter der Moskauer, die strengen der Petersburger.

An diesem trüben Karfreitagmorgen fand bei dem Fürsten

Wladimir Dolgorukoi eine außerordentliche Sitzung statt, in Anwesenheit des gerade erst aus der Hauptstadt eingetroffenen Innenministers Graf Tolstow und seiner Suite.

Der berühmte Kämpfer gegen das revolutionäre Unwesen hatte ein gedunsenes gelbes Gesicht, unter den durchdringenden kalten Augen hing ungesunde Haut in leblosen Falten, aber die Stimme war wie aus Stahl geschmiedet, unbeugsam, gebieterisch.

»... In meiner Eigenschaft als Innenminister enthebe ich Generalmajor Jurowski seines Amtes als Moskauer Oberpolizeimeister«, sagte der Graf prononciert, und den anwesenden Polizei-Oberen entrang sich ein Stöhnen.

»Den Herrn Bezirksstaatsanwalt kann ich nicht suspendieren, denn er untersteht der Justizbehörde, aber ich empfehle Seiner Exzellenz dringlich, umgehend um seine Versetzung in den Ruhestand zu ersuchen und damit der Entlassung zuvorzukommen ...«

Staatsanwalt Kosljatnikow erbleichte und bewegte lautlos die Lippen, und seine Gehilfen rutschten auf ihren Stühlen hin und her.

»Was Sie angeht, Wladimir Andrejewitsch«, der Minister fixierte den Generalgouverneur, der dieser Strafpredigt mit zusammengezogenen Brauen lauschte, die Hand um die Ohrmuschel gelegt, »so maße ich mir natürlich keine Ratschläge an, aber ich bin bevollmächtigt, Ihnen zur Kenntnis zu bringen, daß der Imperator Ihnen seine Unzufriedenheit mit dem Stand der Dinge in der Ihnen anvertrauten Stadt ausspricht. Mir ist bekannt, daß Seine Majestät die Absicht hatten, Sie in Anbetracht Ihres bevorstehenden sechzigjährigen Offiziersjubiläums mit dem höchsten Orden des russischen Imperiums und einer brillantbesetzten Schatulle mit dem Monogramm des allerhöchsten Namens auszuzeichnen. Aber nun, Euer Erlaucht, ist der Ukas nicht unterzeichnet worden. Und wenn Seine Majestät von dem empörenden Verbrechen erfahren, das vergangene Nacht geschah ...«

Der Graf machte eine vielsagende Pause, und im Kabinett wurde es mucksmäuschenstill. Die Moskauer erstarrten, denn ein eisiger Luftzug wehte durchs Zimmer und kündigte das Ende einer Großen Epoche an. Seit fast einem Vierteljahrhundert regierte Wladimir Dolgorukoi die alte Hauptstadt, der Zuschnitt des Moskauer Beamtenlebens richtete sich seit langem nach ihm aus, ordnete sich seinem harten Griff unter, der jedoch die Behaglichkeit des Lebens nicht einschränkte. Nun sah es so aus, daß seine Zeit zu Ende ging. Der Oberpolizeimeister und der Bezirksstaatsanwalt waren ohne Sanktion des Moskauer Generalgouverneurs aus dem Amt gejagt worden, das hatte es noch nicht gegeben! Es war ein sicheres Zeichen dafür, daß auch Dolgorukoi die letzten Tage, vielleicht nur Stunden auf seinem hohen Posten saß. Und es konnte nicht ausbleiben, daß sich der Sturz des Giganten auf das Schicksal und die Karriere etlicher Anwesender auswirken würde, darum wurde der Unterschied im Gesichtsausdruck der Moskauer und Petersburger Würdenträger noch deutlicher.

Dolgorukoi nahm die Hand vom Ohr, kaute auf den Lippen, sträubte den Schnurrbart und fragte: »Und wann, Euer Erlaucht, wird Seiner Majestät von dem empörenden Verbrechen berichtet werden?«

Der Minister verkniff die Augen und versuchte den Hintersinn dieser auf den ersten Blick treuherzigen Frage zu ergründen.

Als er ihn ergründet hatte, grinste er kaum merklich.

»Wie gewöhnlich vertieft sich der Imperator am Karfreitagmorgen ins Gebet, und die Staatsgeschäfte, bis auf die allerdringlichsten, werden bis Sonntag aufgeschoben. Ich werde meinen untertänigsten Bericht übermorgen Seiner Majestät vortragen, vor dem Ostermahl.«

Der Gouverneur nickte befriedigt.

»Die Ermordung des Hofrats Ishizyn und seines Dienstmädchens dürfte bei aller Ungeheuerlichkeit kaum zu den allerdringlichsten Staatsgeschäften zählen. Sie, Dmitri Andrejewitsch, werden doch Seine Majestät nicht wegen solch einer Schändlichkeit vom Gebet ablenken? Dafür würde man Ihnen bestimmt nicht den Kopf streicheln, oder?« fragte der Gouverneur mit unverändert naiver Miene.

»Das werde ich nicht.«

Der aufgezwirbelte, angegraute Schnurrbart des Ministers zuckte in einem ironischen Lächeln.

Der Gouverneur stieß einen Stoßseufzer aus, straffte sich, holte die Tabakdose hervor und schob sich eine Prise Tabak in die Nase.

»Nun, bis Sonntagmittag, das versichere ich Ihnen, ist der Fall abgeschlossen, aufgeklärt und der Verbrecher überführt. Ha-tschi!«

Auf den Gesichtern der Moskauer erblühte zaghafte Hoffnung.

»Gesundheit«, sagte Tolstow verdrossen. »Aber darf ich erfahren, woher Sie die Gewißheit nehmen? Die Ermittlung ist fehlgeschlagen. Der Beamte, der sie leitete, ermordet.«

»Bei uns in Moskau, Väterchen, werden hochwichtige Ermittlungen niemals nur eingleisig geführt«, sagte der Gouverneur belehrend. »Für solche Fälle habe ich einen besonderen Beamten, der mein Vertrauen genießt, den Eurer Hohen

Exzellenz bekannten Kollegienrat Fandorin. Er steht kurz vor der Ergreifung des Verbrechers und wird den Fall in allernächster Zeit abschließen. Nicht wahr, Erast Petrowitsch?«

Der Gouverneur drehte sich hoheitsvoll zu dem an der Wand sitzenden Kollegienrat um, und Fandorins scharfer Blick las in den vorstehenden wäßrigen Augen seines hohen Vorgesetzten Verzweiflung und Flehen.

Er stand auf, zögerte ein wenig und sagte leidenschaftslos: »Es ist die reine W-Wahrheit, Euer Erlaucht. Genau am Sonntag denke ich den Fall abzuschließen.«

Der Minister sah ihn unter gerunzelter Stirn hervor an.

»Denken Sie? Bitte etwas ausführlicher. Was sind Ihre Versionen, Schlußfolgerungen, Maßnahmen?«

Fandorin würdigte den Minister keines Blicks, sondern sah nach wie vor nur den Gouverneur an.

»Wenn Wladimir Andrejewitsch es mir befiehlt, werde ich es darlegen. Wenn nicht, ziehe ich es vor, den Fall weiterhin vertraulich zu behandeln. Ich habe Grund zu der Annahme, daß es beim jetzigen Ermittlungsstand verhängnisvoll für die Operation sein könnte, den Kreis der in die Details eingeweihten Personen zu erweitern.«

»Was?« explodierte der Minister. »Wie können Sie es wagen! Sie haben wohl vergessen, wen Sie vor sich haben!«

Die goldenen Epauletten der Petersburger schaukelten vor Empörung. Die goldenen Schultern der Moskauer sanken ängstlich abwärts.

»Keineswegs.« Nun blickte Fandorin den Petersburger Würdenträger an. »Euer Erlaucht, Sie sind Generaladjutant der Suite Seiner Majestät, Minister des Innern und Chef des Gendarmeriekorps. Ich aber diene in der Kanzlei des Moskauer Generalgouverneurs und bin Ihnen daher nicht rechenschaftspflichtig. Wladimir Andrejewitsch, wünschen Sie, daß ich dem Herrn M-Minister den Stand der Ermittlung darlege?«

Der Fürst sah seinen Untergebenen prüfend an und kam offenbar zu dem Schluß: Wer nicht wagt, der nicht gewinnt.

»Lassen Sie's gut sein, Dmitri Andrejewitsch, soll er ermitteln, wie er es für richtig hält. Ich bürge mit meinem Kopf für Fandorin. Wäre es inzwischen vielleicht genehm, einem Moskauer Frühstück zuzusprechen? Der Tisch ist bereits gedeckt.«

»Nun, was den Kopf angeht, so nehme ich Sie beim Wort«, zischte Tolstow unheilvoll. »Wie Sie wollen. Am Sonntag, Punkt zwölf Uhr dreißig, werde ich vor Seiner Majestät über alles Rapport erstatten. Unter anderem auch darüber.« Der Minister erhob sich und verzog die blutleeren Lippen zu einem Lächeln. »Also dann, Euer Erlaucht, ich habe nichts gegen ein Frühstück.«

Der hochgestellte Mann wandte sich zum Ausgang. Im Vorübergehen streifte er den dreisten Kollegienrat mit einem sengenden Blick. Die ihm folgenden Beamten machten einen möglichst großen Bogen um Fandorin.

»Was ist in Sie gefahren, mein Bester?« flüsterte der Gouverneur seinem Untergebenen zu. »Haben Sie sich an Tollkraut überfressen? Das ist Tolstow persönlich! Er ist rachsüchtig und hat ein langes Gedächtnis. Er wird Sie beiseite schaffen, sobald er eine Gelegenheit findet. Und ich werde Sie nicht schützen können.«

Fandorin sprach seinem schwerhörigen Patron, auch flüsternd, ins Ohr: »Wenn ich bis Sonntag den Fall nicht abschließe, haben wir beide hier nichts mehr zu bestellen. Und was die Rachsucht des Grafen angeht, so brauchen Sie sich

142

nicht zu beunruhigen. Haben Sie seine Gesichtsfarbe gesehen? Ein langes Gedächtnis wird er nicht mehr brauchen. Er wird schon sehr bald zum Rapport gerufen werden, aber nicht vor Seiner Majestät, sondern vor dem Allerhöchsten.«

»Dort kommen wir alle hin.« Dolgorukoi bekreuzigte sich fromm. »Wir haben nur zwei Tage. Legen Sie sich ins Zeug, mein Guter. Werden Sie es schaffen?«

»Ich habe mich aus einem überaus verzeihlichen Grund entschlossen, die Unzufriedenheit dieses seriösen H-Herrn zu erregen, Tulpow. Sie und ich, wir haben keine Version. Die Ermordung Ishizyns und seines Dienstmädchens ändert nämlich das ganze Bild.«

Fandorin und Tulpow saßen im Zimmer für Geheimsitzungen, das sich in einem abgelegenen Winkel der Gouverneursresidenz befand. Es war strengstens verboten, den Kollegienrat und seinen Assistenten zu stören. Auf dem mit grünem Samt bespannten Tisch lagen Papiere, im Vorzimmer wachten hinter fest verschlossener Tür der persönliche Sekretär des Gouverneurs, ein Gendarmerieoffizier und ein Telephonist, der über eine Direktleitung mit der Kanzlei des Oberpolizeimeisters (oje, des ehemaligen), der Gendarmerieverwaltung und dem Bezirksstaatsanwalt (noch im Amt) verbunden war. Alle Instanzen waren angewiesen, dem Kollegienrat volle Unterstützung zu gewähren. Den furchteinflößenden Minister fernzuhalten, übernahm der Gouverneur.

Auf Zehenspitzen kam Frol Wedistschew, der Kammerdiener des Fürsten, herein und brachte einen Samowar. Er setzte sich bescheiden auf eine Stuhlkante und machte mit der Hand ein Zeichen: Ich bin gar nicht da, meine Herrn Fahnder, lassen Sie sich nicht stören.

»Ja«, sagte Anissi mit einem Seufzer. »Das ist unbegreiflich. Wie ist er an Ishizyn herangekommen?«

»Das ist nun gerade das Einfachste. Die S-Sache war so …«

Fandorin ging durchs Zimmer und holte mit gewohnter Bewegung den Rosenkranz aus der Tasche.

Anissi und Wedistschew warteten mit angehaltenem Atem.

»Nachts, in der zweiten Stunde, nicht vor halb, klingelte es an Ishizyns Wohnungstür. Die K-Klingel war verbunden mit einem Glöckchen im Zimmer seines Dienstmädchens Sinaida Matjuschkina. Sie wohnte bei ihm, machte sauber, reinigte seine Kleidung und versah, nach den Aussagen der Bediensteten aus den Nachbarwohnungen, noch andere, mehr intime Pflichten. Aber offenbar ließ Ishizyn sie nicht in sein Bett, sie schliefen getrennt. Was übrigens seinen uns bekannten Anschauungen bezüglich des ›k-kultivierten‹ und des ›unkultivierten‹ Standes entspricht. Als Sinaida die Klingel hörte, warf sie sich ein T-Tuch übers Nachthemd, ging in die Diele und öffnete. Sie wurde gleich hier, in der Diele getötet, von einer schmalen spitzen Klinge ins Herz getroffen. Dann ging der Mörder auf leisen Sohlen durch Wohnzimmer und Kabinett ins Schlafzimmer des Hausherrn. Der schlief, die Kerze auf dem Nachtschränkchen war gelöscht. Der Verbrecher scheint ohne Licht ausgekommen zu sein, was e-erstaunlich ist, denn in dem Schlafzimmer, wie wir uns erinnern, war es stockdunkel. Mit der scharfen Klinge durchtrennte der Mörder dem auf dem Rücken liegenden Ishizyn die Luftröhre und die Arterie. Während der Sterbende röchelte und mit den Händen nach seiner K-Kehle griff (wie Sie gesehen haben, waren seine Hände und die Manschetten des Nachthemds voller Blut), stand der Mörder etwas abseits und wartete, wobei er mit den Fingern auf die Platte des Sekretärs trommelte.«

Anissi war ja allerhand gewöhnt, doch das war zuviel.

»Aber Chef, daß er mit den Fingern trommelte, da übertreiben Sie. Sie haben mich selbst gelehrt, daß man bei der Rekonstruktion eines Verbrechens nicht phantasieren darf.«

»Gott bewahre, Tulpow, das sind keine Phantasien.« Fandorin zuckte die Achseln. »Sinaida war in der Tat ein nachlässiges Dienstmädchen. Auf dem Sekretär lag eine Staubschicht, und in dem Staub waren zahlreiche Abdrücke von Fingerkuppen. Ich habe sie geprüft. Sie stammen auf keinen Fall von Ishizyn ... Die Einzelheiten der Ausweidung schenke ich mir. Das Resultat der P-Prozedur haben Sie gesehen.«

Anissi zuckte zusammen und nickte.

»Ich lenke Ihre Aufmerksamkeit noch einmal auf den Umstand, daß der Verbrecher bei der Verwirklichung ... bei der Präparierung merkwürdigerweise ohne Licht ausgekommen ist. Offensichtlich besitzt er die seltene Gabe, hervorragend im Dunkeln zu sehen. Der Mörder hatte es nicht eilig, die Wohnung zu verlassen: Er wusch sich die Hände unter dem Wasserspender und wischte mit einem Lappen die schmutzigen Fußtapfen in den Zimmern und in der Diele weg, und zwar sehr sorgsam. Er ließ sich Zeit. Am ärgerlichsten ist, daß wir vielleicht nur eine Viertelstunde nach dem Weggang des Mörders in die Wohnung kamen ...« Der Kollegienrat schüttelte erbittert den Kopf. »Soweit die Fakten. Nun die Fragen und Schlußfolgerungen. Ich beginne mit den Fragen. Warum öffnete das Dienstmädchen dem nächtlichen Besucher die Tür? Wir wissen es nicht, aber möglich sind mehrere Antworten. War es ein Bekannter? Wenn ja, dann wessen Bekannter, des Dienstmädchens oder des Hausherrn? Das können wir nicht beantworten. Vielleicht sagte der

Betreffende, er bringe eine dringende Depesche. Als Untersuchungsführer erhielt Ishizyn sicherlich zu jeder Tages- und Nachtzeit Telegramme und Papiere, so daß sich das Mädchen nicht gewundert hätte. Weiter. Warum wurde ihr Leichnam nicht verstümmelt? Und was noch interessanter ist – warum wurde ein Mann getötet, zum erstenmal in all der Zeit?«

»Nicht zum erstenmal«, warf Anissi ein. »Erinnern Sie sich, in den Gräben auf dem Boshedomka-Friedhof war auch ein männlicher Leichnam.«

Das war doch eigentlich eine sachliche und nützliche Äußerung, doch der Chef nickte nur, »ja, ja«, ohne Anissis gutes Gedächtnis zu würdigen.

»Und nun die Sch-Schlußfolgerungen. Der Mörder hat das Dienstmädchen umgebracht, um sich einer Zeugin zu entledigen. Also, ein Abweichen von der ›Idee‹, außerdem die Ermordung eines Mannes, aber nicht eines x-beliebigen Mannes, sondern des Untersuchungsführers, der dem Ripper auf der Spur war. Eines schonungslosen Beamten, der vor nichts zurückschreckte. Das ist eine gefährliche Wende in der Karriere Jacks. Jetzt ist er nicht nur der Triebtäter, der auf Grund k-krankhafter Phantasien in Raserei gerät. Jetzt ist er bereit, auch aus neuen, ihm bislang fremden Beweggründen zu töten – sei es aus Angst vor Entlarvung, sei es aus der Überzeugung heraus, nicht b-bestraft zu werden.«

»Eine schöne Geschichte«, ließ sich Wedistschew vernehmen. »Nun hat der Unhold nicht mehr genug an den Prostituierten. Was er noch anrichten wird! Und Sie, meine Herren, haben, wie ich sehe, keinen Anhaltspunkt. Dann muß ich wohl mit Wladimir Andrejewitsch hier ausziehen. Zum Teufel mit dem Staatsdienst, wir könnten fein in Ruhe leben, aber Wladimir Andrejewitsch erträgt keine Ruhe. Ohne sein

Amt wird er sofort zusammenklappen. So ein Elend, so ein Elend ...«

Der Alte schnüffelte und wischte sich mit einem riesigen rosa Taschentuch eine Träne weg.

»Frol Grigorjewitsch, da Sie nun mal da sind, seien Sie still und stören Sie nicht«, sagte Anissi streng. Nie zuvor hatte er sich einen solchen Ton gegenüber Wedistschew erlaubt. Doch der Chef war mit seinen Schlußfolgerungen noch nicht zu Ende, im Gegenteil, er pirschte sich gerade an die wichtigste heran, und da mußte sich der Kammerdiener einmischen.

»Aber zugleich ist das Abweichen von der ›Idee‹ ein ermutigendes Symptom«, bestätigte Fandorin prompt Anissis Vermutung. »Es zeigt uns, daß wir ganz n-nahe an den Verbrecher herangekommen sind. Jetzt ist völlig klar, daß dieser Mensch über den Gang der Ermittlung unterrichtet ist. Mehr noch, er hat zweifellos an Ishizyns ›Experiment‹ teilgenommen. Es war die erste aktive Handlung des Untersuchungsführers, und die Vergeltung folgte umgehend. Was hat das zu bedeuten? Ishizyn hat unbewußt den Mörder aufgebracht oder erschreckt oder dessen pathologische Phantasie entfacht.«

Wie zur Bekräftigung dieser These ließ Fandorin dreimal hintereinander den Rosenkranz klackern.

»Wer ist er? Die drei Verdächtigen stehen seit gestern unter Beobachtung, aber Beobachtung ist kein Arrest. Man muß überprüfen, ob einer von ihnen vergangene Nacht unbemerkt dem Auge der Agenten entschlüpfen konnte. W-Weiter. Man muß sich jeden angucken, der gestern an dem ›Untersuchungsexperiment‹ teilgenommen hat. Wieviel Leute waren im Leichenschauhaus?«

Anissi dachte nach. »Wieviel ... Ich, Ishizyn, Sacharow und

sein Assistent, Stenitsch, Neswizkaja, dieser, na, Burylin, dann die Polizisten und Gendarmen und die Friedhofsleute. Ein Dutzend, vielleicht auch etwas mehr, wenn man alle mitrechnet.«

»Wir müssen alle mitrechnen, unbedingt«, ordnete der Chef an. »Schreiben Sie alle Namen auf eine Liste. Außerdem Ihre Eindrücke von jedem. Ein psychologisches Porträt. Das Verhalten eines jeden während des ›Experiments‹. Die kleinsten Details.«

»Erast Petrowitsch, ich kenne nicht alle mit Namen.«

»Dann bringen Sie sie in Erfahrung. Stellen Sie mir die vollständige Liste zusammen, unser Mörder wird darauf sein. Das ist Ihre Aufgabe für heute. Ich überprüfe unterdessen, ob einer unserer d-drei heute nacht einen heimlichen Ausfall unternehmen konnte …«

Wie schön es sich arbeitet, wenn man einen klaren Auftrag hat, wenn die Aufgabe den Kräften angemessen und ihre Wichtigkeit unzweifelhaft ist.

Von der Residenz des Fürsten fuhr Anissi mit schnellen Gouverneurspferden zur Gendarmerieverwaltung. Er sprach mit Hauptmann Saizew, dem Kommandeur der berittenen Patrouillekompanie, über zwei Gendarmen, die zur Ermittlung des Falls abkommandiert waren: ob Auffälligkeiten im Verhalten und verdächtige Angewohnheiten bekannt seien, erkundigte sich auch nach den Familienverhältnissen. Saizew war beunruhigt, doch Anissi beschwichtigte ihn mit den Worten, es handle sich um eine wichtige, streng geheime Untersuchung, die besondere Wachsamkeit erfordere.

Dann fuhr er zum Boshedomka-Friedhof. Er schaute bei Sacharow vorbei, um ihm guten Tag zu sagen. Hätte er es lieber unterlassen – der Griesgram knurrte etwas Unfreundliches und vertiefte sich in seine Papiere. Grumow war nicht da.

Anissi suchte den Wärter auf, um etwas über die Totengräber zu erfahren. Er brauchte dem Ukrainer nichts zu erklären, und der stellte auch keine Fragen – ein einfacher Mann, aber gescheit und taktvoll.

Zu den Totengräbern ging er allein, unter dem Vorwand, ihnen je einen Rubel für die Unterstützung bei der Ermittlung zu geben. Er bildete sich über die beiden sein eigenes Urteil. So, das wäre alles. Es war an der Zeit, nach Hause zu fahren und die Liste für den Chef zu schreiben.

Als er das ausführliche Dokument fertig hatte, war es schon dunkel. Er ging noch einmal alle Namen durch und überlegte bei jedem, ob der wohl der Triebtäter sein könnte.

Der Wachtmeister Sinjuchin: diensteifrig, steinernes Gesicht, bleierne Augen – weiß der Teufel, was in dem vorgeht.

Linkow. Sieht aus, als könnte er keiner Fliege etwas zuleide tun, aber ein sehr seltsamer Polizist. Krankhafte Verträumtheit, verletzte Eigenliebe, unterdrückte Sinnlichkeit – da ist alles möglich.

Der Totengräber Tichon Kulkow ist auch verdächtig – ausgemergeltes Gesicht, der Rachen voller Zahnlücken. Eine Visage – wenn man dem im Finstern begegnet, sticht er einen ab, ohne mit der Wimper zu zucken.

Stop! Abstechen ja, aber kann er mit seinen knorrigen Pranken ein Skalpell handhaben?

Anissi blickte noch einmal auf die Liste und stöhnte auf. Schweißperlen traten ihm auf die Stirn, der Mund wurde trocken. Wie hatte er nur so blind sein können!

Daß er nicht früher darauf gekommen ist! Als hätte er

einen Schleier vor den Augen gehabt. Alles paßt zusammen! Nur einer von der Liste kann der Ripper sein!

Er sprang auf. Wie er war, ohne Mütze, ohne Schal, stürzte er zum Chef.

Masa öffnete ihm, Fandorin war nicht da, Angelina auch nicht – sie betete in der Kirche. Nun ja, es war Karfreitag, die Glocken läuteten traurig zu Christi Grablegung.

Ach, so ein Pech! Es war keine Zeit zu verlieren! Die heutige Befragung auf dem Friedhof war ein Fehler gewesen – der Täter hatte bestimmt alles erraten! Aber vielleicht war es gut so? Er hatte es erraten und würde reagieren. Das mußte überprüft werden! Der Freitag ging zur Neige, es blieb nur noch ein Tag!

Eine Überlegung ließ ihn an der Richtigkeit seiner Erkenntnis zweifeln, aber in Fandorins Wohnung gab es ja ein Telephon. In dem Polizeirevier in der Mestschanskaja-Straße, das für den Boshedomka-Friedhof zuständig war, kannte man Tulpow, und er bekam trotz der späten Stunde unverzüglich Auskunft auf seine Frage.

Anfangs war er sehr enttäuscht: 31. Oktober – das war zu früh. Der letzte belegte Londoner Mord war vom 9. November datiert, also stimmte die Version nicht. Doch Anissis Kopf arbeitete heute ausgezeichnet; wenn es immer so wäre, ließen sich alle Rätsel schnell lösen.

Ja, die Leiche der Prostituierten Mary Jane Kelly wurde am Morgen des 9. November gefunden, doch zu dieser Zeit schipperte Jack the Ripper schon über den Kanal! Der Mord, der widerwärtigste von allen, war wohl sein »Abschiedsgeschenk« für London gewesen, verübt unmittelbar vor seiner Abreise auf den Kontinent. Man mußte prüfen, wann dort der Nachtzug abging.

Alles andere fügte sich von selbst. Wenn der Ripper London am Abend des 8. November verlassen hatte, nach russischem Kalender am 27. Oktober, war er am 31. in Moskau angekommen!

Fandorin und er hatten einen Fehler gemacht: Als sie anhand der Polizeiunterlagen die aus England eingereisten Personen überprüften, hatten sie sich auf Dezember und November beschränkt und die letzten Oktobertage außer acht gelassen. Daran war das verdammte Durcheinander mit den unterschiedlichen Kalendern schuld.

Das war's, jetzt stimmte die Version haargenau.

Er lief kurz nach Hause: sich etwas Warmes anziehen, die »Bulldogge« einstecken und eine Scheibe Brot mit Käse essen – für ein richtiges Abendessen hatte er keine Zeit.

Während er kaute, hörte er, wie Palascha silbenweise Sonja eine Ostergeschichte aus der Zeitung vorlas. Das Dummchen hörte gebannt, mit halboffenem Mund zu. Ob sie viel verstand, wer wollte das wissen.

»In der Provinzstadt N.«, las Palascha langsam, mit Gefühl, »entfloh im vergangenen Jahr am Tag der lichten Auferstehung Christi ein Verbrecher aus dem Gefängnis. Zu der Zeit, da alle Städter zur Frühmesse in den Kirchen waren, drang er in die Wohnung einer reichen und allseits geachteten alten Frau ein, die krankheitshalber der Messe fernbleiben mußte, mit der Absicht, sie zu töten und zu berauben.«

Sonja stöhnte auf. Sieh an, sie versteht es, dachte Anissi verwundert. Noch vor einem Jahr hätte sie es nicht verstanden, ihr wäre der Kopf auf die Brust gesunken, und sie wäre eingeschlafen.

»Genau in dem Augenblick, als der Mörder sich mit dem Beil in der Hand auf die Frau stürzen wollte«, die Vorleserin senkte dramatisch die Stimme, »ertönte der erste Schlag der Osterglocke. Erfüllt vom Bewußtsein des erhabenen, feierlichen Augenblicks, drehte sich die alte Dame zu dem Verbrecher um und sprach den christlichen Gruß: ›Christ ist erstanden, guter Mann!‹ Diese Ansprache erschütterte den Elenden bis in die tiefsten Tiefen, sie erhellte ihm den ganzen Abgrund seiner Verworfenheit und führte einen sittlichen Umschwung herbei. Nach einem kurzen schweren inneren Kampf trat er zu der alten Frau, um mit ihr den Osterkuß zu tauschen, dann brach er in Tränen aus und …«

Wie die Geschichte ausging, erfuhr Anissi nicht mehr, denn er mußte los.

Fünf Minuten, nachdem er Hals über Kopf davongestürzt war, klopfte es an die Tür.

»Ach, der Wirrkopf«, seufzte Palascha. »Er hat bestimmt wieder die Waffe vergessen.«

Sie öffnete die Tür – nein, er war es nicht. Draußen war es dunkel, und sie konnte das Gesicht des Mannes nicht sehen, aber er war größer als Anissi.

Eine leise, freundliche Stimme sagte: »Guten Abend, meine Liebe. Ich will Sie erfreuen.«

Als alles Notwendige erledigt war – der Tatort besichtigt, die Leichen photographiert und weggeschafft, die Nachbarn befragt – und nichts mehr zu tun blieb, fühlte sich Fandorin ganz elend. Die Polizeiagenten waren gegangen, er saß allein in dem kleinen Wohnzimmer der bescheidenen Tulpowschen Wohnung, starrte auf die blutbespritzte geblümte Tapete und konnte das Zittern nicht bezwingen. In seinem Kopf war hallende Leere.

Vor einer Stunde war Fandorin nach Hause gekommen und

hatte Masa sofort nach Anissi geschickt. Und da hatte Masa das Blutbad entdeckt.

Fandorin dachte jetzt nicht an die gutherzige, anhängliche Palascha, auch nicht an die sanfte Sonja Tulpowa, die einen schrecklichen, weder nach göttlichen noch nach menschlichen Begriffen zu rechtfertigenden Tod empfangen hatte. In seinem Kopf hämmerte immer nur der eine kurze Satz: Das überlebt er nicht, das überlebt er nicht, das überlebt er nicht. Nein, diese Erschütterung wird der arme Tulpow nicht überleben. Er muß zwar nicht den grauenhaften Anblick seiner verunstalteten Schwester ertragen, nicht ihre erstaunt aufgerissenen Augen, aber er kennt die Vorgehensweise des Mörders und kann sich leicht vorstellen, wie sie gestorben ist. Und das ist das Ende für Anissi Tulpow, denn ein normaler Mensch kann nicht weiterleben, wenn derartiges mit einem nahen, geliebten Menschen geschehen ist.

Fandorin befand sich in einem ungewohnten, ihm ganz wesensfremden Zustand – er wußte nicht, was er tun sollte.

Masa kam schnaufend mit einem zusammengerollten Teppich herein und breitete ihn auf dem befleckten Fußboden aus. Dann riß er ingrimmig die blutbespritzte Tapete ab. Das ist richtig, dachte Fandorin entrückt, wird aber wohl kaum helfen.

Noch eine Weile später kam Angelina. Sie legte Fandorin die Hand auf die Schulter und sagte: »Wer am Karfreitag den Märtyrertod empfängt, kommt ins Reich Gottes, an Christi Seite.«

»Das tröstet mich nicht«, sagte Fandorin monoton, ohne den Kopf zu wenden. »Und es wird auch Anissi nicht trösten.«

Wo steckte Anissi überhaupt? Es war nach Mitternacht,

und der Junge hatte schon vergangene Nacht kein Auge zu-
getan. Masa hatte gesagt, Anissi sei ohne Mütze vorbeige-
kommen und habe es sehr eilig gehabt. Er hatte ihm nichts
bestellt, auch keine schriftliche Nachricht hinterlassen.

Unwichtig, je später er kam, desto besser.

In Fandorins Kopf war Leere. Keine Vermutung, keine Version, kein Plan. Der arbeitsreiche Tag hatte wenig gebracht.
Die Befragung der Agenten, die Neswizkaja, Stenitsch und
Burylin observierten, und auch seine eigenen Beobachtungen hatten bestätigt, daß jeder der drei in der vergangenen
Nacht die Möglichkeit gehabt hatte, sich zu entfernen und
zurückzukehren, ohne daß die Agenten es bemerkt hätten.

Die Neswizkaja wohnte im Studentenwohnheim auf der
Trubezkaja, das hatte vier Ein- und Ausgänge, und es herrschte
bis zum Morgengrauen ein ständiges Kommen und Gehen.

Stenitsch hatte nach seinem Nervenzusammenbruch in der
Klinik »Lindere meine Leiden« übernachtet, wo die Agenten
keinen Zutritt hatten. Da überprüfe mal einer, ob er geschlafen hatte oder mit einem Skalpell durch die Stadt gestrichen
war.

Bei Burylin sah es noch schlechter aus: Das Haus war rie-
sig und hatte im Parterre über sechzig Fenster, von denen die
Hälfte hinter den Bäumen des Parks nicht zu sehen war. Die
Umzäunung war nicht hoch. Kein Haus, sondern ein Sieb.

Jeder von ihnen hätte Ishizyn umbringen können. Und das
Schlimmste: Nachdem Fandorin von der Wirkungslosigkeit
der Observierung überzeugt war, hatte er sie ganz aufgehoben. Somit hatten die drei Verdächtigen volle Handlungs-
freiheit.

»Verzweifeln Sie nicht, Erast Petrowitsch«, sagte Angelina.
»Das ist eine schwere Sünde, und Sie dürfen es schon gar

154

nicht. Wer soll den Mörder aufspüren, diesen Satan, wenn Sie die Hände sinken lassen? Das kann niemand außer Ihnen.«

Der Satan, dachte Fandorin träge. Der ist allgegenwärtig, schlüpft durch jede Ritze. Der Satan ändert sein Aussehen, nimmt jede Gestalt an, auch die eines Engels.

Engel. Angelina.

Das Gehirn, gewöhnt, logische Konstruktionen herzustellen, fügte sogleich dienstfertig eine Kette zusammen.

Kann nicht auch Angelina der Ripper sein?

Sie war im letzten Jahr in England gewesen. Erstens.

Abends, als all die Morde passierten, war sie in der Kirche gewesen. Angeblich. Zweitens.

Sie läßt sich in der barmherzigen Gemeinde zur Krankenschwester ausbilden und weiß schon eine Menge. Auch in Anatomie wird sie unterrichtet. Drittens.

Sie ist wundersam, ganz anders als die anderen Frauen. Und manches Mal blickt sie so, daß einem das Herz stehenbleibt, aber woran sie in solchen Minuten denkt, weiß man nicht. Viertens.

Ihr hätte Palascha die Tür geöffnet, ohne zu zögern. Fünftens.

Fandorin schüttelte ärgerlich den Kopf und stoppte die leeren Umdrehungen seiner außer Kontrolle geratenen logischen Maschine. Das Herz weigerte sich entschieden, eine solche Version zu erwägen. Ein Weiser hatte gesagt: »Ein edler Mann stellt die Argumente des Verstands nicht höher als die Stimme des Herzens.« Angelina hatte recht – niemand außer ihm konnte dem Ripper Einhalt gebieten, und es blieb nur noch ganz wenig Zeit. Nur noch der morgige Tag. Nachdenken, nachdenken.

Aber sich auf die Arbeit zu konzentrieren hinderte ihn

155

noch immer der hartnäckige Satz: Das überlebt er nicht, das überlebt er nicht.

So verging die Zeit. Der Kollegienrat zerwühlte sich die Haare, tigerte durchs Zimmer, wusch sich zweimal mit kaltem Wasser. Er versuchte zu meditieren, gab es aber gleich wieder auf – unmöglich.

Angelina stand an der Wand, hielt ihre Ellbogen umfaßt und blickte mit ihren riesigen grauen Augen traurig und fordernd.

Auch Masa hüllte sich in Schweigen. Er saß mit untergeschlagenen Beinen auf dem Boden, sein rundes Gesicht war reglos, die schweren Lider waren halb geschlossen.

Im Morgengrauen, als die Straße in milchigen Nebel gehüllt war, ertönten im Treppenhaus eilige Schritte, ein energisches Klopfen brachte die unverschlossene Tür zum Quietschen, und ins Zimmer stürmte der Gendarmerieleutnant Smoljaninow, ein gescheiter junger Offizier – schwarzäugig, flink, rotwangig.

»Ach, hier sind Sie!« rief er erleichtert. »Wir haben überall nach Ihnen gesucht. Zu Hause, in der Verwaltung, in der Twerskaja – vergebens! Da hab ich mir gedacht: Womöglich ist er noch am Tatort. Ein Unglück, Erast Petrowitsch! Tulpow ist verwundet. Schwer. Er wurde nach Mitternacht ins Marienkrankenhaus gebracht. Bis wir unterrichtet wurden, ist viel Zeit vergangen … Oberstleutnant Swertschinski ist sofort ins Krankenhaus gefahren, und wir Adjutanten erhielten den Befehl, Sie zu suchen. Was geht bloß vor, Erast Petrowitsch?«

Bericht des Gouvernement-Sekretärs A. P. Tulpow, des persönlichen Assistenten von Herrn E. P. Fandorin, dem Beamten für be sondere Aufträge bei Seiner Erlaucht dem Moskauer Generalgouverneur.

8. April 1889, nachts drei Uhr dreißig

Ich berichte Euer Hochwohlgeboren, daß ich gestern abend bei der Erstellung der Liste von Personen, die der Verübung der Ihnen bekannten Verbrechen verdächtig sind, mit völliger Klarheit begriffen habe, daß die besagten Verbrechen nur ein Mensch begangen haben kann, und zwar der gerichtsmedizinische Experte Jegor Williamowitsch Sacharow.

Er ist kein gewöhnlicher Mediziner, sondern Pathologe, das heißt, das Heraustrennen menschlicher Organe ist für ihn eine gewohnte und alltägliche Sache. Erstens.

Der ständige Umgang mit Leichen hat in ihm eine unüberwindliche Abneigung gegen das ganze menschliche Geschlecht hervorgerufen oder aber, im Gegenteil, eine abartige Vorliebe für den physiologischen Bau des Organismus. Zweitens.

Seinerzeit gehörte er einem »sadistischen« Kreis von Medizinstudenten an, was von früh zutage tretenden lasterhaften und grausamen Neigungen zeugt. Drittens.

Sacharow wohnt in einer Dienstwohnung neben dem gerichtspolizeilichen Leichenschauhaus auf dem Boskedomka-Friedhof. Zwei Morde (an der Dirne Andrejitschkina und der namenlosen minderjährigen Bettlerin) wurden in der Nähe dieses Orts begangen. Viertens.

Sacharow hält sich häufig bei Verwandten in England auf, so auch im vergangenen Jahr. Er kehrte aus Britannien am 31. Oktober zurück (nach europäischem Kalender am 11. November), das bedeutet, er kann den letzten der Londoner Morde durchaus begangen haben. Fünftens.

Sacharow ist über den Gang der Ermittlung informiert, mehr

noch, er ist von allen an der Untersuchung Beteiligten der einzige mit medizinischer Erfahrung. Sechstens.

Ich könnte das noch weiter ausführen, aber das Atmen fällt mir schwer, und die Gedanken verwirren sich ... Nun zu den letzten Ereignissen.

Als ich Erast Petrowitsch nicht zu Hause antraf, wußte ich, daß ich keine Zeit verlieren durfte. Am Vortag war ich auf dem Friedhof gewesen und hatte mit den Arbeitern gesprochen, was Sacharow nicht verborgen bleiben konnte. Es war zu erwarten, daß er nervös wurde und sich durch irgend etwas verriet. Für alle Fälle nahm ich meine Waffe mit - den Revolver »Bulldogge«, den mir Herr Fandorin im vergangenen Jahr zum Namenstag geschenkt hatte. Das war ein herrlicher Tag, einer der schönsten in meinem Leben. Aber das gehört nicht zur Sache.

Also, ich nahm eine Droschke und kam in der zehnten Stunde auf dem Boshedomka-Friedhof an, als es schon dunkel war. In dem Seitengebäude, das der Doktor bewohnt, brannte in einem Fenster Licht, und ich freute mich, daß Sacharow nicht das Weite gesucht hatte. Kein Mensch weit und breit, hinter der Umzäunung die Gräber, und keine einzige Laterne. Ein Hund schlug an, es war der Kettenhund bei der Kapelle, aber ich lief schnell über den Hof und preßte mich an die Wand. Der Köter kläffte noch ein paarmal und verstummte. Ich stellte eine Kiste unter das erleuchtete Fenster (es war sehr hoch) und äugte vorsichtig hinein, es war Sacharows Arbeitszimmer. Folgendes konnte ich sehen: Auf dem Tisch Papiere, eine Lampe brannte. Er selber saß mit dem Rücken zu mir und schrieb, zerriß das Blatt und warf die Fetzen auf den Boden. Ich stand lange da, mindestens eine Stunde, er schrieb und zerriß, schrieb und zerriß. Ich dachte, daß ich gern sehen würde, was er da schrieb. Und dann dachte ich: Ob ich ihn verhafte? Aber ich hatte keinen Haftbefehl, und womöglich schrieb er ja nur langweiliges Zeug, irgendwelche Rechnungen. Siebzehn Minuten nach zehn (ich sah es auf der Uhr) stand er auf und verließ das Zimmer. Es verging eine ganze Weile. Er polterte im Korridor, dann wurde es still. Ich zögerte, ob ich einsteigen und mir die Papiere ansehen sollte. Vor Aufregung büßte ich meine Wachsamkeit ein. Plötzlich spürte ich einen brennenden Stich im Rücken und stieß mit der Stirn gegen das Fensterbrett. Und als ich mich dann umdrehte, verbrannte es mir die Seite und die Hand. Da ich die ganze Zeit ins Licht geblickt hatte, konnte ich nicht sehen, wer da im Dunkel stand, aber ich schlug mit der linken Hand zu, wie ich es von Herrn Masa gelernt hatte, und dann noch mit dem Knie. Ich traf etwas Weiches. Leider bin ich kein gelehriger Schüler meines Lehrers gewesen. Aber nun wußte ich wenigstens, wohin Sacharow gegangen war, als er das Arbeitszimmer verließ. Er hatte mich offenbar bemerkt. Als er jetzt vor meinen Schlägen zurückwich und im Schatten verschwand, wollte ich ihn einholen, aber nach ein paar Schritten fiel ich hin. Ich stand auf und fiel wieder hin. Da zog ich die ›Bulldogge‹ und schoß dreimal in die Luft - ich dachte, vielleicht kommt mir jemand von den Friedhofsleuten zu Hilfe. Aber die haben wahrscheinlich bloß einen Schreck gekriegt. Pfeifen hätte ich müssen. Darauf bin ich nicht gekommen, ich war nicht ganz bei mir. An das Weitere kann ich mich nur schlecht erinnern. Ich kroch auf allen vieren und fiel hin. Dann legte ich mich am Zaun auf die Erde, um zu verschnaufen, da bin ich wohl eingeschlafen. Als ich wieder zu mir kam, war es kalt. Sehr kalt. Dabei hatte ich einen warmen Mantel an und extra noch eine Strickjacke darunter. Ich holte die Uhr hervor. Schon nach Mitternacht. Aus, dachte ich, der Verbrecher ist entkommen. Da erst fiel mir die Pfeife ein. Ich begann zu pfeifen. Bald kamen welche, ich sah nicht, wer. Sie brachten mich weg. Ich war wie in einem Nebel, bis mir der Doktor eine Spritze gab. Jetzt ist es besser. Ich schäme mich *nur, daß ich den Ripper entkommen ließ. Hätte ich nur besser auf Herrn Masa gehört. Erast Petrowitsch, ich wollte es möglichst gut machen. Hätte ich auf Masa gehört. Hätte …*

Nachschrift

Hier bricht die stenographische Niederschrift des Berichts ab, denn der Verletzte, der anfangs sehr lebhaft und fehlerfrei gesprochen hatte, begann zu phantasieren und fiel bald in Bewußtlosigkeit, aus der er nicht wieder erwachte. Dr. K. I. Möbius wunderte sich sowieso, daß Herr Tulpow mit derartigen Verletzungen und einem solchen Blutverlust so lange durchgehalten hatte. Der Tod trat gegen sechs Uhr morgens ein, was Dr. Möbius in einer entsprechenden Notiz festgehalten hat.

Oberstleutnant des Gendarmeriekorps Swertschinski Die stenographische Niederschrift und Dechiffrierung besorgte der Kollegienregistrator Arietti

Eine entsetzliche Nacht.

Der Abend hatte so gut begonnen. Die Idiotin wurde im Tod wunderschön – einfach eine Augenweide. Nach diesem Meisterstück der Dekorationskunst war es sinnlos, Zeit und Inspiration an das Dienstmädchen zu verschwenden, und ich ließ sie, wie sie war. Eine Sünde, aber ein so frappierender Kontrast zwischen äußerer Häßlichkeit und innerer Schönheit wäre ohnehin nicht noch einmal zustande gekommen.

Das Bewußtsein, eine gute Tat getan zu haben, wärmte mir die Seele: Ich habe dem guten Jüngling nicht nur das wahre Antlitz der Schönheit gezeigt, ich habe ihn auch von einer schweren Last befreit, die ihn hinderte, ein eigenes Leben zu führen.

Und dann endete alles so unglücklich.

Den guten Jüngling hat sein unschönes Gewerbe zugrunde

gerichtet – auszuschnüffeln, nachzuspüren. Er ist von selbst gekommen, um seinen Tod zu empfangen. Ich habe daran keine Schuld.

Der Junge dauerte mich, darum war ich unpräzise. Meine Hand zitterte. Die Verletzungen sind tödlich, daran gibt es keinen Zweifel: Ich habe gehört, wie die Luft aus der durchstoßenen Lunge entwich, und der zweite Stich muß die linke Niere und den absteigenden Grimmdarm zerschnitten haben. Aber er hat wahrscheinlich vor dem Tod sehr gelitten. Dieser Gedanke läßt mir keine Ruhe.

Peinlich. Unschön.

Ein mühevoller Tag

8. April, Ostersamstag

Vor dem Tor des armseligen Boshedomka-Friedhofs wartete bei Wind und widerlichem Nieselregen die Untersuchungsgruppe: der erfahrene Polizeiagent Ljalin, drei jüngere Agenten, der Photograph mit einer tragbaren amerikanischen »Kodak«, sein Gehilfe und der Hundeführer der Polizei mit der in ganz Moskau berühmten Mussja an der Leine. Die Gruppe war telephonisch zum Ort des nächtlichen Ereignisses beordert worden und hatte strengste Anweisung, vor dem Eintreffen des Herrn Kollegienrats nichts zu unternehmen. Und so hielt sie sich jetzt an die Anweisung – sie unternahm nichts und fröstelte in der widerlichen Umarmung des trüben Aprilmorgens. Sogar Mussja, vor Nässe einem rötlichen Schrubber ähnlich geworden, war mißmutig. Sie legte die lange Schnauze auf die aufgeweichte Erde, bewegte traurig die weißlichen Brauen und jaulte sogar ein-, zweimal, womit sie die allgemeine Stimmung ausdrückte.

Ljalin, ein gestandener Mann, verhielt sich den Launen der Natur gegenüber voller Verachtung und nahm das lange Warten gelassen hin. Er wußte, daß der Kollegienrat jetzt im Marienkrankenhaus war, wo der geschundene Körper des Gottesknechts Anissi, vor kurzem noch Sekretär Tulpow, gewaschen und hergerichtet wurde. Fandorin nahm Abschied von seinem geliebten Assistenten, bekreuzigte ihn und würde dann zum Friedhof gejagt kommen. Die Fahrt dauerte fünf

Minuten, es war anzunehmen, daß die Pferde des Kollegienrats weitaus schneller als die Polizeiklepper waren.

Kaum hatte Ljalin das gedacht, als prächtige Traber mit weißen Federbüschen zum gußeisernen Tor des Friedhofs heransprengten. Der Kutscher war wie ein General mit goldenen Posamenten übersät, der schwarze Lack der Karosse glänzte feucht, und auf dem Wagenschlag leuchtete das Wappen des Fürsten Dolgorukoi.

Herr Fandorin sprang auf die Erde, die weiche Federung wippte, und die Kutsche fuhr zur Seite. Offensichtlich würde sie warten, bis der Kollegienrat seine Arbeit beendet hatte.

Sein Gesicht war blaß, die Augen funkelten noch heller als sonst, doch andere Anzeichen der erlittenen Erschütterungen und der schlaflosen Nächte konnte Ljalin nicht wahrnehmen. Er fand sogar, daß Fandorin sich unvergleichlich forscher und energischer als sonst bewegte. Ljalin wollte mit einer Verbeugung kondolieren, aber nach einem genaueren Blick auf die fest zusammengepreßten Lippen Fandorins überlegte er es sich anders. Seine reiche Lebenserfahrung sagte ihm, daß es besser war, gleich zur Sache zu kommen.

»Entsprechend den Instruktionen haben wir Sacharows Wohnung noch nicht betreten. Wir haben die Friedhofsarbeiter befragt, aber keiner von ihnen hat Sacharow seit gestern abend gesehen. Sie warten dort.«

Fandorin warf einen flüchtigen Blick zum Leichenschauhaus, vor dem einige Leute standen und von einem Bein aufs andere traten.

»Ich habe doch wohl klar und deutlich gesagt: nichts unternehmen. Na schön, gehen wir.«

Schlechte Laune, dachte Ljalin. Was ja auch nicht verwunderlich war bei den traurigen Ereignissen. Seine Karriere stand auf der Kippe, und dann die Sache mit Tulpow.

Der Kollegienrat stieg leichtfüßig die Treppe zu Sacharows Wohnung hinauf und rüttelte an der Tür. Sie gab nicht nach, war verschlossen.

Ljalin schüttelte den Kopf – ein umsichtiger Mensch war Doktor Sacharow. Selbst bei seiner überstürzten Flucht hatte er nicht vergessen, die Tür abzuschließen. So einer hinterließ keine dummen Spuren und Anhaltspunkte.

Ohne sich umzudrehen, schnippte Fandorin mit den Fingern, und Ljalin verstand. Er zog aus der Tasche einen Satz Nachschlüssel, drehte den passenden Dietrich ein paarmal im Schlüsselloch, und die Tür ging auf.

Fandorin schritt rasch durch die Zimmer, warf im Gehen knappe Anweisungen hin, wobei sein leichtes Stottern verschwunden war, als wäre es nie gewesen. »Die Kleidung im Schrank überprüfen. Alles aufschreiben. Feststellen, was fehlt ... Alle medizinischen Instrumente, besonders die chirurgischen, hier auf den Tisch ... Im Korridor war ein Läufer – da wo der rechteckige Fleck auf dem Fußboden ist. Wo ist der Läufer hingekommen? Danach suchen! Ist das sein Arbeitszimmer? Alle Papiere einsammeln. Ganz besonders auf Schnipsel und Fetzen achten.«

Ljalin sah sich um und entdeckte keinerlei Papierfetzen. Das Zimmer war tipptopp aufgeräumt. Der Agent staunte erneut über die starken Nerven des flüchtigen Doktors. Der hatte das Zimmer saubergemacht, als wollte er Gäste empfangen. Wo sollten da Schnipsel liegen?

Aber da bückte sich Fandorin und hob unterm Stuhl ein zerknülltes Stückchen Papier auf. Er glättete und las es und gab es Ljalin.

»Hinzufügen.«

Auf dem Fetzen waren nur zwei Wörter: *länger schweigen*.

»Beginnen Sie mit der Durchsuchung«, sagte Fandorin und ging hinaus.

Fünf Minuten später, nachdem Ljalin seinen Leuten die Aufgaben zugewiesen hatte, blickte er aus dem Fenster und sah den Kollegienrat mit Mussja durchs Gebüsch kriechen. Dort waren Äste abgebrochen, die Erde zertrampelt. Vermutlich hatte an der Stelle Tulpow mit dem Verbrecher gekämpft. Ljalin stieß einen Seufzer aus, bekreuzigte sich und ging daran, die Wände im Schlafzimmer abzuklopfen.

Die Durchsuchung brachte wenig Interessantes.

Einen Stoß Briefe in englischer Sprache – offensichtlich von Sacharows Verwandten – sah Fandorin rasch durch, ohne sie jedoch zu lesen, ihn interessierte nur das Datum. Er schrieb etwas in sein Notizbuch, sagte aber nichts.

Der Agent Syssujew tat sich hervor, er fand im Kabinett unter dem Diwan einen Papierfetzen, der größer war als der erste, aber noch unverständlicher: *legungen der Korporationsehre und Mitgefühl mit einem alten Kam*

Dieser Schnipsel interessierte Fandorin sehr. Ebenso ein Colt-Revolver, der in einem Schreibtischfach lag. Er war erst vor kurzem geladen worden – an Trommel und Griff waren frische Spuren von Waffenöl. Wieso hat Sacharow den nicht mitgenommen, wunderte sich Ljalin. Hat er ihn vergessen? Oder absichtlich dagelassen? Aber warum?

Mussja blamierte sich bis auf die Knochen. Anfangs hatte sie trotz der Nässe ziemlich rasch die Witterung aufgenommen und war losgelaufen, aber dann kam hinter der Umzäunung ein kräftiger zottiger Rüde hervorgeschossen und kläffte so wütend, daß Mussja sich auf die Hinterpfoten

165

setzte, dann zurückwich und nicht mehr von der Stelle zu bewegen war. Der Friedhofswärter nahm den Rüden an die Kette, aber Mussja hatte keinen Schneid mehr. Spürhunde sind sensibel, bei ihnen hängt alles von der Stimmung ab.

»Wer von ihnen ist wer?« fragte Fandorin und zeigte vom Fenster auf die Friedhofsangestellten.

Ljalin erklärte: »Der Dicke mit der Schirmmütze ist der Aufseher. Er wohnt außerhalb des Friedhofs und hat mit der Arbeit im Polizei-Leichenschauhaus nichts zu tun. Gestern ist er um halb sechs gegangen und heute morgen eine Viertelstunde vor Ihnen gekommen. Der Lange, Schwindsüchtige ist Sacharows Assistent Grumow. Er ist auch erst vorhin gekommen. Der mit dem gesenkten Kopf ist der Wärter. Die übrigen zwei sind Arbeiter. Sie heben Gräber aus, reparieren die Umzäunung, bringen den Müll weg und so weiter. Der Wärter und die Arbeiter wohnen gleich hier beim Friedhof und könnten etwas gehört haben. Aber wir haben keine gründliche Befragung vorgenommen, wir hatten keine Anweisung.«

Fandorin sprach selbst mit den Friedhofsangestellten.

Er rief sie ins Haus und zeigte ihnen als erstes den Colt. »Kennen Sie den?«

Grumow und Pachomenko sagten aus (Ljalin schrieb es mit Bleistift ins Protokoll), daß ihnen der Revolver bekannt sei, sie hätten ihn oder genauso einen beim Doktor gesehen. Der Totengräber Kulkow fügte hinzu, daß er den »Levolter« nicht von nahem gesehen, im vergangenen Monat aber zugeguckt habe, wie der »Dokter« auf Krähen gefeuert habe, sehr gekonnt, bei jedem Schuß seien die Federn nur so geflogen.

Die drei Schüsse in der letzten Nacht, abgegeben von

Tulpow, hatten Pachomenko und der Arbeiter Chrjukin gehört. Kulkow hatte seinen Rausch ausgeschlafen und war von dem Krach nicht wach geworden.

Pachomenko und Chrjukin sagten, sie hätten Angst gehabt, hinauszugehen, denn da konnte sich ja sonstwer nachts herumtreiben, außerdem hätte niemand um Hilfe gerufen. Chrjukin war bald darauf wieder eingeschlafen, Pachomenko dagegen wach geblieben. Nach seinen Worten schlug kurz nach den Schüssen eine Tür laut zu, und jemand ging hastig zum Tor.

»Was denn, haben Sie die Ohren gespitzt?« fragte Fandorin.

»Na freilich doch«, antwortete Pachomenko. »Immerhin ist geschossen worden. Und ich kann nächtens sowieso nicht gut schlafen. Alle möglichen Gedanken kriechen mir durch den Kopf. Bis zum Hellwerden hab ich mich herumgewälzt. Sagen Sie, Pan General, ist dieses junge Bürschlein wirklich tot? Das ist so ein Scharfäugiger gewesen, und freundlich mit uns kleinen Leuten.«

Über Fandorin war bekannt, daß er unter ihm Stehende immer höflich behandelte, doch jetzt erkannte ihn Ljalin nicht wieder. Die rührenden Worte des Wärters ließ der Kollegienrat unbeantwortet, und er bezeigte auch kein Interesse für dessen nächtliche Gedanken. Er drehte sich abrupt um und warf den Zeugen über die Schulter hin: »Sie können gehen. Keiner darf sich vom Friedhof entfernen. Vielleicht werden Sie noch gebraucht. Grumow, Sie bleiben.«

Der Mann war wie ausgewechselt.

Den erschrocken zwinkernden Grumow fragte er: »Womit hat sich Sacharow gestern abend beschäftigt? Und bitte ausführlich.«

Grumow breitete schuldbewußt die Arme aus und sagte:

»Das weiß ich nicht. Jegor Williamowitsch waren gestern sehr mißgestimmt und haben nur geschimpft. Und nachmittags hat er mir freigegeben. Wir haben uns nicht einmal verabschiedet – er hatte sich in seinem Zimmer eingeschlossen.«

»Nachmittags, um wieviel Uhr war das?«

»In der vierten Stunde.«

»In der vierten«, wiederholte Fandorin, schüttelte den Kopf und hatte offensichtlich an dem schwindsüchtigen Assistenten jegliches Interesse verloren. »Sie können gehen.«

Ljalin trat zu Fandorin und hüstelte taktvoll.

»Ich habe da eine Personenbeschreibung von Sacharow entworfen. Möchten Sie sie lesen?«

Der ausgewechselte Fandorin warf nicht mal einen Blick auf die vorzügliche Beschreibung, er winkte ab. Eine solche Mißachtung des Diensteifers kränkte Ljalin.

»Das ist alles«, sagte Fandorin scharf. »Es sind keine weiteren Befragungen nötig. Ljalin, Sie fahren nach Lefortowo, zum Krankenhaus ›Lindere meine Leiden‹, und bringen mir den Pfleger Stenitsch in die Twerskaja. Und Syssujew soll zur Jakimanskaja fahren und den Fabrikanten Burylin holen. Umgehend.«

»Aber was ist mit der Beschreibung Sacharows?« fragte Ljalin mit bebender Stimme. »Wir werden sie doch für die Fahndung brauchen?«

»Nein«, antwortete Fandorin zerstreut, ließ den erfahrenen Agenten in völliger Fassungslosigkeit zurück und schritt rasch zu seiner wunderbaren Equipage.

Im Kabinett in der Twerskaja wurde Fandorin von Wedistschew erwartet.

»Der letzte Tag«, sagte die »graue Eminenz« Dolgrukois

statt einer Begrüßung. »Sie müssen diesen verrückten Engländer finden. Finden und Bericht erstatten, wie es sich gehört. Sonst, Sie wissen ja selbst.«

»Und Sie, Frol Grigorjewitsch, woher wissen Sie von Sacharow?« fragte Fandorin, doch seine Verwunderung hielt sich in Grenzen.

»Wedistschew weiß alles, was in Moskau vorgeht.«

»Dann müßte ich eigentlich auch Sie auf die Liste der Verdächtigen setzen. Sie behandeln doch Seine Erlaucht mit Schröpfköpfen und lassen ihn sogar zur Ader. Also sind Sie kein Neuling auf dem Gebiet der Medizin.«

Der Scherz wurde jedoch mit matter Stimme gesprochen, und es war zu sehen, daß der Beamte an etwas ganz anderes dachte.

»Anissi, nicht wahr?« fragte Wedistschew mit einem Seufzer. »Ein Unglück kommt selten allein. Er war ein verständiger Junge, wenn auch etwas mickrig. Er hätte es noch weit bringen können.«

»Sie sollten sich jetzt zurückziehen, Frol Grigorjewitsch«, entgegnete Fandorin, nicht geneigt, sich Gefühlsduseleien hinzugeben.

Der Kammerdiener runzelte beleidigt die aschgrauen Augenbrauen und schlug einen offiziellen Ton an: »Euer Hochwohlgeboren, ich soll Sie davon in Kenntnis setzen, daß der Minister heute morgen höchst unzufrieden nach Petersburg zurückgereist sind, nicht ohne zuvor noch Drohungen auszustoßen. Außerdem soll ich Sie fragen, ob die Ermittlung bald abgeschlossen ist.«

»Bald. Richten Sie Seiner Erlaucht aus, daß ich noch zwei Verhöre führen, eine telegraphische Depesche erhalten und eine kleine Ausfahrt machen muß.«

»Erast Petrowitsch, bei unserm Herrn Christus, schaffen Sie es bis morgen?« fragte Wedistschew flehend. »Sonst sind wir alle verloren.«

Darauf konnte Fandorin nicht mehr antworten, denn es wurde an die Tür geklopft, und der diensthabende Adjutant meldete: »Die Festgenommenen Stenitsch und Burylin sind zur Stelle. Sie sitzen in verschiedenen Zimmern, wie befohlen.«

»Zuerst Stenitsch«, befahl Fandorin dem Offizier, und an den Kammerdiener gewandt, wies er mit dem Kinn zum Ausgang. »Da ist schon das erste Verhör. Gehen Sie jetzt, Frol Grigorjewitsch, ich habe keine Zeit.«

Der alte Mann nickte fügsam mit dem kahlen Schädel und trottete zum Ausgang. An der Tür stieß er mit einem wüst aussehenden Mann zusammen – zerrauft, zerrupft, klapperdürr – , blieb aber nicht stehen. Er schlurfte auf seinen Filzsohlen flink durch den Korridor, bog um die Ecke und öffnete mit einem Schlüssel eine Kammer.

Das war keine gewöhnliche Kammer, sie hatte in der hinteren Ecke eine Geheimtür, die sich auch mit einem besonderen Schlüssel öffnen ließ. Dahinter war ein Wandschrank. Wedistschew zwängte sich hinein, setzte sich auf einen Stuhl, auf dem ein weiches Kissen lag, schob geräuschlos eine Klappe in der Wand auf, und nun war durch eine Glasscheibe das Innere des Geheimkabinetts zu sehen und die leicht gedämpfte Stimme Fandorins zu hören: »Danke. Vorläufig müssen Sie im Polizeirevier bleiben. Zu Ihrer eigenen Sicherheit.«

Der Kammerdiener setzte eine Brille mit dicken Gläsern auf und schmiegte sich an die Geheimöffnung, aber er sah nur den Rücken des Hinausgehenden. Verhör nennt sich das – hat nicht mal drei Minuten gedauert. Wedistschew krächzte skeptisch und wartete, was noch kommen würde.

»Holen Sie Burylin«, befahl Fandorin dem Adjutanten.

Herein kam ein Mann mit breitem tatarischem Gesicht und frechen Räuberaugen. Ohne eine Aufforderung abzuwarten, setzte er sich auf einen Stuhl, schlug die Beine übereinander und ließ seinen kostbaren Spazierstock mit dem goldnen Knauf auf und ab wippen. Nicht zu übersehen, daß er Millionär war.

»Wollen Sie mir wieder Eingeweide vorführen?« fragte Burylin vergnügt. »Aber damit bin ich nicht zu kriegen, ich habe ein dickes Fell. Wer ist da gerade rausgegangen? War das nicht Wanka Stenitsch? Er hat die Fresse weggedreht. Als hätte ihm Burylin nicht genug zukommen lassen. Er hat sich nämlich auf meine Kosten in Europa herumgetrieben, hat sich von mir aushalten lassen. Ich hatte Mitleid mit dem armen Kerl. Aber er hat mir in die Seele gespuckt. Er ist vor mir aus England geflohen. Hat sich vor mir, dem Schmutzigen, geekelt, sich nach einem sauberen Leben gesehnt. Ach, was soll's, ein verlorener Mensch. Kurzum, ein Psychopath. Haben Sie was dagegen, wenn ich eine Zigarre schmauche?«

Die Fragen des Millionärs blieben unbeantwortet. Statt dessen stellte Fandorin eine Frage, die Wedistschew überhaupt nicht begriff.

»Auf Ihrem Kommilitonentreffen war so ein Langhaariger, Abgerissener. Wer ist das?«

Aber Burylin verstand die Frage und antwortete bereitwillig: »Filka Rosen. Er wurde zusammen mit mir und Stenitsch von der Fakultät geworfen, wegen besonderer Verdienste auf dem Gebiet der Unsittlichkeit. Er arbeitet im Pfandhaus. Trinkt natürlich.«

»Wo ist er zu finden?«

»Nirgends. Bevor Sie mich beehrten, habe ich ihm aus Blödheit fünfhundert Rubel in den Rachen geworfen – bin in Erinnerung an alte Zeiten schwach geworden. Jetzt taucht er erst wieder auf, wenn er die letzte Kopeke versoffen hat. Vielleicht zecht er in einer Moskauer Kneipe, vielleicht in Petersburg oder in Nishni Nowgorod. So ist er nun mal.«

Diese Mitteilung verdroß Fandorin außerordentlich. Er sprang sogar auf, zog seine grüne Perlenschnur aus der Jackentasche und steckte sie wieder weg.

Der Breitgesichtige beobachtete das merkwürdige Verhalten des Beamten mit Neugier und zündete sich eine dicke Zigarre an. Die Asche ließ der Frechling auf den Teppich fallen. Aber Fragen stellte er nicht mehr, sondern wartete.

»Sagen Sie, warum wurden Sie, Stenitsch und Rosen gefeuert, während Sacharow nur in die Pathologie versetzt wurde?« fragte Fandorin nach einer längeren Pause.

»Das hing davon ab, was jeder angestellt hatte.« Burylin lachte auf. »Sozki, der größte Heißsporn von uns, wurde zum Häftling geschoren. Schade um den Mann, er war erfinderisch, aber eine Bestie. Mich wollten sie auch einbuchten, doch das Geld hat mich davor bewahrt.« Er zwinkerte Fandorin übermütig zu und stieß Rauch aus. »Die Studentinnen, unsere lustigen Freundinnen, mußten auch büßen, nur für ihre Zugehörigkeit zum weiblichen Geschlecht. Sie wurden nach Sibirien verfrachtet, standen unter Polizeiaufsicht. Eine wurde Morphinistin, eine heiratete einen Popen, ich habe Nachforschungen angestellt.« Der Millionär lachte auf. »Sacharow hatte sich damals nicht besonders hervorgetan und kam mit einer geringen Strafe davon. ›Er war zugegen und hat dem nicht Einhalt geboten‹, so stand es damals im Urteil.«

172

Fandorin schnippte mit den Fingern, als hätte er eine lang erwartete frohe Nachricht erhalten, und wollte noch etwas fragen, aber Burylin brachte ihn aus dem Konzept – er zog ein vierfach gefaltetes Blatt Papier aus der Tasche und sagte: »Merkwürdig, daß Sie nach Sacharow fragen. Ich habe heute morgen ein irres Briefchen von ihm bekommen, kurz bevor Ihre Wachhunde mich abholten. Ein Straßenjunge hat es gebracht. Da, lesen Sie.«

Wedistschew verbog sich, preßte die Nase ans Glas, aber was half's – er konnte es von weitem doch nicht lesen. Allem Anschein nach war das Papier hochwichtig: Fandorins Augen saugten sich daran fest.

»Das Geld geb ich ihm natürlich, darum tut's mir nicht leid«, sagte der Millionär. »Bloß, zwischen uns besteht keine ›alte Freundschaft‹, das hat er aus Gefühlsduselei geschrieben. Und dann so melodramatisch: ›Denk nicht im Bösen an mich, Bruder‹. Was hat er denn angestellt, unser Pluto? Hat er seinen Freundinnen, die im Leichenschauhaus auf den Tischen lagen, während der Fasten was Verbotenes zu essen gegeben?«

Er warf den Kopf zurück und lachte schallend, überaus zufrieden mit seinem Witz.

Fandorin betrachtete immer noch das Briefchen. Er trat ans Fenster, hielt das Blatt hoch, und Wedistschew sah auseinanderfließende krumme Zeilen.

»Ja, das ist so hingekrakelt, daß man es kaum lesen kann«, röhrte der Millionär im Baß und guckte sich um, wo er den Zigarrenstummel ablegen könnte. »Als wär's in der Droschke geschrieben oder im Suff.«

Er fand nichts und wollte den Stummel auf den Boden werfen, konnte sich aber nicht entschließen. Verstohlen blickte er auf den Rücken des Kollegienrats, wickelte den Stummel in ein Taschentuch und steckte ihn in die Jackentasche.

»Das ist alles, Burylin«, sagte Fandorin, ohne sich umzudrehen. »Sie bleiben bis morgen in Gewahrsam.«

Diese Mitteilung erbitterte den Millionär über die Maßen.

»Jetzt ist's aber genug! Ich habe schon eine Nacht lang Ihre Polizeiwanzen gefüttert! Gierig sind die bei Ihnen, ausgehungert. Wie die über einen Rechtgläubigen herfallen!«

Fandorin hörte nicht hin und drückte auf den Klingelknopf. Der Gendarmerieoffizier kam herein und zog den Millionär zur Tür.

»Und was ist mit Sacharow?« rief Burylin schon von draußen. »Er kommt doch, um sich das Geld zu holen!«

»Nicht Ihr Problem«, sagte Fandorin und fragte den Offizier: »Ist auf meine Anfrage eine Antwort vom Ministerium gekommen?«

»Jawohl.«

»Her damit.«

Der Gendarm brachte die Depesche und verschwand wieder im Korridor.

Die Depesche zeitigte eine erstaunliche Wirkung. Nachdem Fandorin sie gelesen hatte, warf er sie auf den Tisch und benahm sich ganz verblüffend – er klatschte ein paarmal unheimlich schnell in die Hände, und so laut, daß Wedistschew vor Überraschung mit der Stirn gegen das Glas prallte und in der Tür gleichzeitig Gendarm, Adjutant und Sekretär erschienen.

»Es ist nichts, meine Herren«, beruhigte sie Fandorin. »Eine japanische Übung zur Konzentration der Gedanken. Sie können gehen.«

Nun geschahen wahre Wunder. Nachdem sich die Tür hin-

174

ter den Männern geschlossen hatte, zog Fandorin sich aus. Nur noch mit Unterwäsche bekleidet, holte er unter dem Tisch einen Reisesack hervor, den Wedistschew bislang nicht bemerkt hatte, und entnahm ihm ein Bündel. Es enthielt: eine enge gestreifte Steghose, eine billige Hemdbrust aus Papier, eine himbeerrote Weste, eine gelbkarierte Jacke.

Der Kollegienrat, ein solider Mann, verwandelte sich in einen der zwielichtigen Stenze, die abends um Straßendirnen herumstrichen. Er stellte sich vor den Spiegel – einen halben Meter vor Wedistschew, zog einen geraden Scheitel durch sein schwarzes Haar, schmierte es dick mit Brillantine ein, übermalte die weißen Schläfen. Den schmalen Schnurrbart zwirbelte er auf und formte zwei spitze Pfeile. (Mit böhmischem Wachs, vermutete Wedistschew, der genauso den berühmten Backenbart des Fürsten Dolgorukoi fixierte, damit er sich wie zwei Adlerflügel spreizte.)

Dann setzte Fandorin etwas in den Mund ein und grinste – ein Goldzahn funkelte. Der Kollegienrat schnitt ein paar Grimassen und schien mit seinem Äußeren vollauf zufrieden zu sein.

Zu guter Letzt entnahm er dem Reisesack ein Portemonnaie und öffnete es, und Wedistschew sah, daß es keineswegs ein gewöhnliches Portemonnaie war, denn es beherbergte einen kleinkalibrigen brünierten Lauf und eine Art Revolvertrommel. Fandorin schob fünf Patronen in die Trommel, ließ sie einrasten und prüfte mit dem Finger die Festigkeit des kleinen Schlosses, das wohl die Rolle des Abzugshahns spielte. Was nicht alles zur Tötung eines Menschen erfunden wird, dachte der Kammerdiener kopfschüttelnd. Und wo willst du hin in dieser geckenhaften Aufmachung, Erast Petrowitsch?

Fandorin, als hätte er die Frage gehört, drehte sich zum Spiegel um, setzte sich die Bibermütze verwegen aufs Ohr, kniff ein Auge zu und sagte halblaut: »Frol Grigorjewitsch, stellen Sie bei der Abendmesse eine Kerze für mich auf. Ohne Gottes Hilfe komme ich heute nicht aus.«

Ines litt sehr an Leib und Seele. Am Leib, weil Bremse, ihr bisheriger Zuhälter, ihr am Abend zuvor neben der Kneipe »Stadt Paris« aufgelauert und sie für ihren Verrat ausgiebig verprügelt hatte. Bloß gut, daß der Schuft ihr nicht das Gesicht verunziert hatte. Dafür sahen Bauch und Seiten aus, als wären sie in Waschblau getaucht. Ines hatte sich die ganze Nacht herumgewälzt, hatte gestöhnt und sich tränenreich bedauert. Die Blutergüsse, die würden vergehen, aber das Herz, das tat so weh, daß es nicht auszuhalten war.

Ihr Liebster ist verschollen, ihr Märchenprinz, der bildschöne Erastik, hat sich seit zwei Tagen nicht sehen lassen. Und nun läßt Bremse seine Wut an ihr aus. Gestern mußte sie fast die ganze Tageseinnahme dem Widerling geben.

Erastik ist spurlos verschwunden, bestimmt hat ihn dieser Hänfling mit den abstehenden Ohren zur Polizei geschleppt, und nun sitzt der sanfte Täuberich in einer Zelle des ersten Arbater Polizeireviers, des schlimmsten von ganz Moskau. Was zum Naschen müßte sie dem Hasiputz bringen, aber der Reviervorsteher Kulebjako ist ein Raubtier. Er sperrt sie bestimmt wieder ein wie im letzten Jahr, droht, ihr die gelbe Karte wegzunehmen, und dann kann sie wieder das ganze Revier umsonst bedienen, bis hin zum letzten rotznasigen Schutzmann. Wenn sie daran zurückdenkt, wird ihr ganz schlecht. Sie würde ja sogar diese Erniedrigung hinnehmen, um dem Herzallerliebsten zu helfen, aber Erastik ist ein anspruchsvoller Kavalier und blitzsauber, er würde sich dann vor ihr ekeln. Wo doch die Leidenschaft zwischen ihnen noch gar nicht entbrannt ist, ihre Liebe blüht ja gerade erst auf. Dabei hat sie sich auf den ersten Blick in den Blauäugigen mit den weißen Zähnen verliebt, und zwar von ganzem Herzen, hat sich schlimmer verknallt als mit sechzehn in den Friseur Shorshik, die hübsche Fratze soll ihm verschrumpeln, dem falschen Fünfziger, falls er sich nicht schon tot gesoffen hat.

Ach, wenn Erastik doch bald käme, ihr süßer Schatz. Er wird Bremse, dieser Giftnatter, eine Abreibung verpassen, wird Ines streicheln und liebkosen. Sie hat für ihn schon ausgekundschaftet, was er wissen wollte, und sie hat Geld im Strumpfband versteckt – dreieinhalb Silberrubel. Er wird zufrieden sein. Nicht mit leeren Händen wird sie ihn willkommen heißen.

Erastik. So ein süßer Name, wie Apfelmus. In Wahrheit hat der Angebetete vielleicht einen einfacheren Namen, schließlich ist Ines ja auch nicht als Spanierin auf die Welt gekommen, sie wurde auf den Namen Jefrossinja getauft und zu Hause Frossja genannt.

Ines und Erast – wie das klingt, reineweg wie ein Harmonium. Könnte sie doch mit ihm Hand in Hand durch Gratschowka gehen, damit Sanka, Ljuda und vor allem Adelaida sehen, was für einen Kavalier Ines hat, damit sie vor Neid platzen.

Und danach hierher, in die Wohnung. Sie ist zwar klein, aber sauber und ordentlich: an den Wänden Bilder aus Modejournalen, ein halbsamtener Lampenschirm, ein Wandspiegel. Ein kuschelweiches Federbett und Kissen über Kissen, sieben Stück, die Überzüge alle von Ines bestickt.

Als sie sich so den süßesten Gedanken hingab, erfüllte sich

ihr Traum. Zuerst klopfte es taktvoll an die Tür – poch, poch, poch, dann trat Erastik – Bibermütze, weißer Gladstone-Schal, offener Tuchmantel mit Biberkragen – ein. Nicht zu glauben, daß er aus einer Polizeizelle kam.

Ines blieb das Herz stehen. Dann sprang sie vom Bett auf, wie sie war – im Kattunhemd, mit losen Haaren – und warf sich dem Liebsten an den Hals. Nur einmal konnte sie kurz seinen Mund erhaschen, dann nahm er sie bei den Schultern und setzte sie an den Tisch. Er blickte streng.

»Nun, erzähle«, sagte er.

Ines verstand – böse Menschen hatten sie angeschwärzt.

Sie leugnete nicht, denn sie wollte, daß es zwischen ihnen ganz ehrlich zuging.

»Schlag mich«, sagte sie, »schlag mich, Erastik. Ich habe mich schuldig gemacht. Aber nicht allzu sehr, du darfst nicht alles glauben. Bremse hat mich vergewaltigt« (hier schwindelte sie natürlich, aber nur ein bißchen), »ich hab mich gewehrt, aber er hat mich windelweich geschlagen. Guck her.«

Sie hob das Hemd, zeigte blaue, lila und gelbe Flecke. Er sollte sie bedauern.

Aber nichts da. Erastik runzelte die Brauen und sagte: »Mit Bremse rede ich später, er wird dich nicht mehr anrühren. Aber nun sag mir, hast du sie gefunden? Na, die Frau, die mit deinem Bekannten mitgegangen ist und kaum mit dem Leben davonkam?«

Ines freute sich, daß das Gespräch eine andere Wendung nahm.

»Hab ich, Erastik, ich hab sie gefunden. Glaschka heißt sie, Glaschka Beloboka . Sie kann sich gut an das Ungeheuer erinnern – fast hätte er ihr die Kehle durchgeschnitten. Seitdem wickelt sie sich ein Tuch um den Hals.«

»Bring mich zu ihr.«

»Mach ich, Erastik, ich bring dich hin. Aber vielleicht erst ein Gläschen Kognak?«

Sie nahm aus einem kleinen Schrank eine gut gehütete Flasche, warf sich ein geblümtes Schultertuch um und griff nach dem Kamm, um die Haare aufzulockern.

»Später trinken wir. Ich hab gesagt, bring mich hin. Zuerst die Arbeit.«

Ines seufzte und schmolz dahin – sie liebte strenge Männer, kam nicht dagegen an. Sie trat zu ihm, blickte zu ihm hoch, betrachtete sein wunderschönes Gesicht, die zornigen Äuglein, den gezwirbelten Schnurrbart.

»Die Füße tragen mich nicht mehr, Erastik«, hauchte sie hingebungsvoll.

Aber es war ihr nicht vergönnt, süße Freuden zu genießen. Plötzlich donnerte es gegen die Tür, daß sie fast aus den Angeln sprang.

In der Türöffnung stand Bremse – sturzbetrunken, ein wüstes Grinsen in der glatten Visage. Ach, die Nachbarn, das Rattenpack von Gratschowka, die hatten es ihm sofort gesteckt.

»Schmust ihr?« Er bleckte die Zähne. »Und mich arme Waise habt ihr vergessen?« Das Grinsen verschwand von seiner Visage, die zottigen Brauen schoben sich zusammen. »Mit dir, Ines, du Blattlaus, verhandle ich später. Ich seh, du hast zu wenig gekriegt. Und du Kormoran, komm mit raus auf den Hof. Ich hab was mit dir zu bequatschen.«

Ines stürzte zum Fenster – auf dem Hof standen seine beiden Kreaturen – Eber und Grab.

»Geh nicht mit!« rief sie. »Die bringen dich um! Hau ab, Bremse, sonst schrei ich ganz Gratschowka zusammen!«

179

Sie holte schon tief Luft, um ein Geheul anzustimmen, aber Erastik ließ es nicht zu.

»Was soll das, Ines«, sagte er. »Laß mich doch mit dem Mann reden.«

»Erastik, Grab trägt unterm Hemd einen Stutzen«, erklärte Ines dem Unverständigen. »Die knallen dich ab. Knallen dich ab und stopfen dich in ein Abflußrohr. Das wär nicht das erstemal.«

Doch der Liebste hörte nicht auf sie, winkte ab. Er zog aus der Jackentasche ein großes Portemonnaie aus Schildpatt.

»Keine Angst«, sagte er, »ich kauf mich los.«

Und er ging mit Bremse hinaus, in den sicheren Tod.

Ines plumpste mit dem Gesicht auf ihre sieben Kissen und heulte dumpf – beklagte ihr unglückliches Los, ihren unerfüllten Traum, ihre ewige Qual.

Draußen krachte es rasch aufeinander einmal, zweimal, dreimal, viermal, und jemand schrie auf, nicht nur einer, mehrere brüllten im Chor.

Ines hörte auf zu heulen und blickte zu der in der Ecke hängenden Ikone der Gottesmutter, die zu Ostern mit Papierblumen und bunten Lämpchen geschmückt war.

»Heilige Mutter Gottes«, bat Ines, »vollbringe ein Wunder vor dem Heiligen Ostersonntag, laß Erastik lebendig sein. Verwundet macht nichts, ich pflege ihn. Hauptsache lebendig.«

Und die Fürsprecherin hatte Erbarmen mit Ines – die Tür quietschte, und herein kam Erastik. Nicht verwundet, nicht beschädigt, nicht einmal der schöne Schal war verrutscht.

»Das war's«, sagte er. »Ines, wisch dir die Feuchtigkeit aus dem Gesicht. Bremse wird dich nicht mehr anrühren, womit auch, ich hab ihm beide Griffel durchlöchert. Und die bei-

180

den andern Gestalten werden mich auch nicht vergessen. Zieh dich an und bring mich zu deiner Glaschka.«

Wenigstens ein Traum erfüllte sich. Ines stolzierte mit ihrem Prinzen durch ganz Gratschowka, führte ihn absichtlich auf Umwegen, obwohl es bis zur Kneipe »Wladimir«, wo Glaschka wohnte, über die Höfe näher gewesen wäre, vorbei an der Müllgrube und der Abdeckerei. Ines trug ein Samtjäckchen und ein Batistblüschen, sie weihte ihren neuen Krepprock ein und schonte auch nicht die Stiefelchen, die für trockenes Wetter bestimmt waren. Ihr tränenverquollenes Gesicht hatte sie gepudert, ihren Pony auftoupiert. Sanka und Ljudka hatten allen Grund, grün anzulaufen. Bloß schade, daß Adelaida ihr nicht über den Weg lief. Aber die Freundinnen würden ihr schon alles erzählen.

Ines konnte sich nicht satt sehen an dem Liebsten, blickte ihm immer wieder ins Gesicht und schwatzte wie eine Elster: »Glaschka hat eine Tochter, die schiech ist. Gute Leute haben mir gesagt: ›Frag die Glaschka, die mit der schiechen Tochter.‹«

»Schiech? Wieso?«

»Sie hat ein Feuermal übers halbe Gesicht. Blaurot, schauerlich. Ich würd mich lieber aufhängen, als mit solcher Physonomie rumzulaufen. Bei uns im Nachbarhaus wohnte Nadja, die Tochter vom Schneider ...«

Noch bevor sie von der buckligen Nadja erzählen konnte, waren sie bei der Kneipe angelangt.

Sie stiegen die knarrende Treppe hinauf. Glaschkas Kammer war ein elendes Loch, nicht zu vergleichen mit dem Zimmer von Ines. Glaschka selber stand vor dem Spiegel und malte sich an, es war bald an der Zeit, auf die Straße zu gehen.

»Glaschka, ich habe hier einen guten Menschen zu dir ge-bracht. Antworte ihm auf seine Fragen, er will etwas über den Unhold wissen, der mit dem Messer auf dich losgegangen ist«, sagte Ines und setzte sich sittsam auf einen Stuhl.

Erastik legte sofort einen Dreirubelschein auf den Tisch.

»Nimm, Glaschka, für deine Bemühungen. Was war das für ein Mann? Wie sah er aus?«

Glaschka, ein ansehnliches Mädchen, wenn auch in den Augen der strengen Ines nicht reinlich, warf nicht mal einen Blick auf den Schein.

»Wie soll er schon ausgesehen haben, der Verrückte«, ant-wortete sie und reckte die Schultern.

Den Dreirubelschein steckte sie nun doch unter den Rock, aber ohne großes Interesse, mehr aus Höflichkeit. Dabei starrte sie Erast an und tastete ihn so mit ihren Glubschern ab, die Schamlose, daß Ines Unruhe ins Herz kroch.

»Ich habe ja immer Schlag bei den Männern«, begann Glaschka bescheiden ihre Erzählung. »Aber an dem Tag war mir ganz mies. In der Butterwoche hatte sich meine ganze Fassade so mit Grind bedeckt, daß ich mich gegraust hab, in den Spiegel zu gucken. Also, ich geh die Straße rauf und run-ter, keiner will, nicht mal für fünfzehn Kopeken. Aber die da ist hungrig«, sie nickte zu dem Vorhang hin, hinter dem ein verschlafenes Schnaufen zu hören war. »Ein Jammer. Und da kommt einer, so ein Höflicher …«

»Genau, an mich hat er sich auch so rangemacht«, warf Ines eifersüchtig ein. »Meine Visage war damals ganz zerkratzt und zerschrammt, weil ich mich mit Adelaida, der Hündin, in die Wolle gekriegt hatte. Keiner hat an dem Abend ange-bissen, wie ich auch lockte, aber der machte sich von selber an mich ran. ›Sei nicht traurig‹, sagte er, ›ich will dich erfreuen.‹ Aber ich bin nicht wie Glaschka mit ihm mitgegangen, weil …«

»Das hab ich schon gehört«, schnitt Erast ihr das Wort ab. »Du hast ihn ja auch nicht richtig gesehen. Also sei still. Laß Glaschka reden.«

Die funkelte Ines stolz an, und Ines fühlte sich ganz elend. Und ich hab ihn auch noch selber hergebracht, ich dumme Gans.

Glaschka erzählte: »Zu mir hat er auch gesagt: ›Was läßt du den Kopf hängen? Gehen wir zu dir‹, sagt er. ›Ich will dich erfreuen.‹ Und ich war froh. Ein Rubelchen wird er schon springen lassen, dachte ich, vielleicht auch zwei. Dann kauf ich für Matrjoschka Brot und Kuchen. Von wegen … Dem Dokter mußt ich einen Fünfer blechen, damit er mir den Hals flickt.«

Sie zeigte auf ihre Kehle, und da war unter einer Puderschicht ein dunkelroter Streifen zu sehen, gleichmäßig und dünn wie ein Faden.

»Erzähl der Reihe nach«, befahl Erastik.

»Also, wir kommen hierher. Er setzt mich auf das Bett hier, faßt mich mit einer Hand an der Schulter, die andre hat er auf dem Rücken. Und er sagt – seine Stimme ist sanft wie bei einem Weib: ›Du‹, sagt er, ›denkst wohl, du bist nicht schön?‹ Da fahr ich ihn an: ›Überhaupt nicht, meine Fassade verheilt schon wieder. Aber meine Tochter, die bleibt ihr Leben lang schiech. Da‹, sag ich, ›sehen Sie sich mein Kleinod an.‹ Ich zieh den Vorhang beiseite. Wie er Matrjoschka sieht – sie hat schon geschlafen und wacht nicht so leicht auf, ist an alles gewöhnt –, da fängt er am ganzen Körper an zu zittern. ›Ich‹, sagt er, ›werde sie gleich zu einer Schönheit machen. Und für dich wird's eine Erleichterung sein.‹ Ich gucke ihn genauer

183

an und sehe, daß in seiner Faust etwas blinkt. Heilige Mutter Gottes, ein Messer! So ein schmales, kurzes!«

»Ein Skalpell?« fragte Erastik.

»Wie?«

Er winkte ab: Red nur weiter.

»Da geb ich ihm einen Stoß und schreie aus Leibeskräften: ›Hilfe! Mörder!‹ Seine Fresse verzerrt sich, sieht zum Fürchten aus. ›Still, du dumme Pute! Du begreifst dein Glück nicht!‹ Und sticht zu. Ich fahre zurück, aber trotzdem hat er mich am Hals erwischt. Na, da hab ich so gebrüllt, daß Matrjoschka wach geworden ist. Sie fängt auch an zu heulen, und sie hat eine Stimme wie eine Märzkatze. Da hat er sich umgedreht und ist getürmt. Das ist die ganze Geschichte. Die heilige Jungfrau hat uns gerettet.«

Glaschka bekreuzigte die Stirn und fragte, noch bevor sie die Hand sinken ließ: »Und Sie, gnädiger Herr, intrissiert Sie das geschäftlich oder einfach so?«

Dabei funkelte sie mit den Augen, die Schlange.

Doch Erastik sagte streng: »Beschreib ihn mir, Glaschka. Na, wie der Mann so aussah.«

»Ganz gewöhnlich. Größer als ich, kleiner als Sie. Geht Ihnen so bis hierhin.«

Und sie fuhr mit dem Finger über Erastiks Wangenknochen, ganz langsam. So was Schamloses!

»Ein Durchschnittsgesicht. Glatt, ohne Bart. Weiter weiß ich nichts. Wenn Sie ihn mir zeigen, erkenn ich ihn sofort.«

»Wir werden ihn dir zeigen«, murmelte Erastik, krauste die Stirn und überlegte etwas. »Also, er wollte dir Erleichterung bringen?«

»Für solche Erleichterung würde ich diesem Satan mit bloßen Händen die Gedärme aufspulen«, sagte Glaschka ruhig und überzeugend. »Der liebe Gott braucht vielleicht auch Schieche. Soll meine Matrjoschka leben, was kümmert den das.«

»Wie hat er geredet, wie ein feiner Herr oder wie ein einfacher Mann? Wie war er angezogen?«

»Nach der Kleidung kann er ein Handlungsgehilfe gewesen sein, vielleicht auch ein Beamter. Geredet hat er wie ein Herr. Ich hab nicht alle Wörter verstanden. Aber eins hab ich mir gemerkt. Wie er Matrjoschka sah, hat er zu sich selber gesagt: ›Das ist keine Flechte, das ist Näbus flamus.‹ So hat er meine Matrjoschka genannt, das weiß ich noch.«

»Nävus flammeus?« korrigierte Erastik. »So heißt in der Doktorsprache das Feuermal.«

Alles weiß er, ein helles Köpfchen.

»Erastik gehen wir, ja?« Ines zupfte ihr Herzblatt am Ärmel. »Das Konjäkchen wartet.«

»Warum wollt ihr denn schon gehen«, flötete da die freche Nutte Glaschka, »wenn ihr schon mal da seid. Ein Kognak findet sich für den teuren Gast auch bei mir, ein Schustowscher, extra fürs Heilige Osterfest aufgehoben. Wie heißen Sie, schöner Kavalier?«

Masahiro Sibata saß in seinem Zimmer, hatte Duftstäbchen angezündet und las Sutry zum Gedenken an Anissi Tulpow, der vorzeitig diese Welt verlassen hatte, an dessen Schwester Sonja-san und an Palascha, die zu betrauern der japanische Untertan seine besonderen Gründe hatte.

Masa hatte sein Zimmer selbst eingerichtet, was ihn nicht wenig Geld und Zeit gekostet hatte. Strohmatten, die den Fußboden bedeckten, hatte er per Schiff aus Japan kommen lassen. Das Zimmer bekam sogleich einen goldenen, sonnigen Schimmer, und der Boden federte fröhlich unter den Füßen; das war doch etwas anderes als über das kalte, tote Parkett aus dummer Eiche zu stampfen. Möbel gab es bei Masa nicht, dafür war in eine der Wände ein geräumiger Schrank mit Schiebetüren eingebaut – dort waren Decken und Kissen untergebracht, außerdem Masas gesamte Garderobe: ein Baumwoll-Yukata, eine weite weiße Hose und eine ebensolche Jacke für Renshu, zwei dreiteilige Anzüge, einer für den Sommer und einer für den Winter, und noch eine schöne grüne Livree, die der Japaner besonders mochte und nur bei festlichen Gelegenheiten trug. An den Wänden erfreuten das Auge farbige Lithographien, die den Zaren Alexander und den Kaiser Mutsuhito darstellten. In einer Ecke hing über einem Altar eine Papierrolle mit einem alten weisen Spruch: »Lebe richtig und bedaure nichts«. Heute stand auf dem Altar ein Photo – Masa und Anissi im Zoologischen Garten. Es war im vorigen Jahr aufgenommen worden. Masa trug seinen sandfarbenen Sommeranzug und eine Melone und sah seriös aus, Anissi strahlte so, daß der Mund bis zu den Ohren reichte, die ragten unter der Mütze hervor, und hinter ihm stand ein Elefant, der genau solche Ohren hatte, bloß viel größer.

Masa wurde aus den traurigen Gedanken über die vergebliche Suche nach Harmonie und über die Vergänglichkeit der Welt herausgerissen – das Telephon klingelte.

Er ging durch leere dunkle Zimmer in die Diele – sein Herr war in der Stadt und suchte den Mörder, um Rache zu üben, die Herrin war in der Kirche und würde nicht so bald zurückkommen, denn heute nacht war der wichtigste russische Feiertag – das Osterfest.

»Hallo«, sagte Masa in das runde Rohr. »Hier Ansluß von Fandolin. Wer da?«

»Herr Fandorin, sind Sie das?« erklang eine metallische, durch elektrisches Gejaule verzerrte Stimme. »Erast Petrowitsch?«

»Nein, Herr Fandolin nicht da«, sagte Masa laut, um das Jaulen zu übertönen. In der Zeitung hatte gestanden, es seien neue vervollkommnete Apparate entwickelt worden, die das gesprochene Wort »ohne den kleinsten Verlust laut und klar« wiedergaben. So einen müßte man kaufen. »Bitte wieder anlufen. Kann ich was bestellen?«

»Danke«, die Stimme ging in ein Rauschen über. »Das ist streng vertraulich. Ich rufe später noch mal an.«

»Ssöne Fest«, sagte Masa höflich und hängte ein.

Es stand schlecht, ganz schlecht. Der Herr war die dritte Nacht ohne Schlaf, die Herrin schlief auch nicht, sie betete nur, in der Kirche oder zu Hause vor der Ikone. Sie hatte schon immer viel gebetet, aber so viel noch nie. Das würde alles ein schlimmes Ende nehmen, obwohl, noch schlimmer konnte es gar nicht kommen.

Hoffentlich findet sein Herr bald den Mörder von Tulisan, Sonja-san und Palascha. Er findet ihn und macht seinem treuen Diener ein Geschenk – er übergibt ihm diesen Menschen. Nicht für lange – für ein halbes Stündchen. Nein, besser für eine Stunde.

Bei so angenehmen Gedanken verflog die Zeit unbemerkt. Die Uhr schlug elf. Gewöhnlich schliefen um diese Zeit in den Nachbarhäusern längst alle Menschen, doch heute waren die Fenster hell erleuchtet. Eine solche Nacht war das. Bald würden in der ganzen Stadt die Glocken läuten, am Himmel bunte Lichter knattern, auf den Straßen die Leute singen und krakeelen, und morgen würde es viele Betrunkene geben. Ostern.

Vielleicht sollte er in die Kirche gehen und zusammen mit den anderen dem getragenen Baßgesang lauschen. Alles war besser als allein sein und warten, warten, warten.

Aber er mußte nicht länger warten. Die Tür klappte, feste, sichere Schritte waren zu hören. Sein Herr kam zurück!

»Na, grämst du dich allein«, fragte der Herr auf japanisch und berührte Masas Schulter.

Solche Zärtlichkeiten waren zwischen ihnen nicht üblich. Vor Überraschung schluchzte Masa auf, und dann flossen die Tränen. Er wischte sie nicht weg, mochten sie fließen. Ein Mann muß sich seiner Tränen nicht schämen, es sei denn, er vergießt sie aus Schmerz oder Angst.

Die Augen seines Herrn waren trocken und glänzten.

»Ich habe nicht erreicht, was ich vorhatte«, sagte er. »Ich wollte ihn auf frischer Tat erwischen. Aber wir können nicht länger warten. Es bleibt keine Zeit. Heute ist der Mörder noch in Moskau, später kann man ihn in der ganzen Welt suchen. Ich habe indirekte Beweise, es gibt eine Zeugin, die ihn identifizieren wird. Er kann sich nicht herauswinden.«

»Sie nehmen mich mit?« Masa konnte sein Glück kaum fassen. »Wirklich?«

»Ja.« Fandorin nickte. »Der Gegner ist gefährlich, und wir dürfen nichts riskieren. Vielleicht brauche ich deine Hilfe.«

Wieder klingelte das Telephon.

»Herr, jemand hat angerufen. In einer vertraulichen Sache. Seinen Namen hat er nicht genannt. Er hat gesagt, er ruft wieder an.«

»Nimm den zweiten Hörer und versuch herauszufinden, ob es derselbe ist.«

Masa setzte das Metallhorn ans Ohr, bereit zu lauschen.

»Hallo. Anschluß von Erast Petrowitsch Fandorin. Am Apparat«, sagte der Herr.

»Erast Petrowitsch, Sie?« knarrte eine Stimme, und es war nicht zu hören, ob es die von vorhin war. Masa zuckte die Achseln.

»Ja. Mit wem habe ich die Ehre?«

»Ich bin's, Sacharow.«

»Sie?« Die kräftigen Finger der freien Hand ballten sich zur Faust.

»Erast Petrowitsch, ich muß mit Ihnen reden. Ich weiß, daß alles gegen mich spricht, aber ich habe niemanden getötet, das schwöre ich Ihnen!«

»Wer war es dann?«

»Ich werde Ihnen alles erklären. Aber geben Sie mir Ihr Ehrenwort, daß Sie allein kommen, ohne Polizei. Sonst verschwinde ich, und Sie sehen mich nie wieder, und der Mörder kommt ungeschoren davon. Geben Sie mir Ihr Wort?«

»Ja«, antwortete Fandorin ohne Zögern.

»Ich glaube Ihnen, denn ich kenne Sie als Ehrenmann. Sie brauchen keine Angst zu haben, Ihnen droht keine Gefahr, ich habe auch keine Waffe bei mir. Ich möchte mich nur mit Ihnen aussprechen ... Wenn Sie trotzdem Befürchtungen haben, können Sie Ihren Japaner mitbringen, ich habe nichts dagegen. Aber keine Polizei.«

»Woher wissen Sie von dem Japaner?«

»Ich weiß viel über Sie, Erast Petrowitsch. Darum traue ich nur Ihnen ... Fahren Sie jetzt sofort zum Pokrowskaja-Tor. Sie finden dort auf dem Rogoshski-Wall das Hotel ›Zargrad‹, ein zweistöckiges graues Gebäude. In spätestens einer Stunde müssen Sie dort sein. Gehen Sie in das Zimmer 52 und warten Sie auf mich. Wenn ich mich überzeugt habe, daß Sie wirklich nur zu zweit sind, komme ich zu Ihnen hinauf. Ich werde Ihnen die ganze Wahrheit erzählen, und danach können Sie befinden, was mit mir geschehen soll. Ich unterwerfe mich jedem Entschluß.«

»Es wird keine Polizei dasein, Ehrenwort«, sagte Fandorin und hängte den Hörer ein.

»Es ist soweit, Masa, jetzt ist es soweit«, sagte er, und sein Gesicht wirkte etwas weniger tot. »Wir werden ihn auf frischer Tat erwischen und festnehmen. Mach mir einen kräftigen grünen Tee – die Nacht werde ich wieder nicht schlafen.«

»Was für eine Waffe soll ich Ihnen bereitlegen?« fragte Masa.

»Den Revolver, weiter brauche ich nichts. Und du nimm dir, was du willst. Merk dir: Dieser Mann ist ein Ungeheuer. Ein starkes, flinkes, unberechenbares Ungeheuer.« Und leise fügte er hinzu: »Ich habe wirklich beschlossen, ohne Polizei auszukommen.«

Masa nickte verstehend. In solch einem Fall war es ohne Polizei natürlich besser.

Ich bekenne meinen Irrtum, nicht alle Detektive sind häßlich. Dieser zum Beispiel ist sehr schön.

Das Herz erschauert wohlig, wenn ich sehe, wie er immer engere Kreise zieht, um mich zu fassen. Hide and seek.

Es wäre nicht uninteressant, so einen der Welt zu eröffnen – außen ist er fast genauso schön wie innen.

Aber ich kann zu seiner Erleuchtung beitragen. Wenn ich mich in ihm nicht irre, ist er ein außergewöhnlicher Mensch. Er wird nicht erschrecken, sondern würdigen. Ich weiß, es wird ihm sehr weh tun. Am Anfang. Aber dann wird er mir dankbar sein. Vielleicht wird er gar mein Gleichgesinnter? Mir scheint, ich fühle die verwandte Seele. Womöglich zwei verwandte Seelen? Sein japanischer Diener entstammt einem Volk, das wahre Schönheit versteht. Der höchste Augenblick des Daseins besteht für die Bewohner dieser fernen Inseln darin, vor aller Welt die Schönheit des eigenen Leibs bloßzulegen. Wer auf diese wunderbare Weise stirbt, gilt in Japan fast als Held. Der Anblick der dampfenden Innereien erschreckt dort niemanden.

Ja, wir werden zu dritt sein, ich fühle es.

Wie sehr ich der Einsamkeit überdrüssig bin! Die Last der Verantwortung zu zweit oder dritt tragen – das wäre unsägliches Glück. Denn ich bin keine Gottheit, sondern nur ein Mensch.

Verstehen Sie mich, Herr Fandorin. Helfen Sie mir.

Aber zuerst muß ich Ihnen die Augen öffnen.

Das scheußliche Ende einer scheußlichen Geschichte

9. April, Ostersonntag, Nacht

Zok-zok-zok, fröhlich klapperten die beschlagenen Hufe übers Straßenpflaster, weich schurrten die Gummireifen, gleichmäßig wippten die Stahlfedern. Feierlich rollte der Dekorateur durchs nächtliche Moskau, bei einer leichten Brise, beim jubelnden Geläut der Osterglocken und bei Kanonenböllern. Der Twerskoi-Boulevard war illuminiert, bunte Lämpchen brannten, und links, wo der Kreml war, leuchtete der Himmel in allen Regenbogenfarben – dort wurde ein Feuerwerk abgebrannt, der Ostersalut geschossen. Der Boulevard war voller Menschen. Stimmen, Gelächter, bengalische Feuer. Die Moskowiter grüßten Bekannte, tauschten den Osterkuß, irgendwo knallte sogar ein Champagnerkorken.

Abbiegen in die Kleine Nikitskaja. Hier war es dunkel und öde, keine Menschenseele.

»Halt, mein Guter, wir sind da«, sagte der Dekorateur.

Der Kutscher sprang vom Bock und öffnete den Schlag der mit Papiergirlanden geschmückten Droschke. Er riß die Mütze herunter und sprach die geheiligten Worte: »Christ ist erstanden.«

»Er ist wahrhaftig erstanden«, antwortete der Dekorateur gefühlvoll, lüftete den Schleier und küßte den Rechtgläubigen auf die stopplige Wange. Dann gab er ihm einen ganzen Rubel Trinkgeld. So eine lichte Stunde war das.

»Ergebensten Dank, gnädige Frau.« Der Kutscher verneigte sich, tief gerührt nicht so sehr von dem Rubel wie von dem Kuß.

Dem Dekorateur war wohl und frei ums Herz.

Sein untrügliches Gespür sagte ihm: Heute ist eine große Nacht, alle Mißgeschicke und kleinen Fehlschläge gehören der Vergangenheit an. Vor ihm, zum Greifen nahe, ist das Glück. Alles wird gut, sehr gut.

Ach, was für einen tour-de-force* hat er sich ausgedacht! Herr Fandorin als Meister seines Fachs wird nicht umhin können, ihn zu würdigen. Er wird ein Weilchen trauern und weinen – schließlich sind wir alle Menschen –, und dann wird er über das Geschehene nachdenken und es verstehen, unbedingt verstehen. Er ist ja ein kluger Mensch und vermag Schönheit zu sehen.

Die Hoffnung auf ein neues Leben, auf Anerkennung und Verständnis wärmte dem Dekorateur das dumme, vertrauensvolle Herz. Es war schwer, das Kreuz der großen Mission allein zu tragen. Auch Christus hatte Hilfe bekommen, Simon von Kyrene hatte seine Schulter unter das Kreuz gehalten.

Fandorin jagt jetzt mit dem Japaner zum Rogoshski-Wall. Dann suchen sie im »Zargrad« das Zimmer 52, dann warten sie. Und wenn der Beamte etwas argwöhnt – in dem drittrangigen Hotel gibt es kein Telephon.

Er hat Zeit. Er braucht sich nicht zu beeilen.

Die Frau, die der Kollegienrat liebt, ist fromm. Jetzt ist sie noch in der nahen Himmelfahrtskirche, aber die Messe ist bald zu Ende, und gegen ein Uhr wird sie kommen, um den Ostertisch zu decken und auf ihren Mann zu warten.

Da war das durchbrochene Tor mit der Krone darauf, dahinter der Hof, die dunklen Fenster des Seitenflügels. Hier.

---

* (frz.) ein starker Zug.

Der Dekorateur schlug den Schleier zurück, sah sich nach allen Seiten um und trat durch die Eisenpforte.

Mit der Haustür mußte er sich abmühen, aber die geschickten, talentierten Finger verstanden ihre Sache. Das Schloß schnappte auf, die Tür knarrte, und schon war der Dekorateur in der dunklen Diele.

Er mußte nicht warten, bis sich die Augen an die Finsternis gewöhnten, die machte ihm nichts aus. Er ging rasch durch die dunklen Zimmer.

Im Salon eine Schrecksekunde: ohrenbetäubendes Geläut einer riesigen Uhr in Form des Londoner Big Ben. War es denn schon so spät? Der Dekorateur blickte verwirrt auf seine Damenuhr – nein, Big Ben ging vor. Es war erst dreiviertel.

Er mußte den Platz auswählen für das Ritual.

Der Dekorateur war heute in Hochform, ihn trugen die Flügel der Inspiration. Vielleicht gleich hier im Salon, auf dem Eßtisch?

Soll es so sein: Herr Fandorin kommt von dort, aus der Diele, schaltet das elektrische Licht an und sieht das entzückende Bild.

Beschlossen. Wo sind die Tischdecken?

Er wühlte in dem Wäscheschrank, nahm eine schneeweiße Spitzendecke heraus und legte sie auf den großen, matt schimmernden polierten Tisch.

Ja, das wird schön. In der Anrichte scheint ein Service aus Meißner Porzellan zu sein. Die Teller am Tischrand verteilen, im Kreis, und darauf später die herausgeschnittenen Schätze legen. Das wird die beste seiner Schöpfungen.

So, für die Dekoration war gesorgt.

Der Dekorateur ging in die Diele, stellte sich ans Fenster

und wartete. Vorfreude und heilige Begeisterung erfüllten seine Seele.

Im Hof wurde es plötzlich hell, der Mond war hervorgekommen. Ein Zeichen, ein deutliches Zeichen! So viele Wochen war es trüb und bewölkt, aber nun ist der Schleier von Gottes Welt weggerissen. Was für ein klarer Sternenhimmel! Wahrlich ein Lichter Sonntag. Der Dekorateur machte dreimal das Kreuzeszeichen.

Sie ist gekommen!

Ein paar rasche Wimpernschläge, um die Tränen des Entzückens zurückzudrängen.

Sie ist gekommen. Durchs Tor trat gemessenen Schritts eine Gestalt mittlerer Größe, in einem weiten Mantel mit Pelerine, auf dem Kopf ein Hütchen. Als sie sich der Tür näherte, sah der Dekorateur, daß es ein Trauerhut war, mit schwarzer Gaze. Ach ja, wegen Anissi Tulpow. Sei nicht traurig, meine Liebe, er und die Seinen sind schon beim Herrn. Ihnen geht es dort gut. Auch dir wird es gut gehen, gedulde dich noch ein wenig.

Die Tür ging auf, die Frau kam herein.

»Christ ist erstanden«, begrüßte sie mit leiser, klarer Stimme der Dekorateur. »Erschrecken Sie nicht, meine Schöne. Ich bin gekommen, um Sie zu erfreuen.«

Die Frau schien gar nicht erschrocken zu sein. Sie schrie nicht, versuchte nicht davonzulaufen. Im Gegenteil, sie kam näher. Der Mond tauchte die Diele in gleichmäßiges milchiges Licht, und es war zu sehen, wie unter dem Schleier die Augen funkelten.

»Wir sind doch keine Muselmaninnen, die den Tschador tragen«, scherzte der Dekorateur. »Zeigen wir unser Gesicht.«

Er schlug den Schleier zurück, lächelte freundlich, von Herzen.

»Duzen wir uns«, sagte er. »Es ist uns bestimmt, daß wir uns ganz nahekommen, näher als Schwestern. Nun laß mich dein Gesicht sehen. Ich weiß, daß du schön bist, aber ich helfe dir, noch schöner zu werden.«

Vorsichtig streckte er die Hand aus, aber die Frau schreckte nicht zurück, sie wartete. Eine gute Frau hatte Herr Fandorin, eine ruhige, schweigsame. Solche hatten dem Dekorateur immer gefallen. Er wollte nicht, daß sie mit einem Schrei des Entsetzens, mit Angst in den Augen alles verdarb. Sie würde schnell sterben, ohne Schmerzen und Erschrecken. Das würde sein Geschenk für sie sein.

Mit der rechten Hand zog der Dekorateur aus dem Futteral, das hinten am Gürtel befestigt war, ein Skalpell, mit der Linken nahm er den hauchdünnen Schleier vom Gesicht der Glücklichen.

Er sah ein großflächiges, rundes Gesicht und schräge Augen. Eine Sinnestäuschung!

Aber ehe er zu sich kam, flammte in der Diele helles Licht auf, unerträglich nach der Dunkelheit.

Der Dekorateur war geblendet, kniff die Augen zu. Da hörte er hinter sich eine Stimme: »Ich werde Sie jetzt auch erfreuen, Herr Pachomenko. Oder ziehen Sie es vor, mit Ihrem früheren Namen angeredet zu werden, Herr Sozki?«

Die Augen einen Spalt öffnend, sah der Dekorateur vor sich den japanischen Diener, der ihn ohne Lidschlag anstarrte. Der Dekorateur drehte sich nicht um. Wozu auch, er wußte, daß hinter ihm Herr Fandorin stand und wahrscheinlich einen Revolver in der Hand hielt. Der schlaue Beamte war nicht zum Hotel »Zargrad« gefahren. Er hatte nicht an die

Schuld Sacharows geglaubt. Warum nicht? Es war doch alles so gut ausgedacht. Der Satan persönlich muß es ihm eingegeben haben.

Mein Gott! Mein Gott! Warum hast du mich verlassen? Willst du die Festigkeit meines Geistes auf die Probe stellen?

Das werden wir gleich prüfen.

Schießen wird der Beamte nicht, denn seine Kugel würde den Dekorateur durchdringen und dann in dem Japaner steckenbleiben.

Dem Dreikäsehoch das Skalpell in den Bauch rammen. Etwas unterhalb des Diaphragmas. Ihn danach mit einem Ruck an den Schultern umdrehen, als Schild benutzen und zu Fandorin stoßen. Bis zur Tür sind es zwei Sprünge, und dann werden wir sehen, wer schneller rennt. Den Häftling Nr. 3576 haben nicht einmal die blindwütigen Chersoner Wolfshunde eingeholt. Da wird er wohl auch dem Herrn Fandorin davonlaufen.

Nun hilf, Herr!

Die rechte Hand schnellte mit der Geschwindigkeit einer Feder nach vorn, doch die geschliffene Klinge fuhr ins Leere – der Japaner war mit unglaublicher Leichtigkeit zurückgesprungen und schlug mit der Handkante auf das Handgelenk des Dekorateurs, das Skalpell fiel mit einem stillen, traurigen Ton zu Boden, der Japaner aber stand schon wieder stocksteif mit leicht abgespreizten Armen.

Der Instinkt zwang den Dekorateur, sich umzudrehen. Er sah die Mündung des Revolvers. Der Beamte hielt die Waffe an der Hüfte. Wenn er so schoß, von unten nach oben, würde die Kugel dem Dekorateur die Schädeldecke wegreißen, ohne den Japaner zu verletzen. Das änderte natürlich alles.

»Und nun werde ich Sie erfreuen«, fuhr Fandorin mit

ruhiger Stimme fort, als wäre das Gespräch nicht unterbrochen worden. »Ich erspare Ihnen Verhaftung, Untersuchung, Gerichtsverhandlung und das unvermeidliche Urteil. Sie werden bei der Festnahme erschossen.«

Nun hat sich Gott doch von mir abgewandt, dachte der Dekorateur, aber dieser Gedanke betrübte ihn nur kurz und wurde verdrängt von plötzlicher Freude. Nein, Er hat sich nicht abgewandt! Er hat sich meiner erbarmt und beruft mich zu sich! Du lässest mich jetzt zu Dir, Herr.

Die Eingangstür knarrte, und eine Frauenstimme rief flehend: »Erast, tu's nicht!«

Der Dekorateur kehrte aus himmlischen Gefilden zurück auf die Erde. Neugierig drehte er sich um und sah an der Tür eine sehr schöne, stattliche Frau im schwarzen Trauerkleid, auf dem Kopf einen schwarzen Hut mit Schleier und um die Schultern einen lila Schal. In einer Hand hielt sie ein Bündel mit dem Osterkuchen, in der anderen einen Kranz aus Papierrosen.

»Angelina, warum kommst du zurück?« sagte der Kollegienrat zornig. »Ich hatte dich doch gebeten, im ›Metropol‹ zu übernachten!«

Eine schöne Frau. Sie wäre kaum schöner geworden auf dem Tisch, übergossen mit ihrem eigenen Saft, die Blütenblätter ihres Körpers weit geöffnet. Höchstens ein ganz kleines bißchen.

»Mein Herz hat es gefühlt«, antwortete die schöne Frau dem Beamten und rang die Hände. »Erast Petrowitsch, töten Sie ihn nicht, laden Sie nicht diese Sünde auf sich. Ihre Seele würde daran zerbrechen.«

Interessant, was der Kollegienrat darauf sagte.

Von Fandorins Kaltblütigkeit war nichts übriggeblieben, er sah die schöne Frau zornig und verwirrt an. Der Japaner war auch verdutzt, er drehte den geschorenen Schädel mal seinem Herrn, mal seiner Herrin zu und machte ein überaus dummes Gesicht.

Nun, das ist eine Familienangelegenheit, da will ich mich nicht aufdrängen. Kommt ohne mich klar.

In zwei Sätzen war der Dekorateur an dem Japaner vorbei, noch fünf Schritte bis zur rettenden Tür, und schießen konnte Fandorin nicht – wegen der Frau. Leben Sie wohl, Herrschaften!

Ein schlanker Fuß in schwarzem Filzschuh schnellte vor und erwischte den Dekorateur am Knöchel, so daß er in vollem Lauf mit der Stirn gegen den Türrahmen knallte.

Ein Schlag. Dunkelheit.

Alles war bereit zur Eröffnung der Gerichtsverhandlung.

Der Angeklagte, im Frauenkleid, aber ohne Hütchen, saß erschlafft in einem Sessel. Auf seiner Stirn prangte eine beeindruckende purpurrote Beule.

Daneben stand, die Hände auf der Brust verschränkt, der Gerichtsdiener Masa.

Zur Richterin hatte Fandorin Angelina bestimmt, die Rolle des Staatsanwalts behielt er sich selbst vor.

Aber zuvor hatte es eine Auseinandersetzung gegeben.

»Ich kann niemanden verurteilen«, sagte Angelina. »Dafür sind die Gerichte da, mögen die entscheiden, ob er schuldig ist oder nicht. Soll ihr Urteil gelten.«

»Als ob es da ein U-Urteil gibt.« Fandorin lachte bitter auf. Nach der Festnahme des Verbrechers stotterte er wieder, stärker als vorher, als wollte er das Versäumte nachholen. »Wer braucht so einen S-Skandalprozeß? Man wird Sozki für unzurechnungsfähig erklären und ins Irrenhaus sperren, aus dem er unter Garantie fliehen wird. So einer ist nicht mit Gittern festzuhalten. Ich wollte ihn töten, wie man einen tollwütigen Hund tötet, aber du hast es v-verhindert. Jetzt entscheide selbst über sein Schicksal, da du dich nun einmal eingemischt hast. Die Taten dieser Ausgeburt sind d-dir bekannt.«

»Bist du sicher, daß er es war? Können Sie sich nicht irren?« entgegnete Angelina hitzig, wobei sie Fandorin mal duzte, mal siezte.

»Ich werde dir beweisen, daß er der Mörder ist. Dazu bin ich der S-Staatsanwalt. Und du übe G-Gerechtigkeit. Einen barmherzigeren Richter als dich wird er in der ganzen Welt nicht finden. Wenn du nicht seine Richterin sein willst, f-fahre ins ›Metropol‹ und störe mich nicht.«

»Nein, ich fahre nicht«, sagte sie rasch. »Ich bin einverstanden mit der Verhandlung. Aber wer wird sein Anwalt sein? Wer wird ihn verteidigen?«

»Ich versichere dir, dieser H-Herr wird die Rolle des Verteidigers keinem andern überlassen. Er kann für sich selbst ei-einstehen. Fangen wir an!«

Fandorin nickte Masa zu, und der hielt dem Sitzenden ein Fläschchen mit Salmiakgeist unter die Nase.

Der Mann im Frauenkleid ruckte mit dem Kopf und blinzelte. Die Augen, anfangs trüb, gewannen lasurblaue Klarheit und Verständigkeit. Die weichen Züge wurden von einem freundlichen Lächeln erhellt.

»Ihr Name und R-Rang«, sagte Fandorin, der auch die Prärogative des Vorsitzenden für sich in Anspruch nahm.

Der Sitzende betrachtete das Szenario. Das Lächeln wich nicht von seinem Gesicht, war aber nicht mehr freundlich, sondern ironisch.

200

»Sie haben beschlossen, Gericht zu spielen? Na gut, bitte sehr. Name und Rang? Ja, Sozki … Ehemaliger Adliger, ehemaliger Student, ehemaliger Häftling Nr. 3576. Jetzt – niemand.«

»Bekennen Sie sich schuldig des Mordes«, Fandorin las aus seinem Notizbuch ab und machte nach jedem Namen eine Pause, »an der Prostituierten Emma Elizabeth Smith am 3. April 1888 in der Osborne Street in London; an der Prostituierten Martha Tabram am 7. August 1888 am George Yard in London; an der Prostituierten Mary Ann Nicholls am 31. August 1888 in der Bucks Row in London; an der Prostituierten Annie Chapman am 8. September 1888 in der Hanbury Street in London; an der Prostituierten Elizabeth Stride am 30. September 1888 in der Berners Street in London; an der Prostituierten Catherine Eddowes ebenfalls am 30. September am Mitre Square London; an der Prostituierten Mary Jane Kelly am 9. November 1888 in der Dorset Street in London; an der Prostituierten Rose Mylett am 20. Dezember 1888 in der Poplar High Street in London; an der Prostituierten Alexandra Sotowa am 5. Februar 1889 in der Swinjin-Gasse in Moskau; an der Bettlerin Marja Kossaja am 11. Februar 1889 in der Kleinen Trjochswjatski-Gasse in Moskau; an der Prostituierten Stepanida Andrejitschkina in der Nacht zum 4. April 1889 in der Selesnjowskaja-Straße in Moskau; an einer unbekannten minderjährigen Bettlerin am 5. April 1889 in der Nähe des Nowo-Tichwinsker Bahnübergangs in Moskau; an dem Hofrat Leonti Ishizyn und seiner Bediensteten Sinaida Matjuschkina in der Nacht auf den 6. April 1889 in der Woswishenka in Moskau; an Sonja Tulpowa und ihrer Pflegerin Pelageja Makarowa am 7. April in der Granatny-Gasse in Moskau; an dem

Gouvernementsekretär Anissi Tulpow und an dem Arzt Jegor Sacharow in der Nacht auf den 8. April 1889 auf dem Boshedomka-Friedhof in Moskau? Insgesamt achtzehn Menschen, von denen Sie acht in England und zehn in Rußland getötet haben. Und das sind nur die Opfer, die zuverlässig ermittelt sind. Ich wiederhole die Frage: Bekennen Sie sich schuldig, diese Verbrechen begangen zu haben?«

Fandorins Stimme, vom Verlesen der langen Liste gleichsam erstarkt, tönte, als spreche er vor einem vollen Saal. Das Stottern war wieder auf merkwürdige Weise verschwunden.

»Das, mein lieber Erast Petrowitsch, hängt von den Beweisen ab«, antwortete freundlich der Angeklagte, der an dem Spiel Gefallen zu finden schien. »Nun, gehen wir davon aus, daß ich mich nicht schuldig bekenne. Ich möchte sehr gern die Anklagerede hören. Einfach aus Neugier. Da Sie nun einmal beschlossen haben, meine Vernichtung hinauszuzögern.«

»Dann hören Sie«, antwortete Fandorin streng, blätterte eine Seite in seinem Notizbuch um und sprach weiter, wobei er vorwiegend Angelina anschaute.

»Zuerst die Vorgeschichte. 1882 ereignete sich in Moskau ein Skandal, in den Medizinstudenten und Studentinnen Höherer Frauenkurse verwickelt waren. Sie, Sozki, waren der Anführer, der böse Genius dieses unmoralischen Kreises und wurden darum als einziger von allen hart bestraft: zu vier Jahren Militärgefängnis, ohne Gerichtsverhandlung, man wollte kein Aufsehen. Sie sind damals mit unglücklichen, rechtlosen Prostituierten grausam umgesprungen, und das Schicksal hat es Ihnen mit der gleichen Grausamkeit vergolten. Sie kamen in das Chersoner Militärgefängnis, von dem erzählt wird, es sei schlimmer als die sibirische Katorga. Vor zwei Jahren wurde die Gefängnisleitung wegen Machtmißbrauchs vor Gericht gestellt. Aber zu der Zeit waren Sie schon weit weg ...«

Fandorin stockte und fuhr nach kurzem inneren Kampf fort: »Ich bin als Ankläger nicht verpflichtet, Rechtfertigungen für Sie zu finden, aber ich kann nicht verschweigen, daß die Gesellschaft selbst dazu beigetragen hat, daß aus dem lasterhaften Jüngling eine unersättliche, blutgierige Bestie wurde. Der Kontrast zwischen dem Studentenleben und der Hölle des Militärgefängnisses hätte jeden um den Verstand gebracht. Im ersten Jahr begingen Sie aus Notwehr einen Mord. Das Militärgericht erkannte mildernde Umstände an, erhöhte dennoch Ihre Haftstrafe auf acht Jahre. Nach dem Überfall auf einen Begleitsoldaten wurden Ihnen Ketten angelegt, und Sie kamen für lange Zeit in die Strafzelle. Wahrscheinlich haben Sie sich auf Grund der unmenschlichen Haftbedingungen in einen Unmenschen verwandelt. Nein, Sozki, Sie sind nicht zerbrochen, sind nicht verrückt geworden, haben nicht Hand an sich gelegt. Um zu überleben, wurden Sie ein anderes Wesen, das nur noch äußerlich einem Menschen gleicht. 1886 wurde Ihren Angehörigen, die sich übrigens längst von Ihnen abgewandt hatten, mitgeteilt, der Häftling Sozki sei bei einem Fluchtversuch im Dnepr ertrunken. Ich habe bei dem militärgerichtlichen Departement nachgefragt, ob die Leiche des Flüchtigen gefunden wurde. Das wurde verneint. Diese Antwort hatte ich erwartet. Die Gefängnisleitung hatte die Tatsache der geglückten Flucht vertuscht. Eine ganz gewöhnliche Sache.«

Der Angeklagte hörte Fandorin mit lebhaftem Interesse zu, ohne seine Worte zu bestätigen oder zu bestreiten.

»Sagen Sie, mein lieber Staatsanwalt, warum haben Sie den Fall des längst vergessenen Sozki wieder aufgerührt?

Verzeihen Sie, daß ich Sie unterbreche, aber das hier ist ja kein offizielles Gericht, obwohl ich annehme, daß das Urteil endgültig sein wird und keiner Berufung unterliegt.«

»Zwei von den Personen, die ursprünglich zu den Verdächtigen zählten, Stenitsch und Burylin, hatten auch dem ›Sadoklub‹ angehört und erwähnten Ihren Namen. Ich erfuhr, daß auch der Gerichtsmediziner Sacharow, der in die Ermittlung einbezogen war, dieser Clique angehört hatte. Mir war von Anfang an klar, daß der Verbrecher nur von Sacharow Informationen über den Verlauf der Ermittlungen erhalten konnte. Darum sah ich mir seine nähere Umgebung genauer an, ging aber anfangs in die Irre – ich hatte den Fabrikanten Burylin im Verdacht. Es paßte alles sehr gut zusammen.«

»Und warum haben Sie nicht an Sacharow gedacht?« fragte Sozki leicht gekränkt. »Alles wies doch auf ihn, und ich habe mein Möglichstes dazu beigetragen.«

»Nein, Sacharow kam als Mörder nicht in Betracht. Er hatte sich in der ›Sadistensache‹ am wenigsten von allen befleckt, war nur passiver Beobachter Ihrer grausamen Vergnügungen gewesen. Außerdem war Sacharow auf offene und provozierende Weise zynisch, was ganz untypisch ist für Triebtäter. Doch die Hauptsache: Sacharow war im vorigen Jahr nur anderthalb Monate in England und befand sich zur Zeit des Großteils der Londoner Morde in Moskau. Das habe ich als erstes geprüft und ihn aus dem Kreis der Verdächtigen ausgeschlossen. Er konnte nicht Jack the Ripper sein!«

»Dieser Jack hat es Ihnen aber angetan.« Sozki zuckte ärgerlich die Achseln. »Nehmen wir mal an, daß Sacharow, als er seine Verwandten in England besuchte, viele Zeitungsartikel über den Ripper gelesen und daraufhin beschlossen hat, seine Sache in Moskau fortzuführen. Mir ist schon vor längerem aufgefallen, daß Sie mit der Zählung der Opfer Probleme haben. Der Untersuchungsführer Ishizyn legte dreizehn Leichen auf den Tisch, aber Sie präsentieren mir nur zehn Moskauer Morde. Und da zählen auch die mit, die erst nach dem ›Untersuchungsexperiment‹ gestorben sind, sonst wären es überhaupt nur vier. Sie bringen da was durcheinander, Herr Ankläger.«

»Keineswegs.« Fandorin reagierte gelassen auf den unerwarteten Angriff. »Von den dreizehn exhumierten Leichen, die Verstümmelungen aufwiesen, waren nur vier unmittelbar am Tatort gefunden worden: Sotowa, Marja Kossaja, Andrejitschkina und das unbekannte Mädchen, wobei Sie die beiden Februar-Opfer nicht nach Ihrer Methode bearbeiten konnten – offensichtlich wurden Sie überrascht. Die übrigen neun Leichen, aufs grausigste verstümmelt, wurden aus namenlosen Gräbern geholt. Die Moskauer Polizei ist von Vollkommenheit natürlich weit entfernt, aber es ist ausgeschlossen, daß niemand bemerkt haben soll, wie ungeheuerlich die Körper verunstaltet waren. Bei uns in Rußland wird viel getötet, aber einfacher, ohne solche Phantasien. Darum war, als die zerstückelte Andrejitschkina gefunden wurde, die Aufregung gewaltig. Der Fall wurde sofort dem Generalgouverneur gemeldet, und Seine Erlaucht betraute den Beamten für besondere Aufträge mit der Ermittlung. Ich sage das ohne Prahlerei, aber der Fürst überträgt mir nur Fälle, die von außerordentlicher Bedeutung sind. Hier gab es fast ein Dutzend zerfetzter Leichen, und niemand soll Krach geschlagen haben? Ausgeschlossen.«

»Eins verstehe ich nicht«, ließ sich zum erstenmal seit Beginn des »Prozesses« Angelina vernehmen. »Wer hat die Ärmsten dann so verstümmelt?«

Fandorin freute sich über ihre Frage, denn hätte die »Richterin« weiterhin beharrlich geschwiegen, so wäre die Verhandlung sinnlos geworden.

»Die ältesten Leichen stammen aus dem Novembergraben. Das bedeutet jedoch nicht, daß der Ripper schon im November nach Moskau kam.«

»Na so was!« unterbrach der Angeklagte Fandorin. »Soweit ich mich erinnere, wurde der letzte Londoner Mord kurz vor Weihnachten verübt. Ich weiß nicht, ob es Ihnen gelingen wird, unsere bezaubernde Richterin davon zu überzeugen, daß ich die Moskauer Verbrechen begangen habe, aber es wird Ihnen keinesfalls gelingen, mich zum Ripper zu machen.«

Über Fandorins Gesicht huschte ein eisiges Lächeln, dann wurde er wieder ernst und finster.

»Ich verstehe den Sinn Ihrer Replik sehr gut. Die Moskauer Morde können Sie nicht abstreiten. Je mehr es sind, und je ungeheuerlicher und grauenhafter sie verübt wurden, desto besser für Sie – man wird Sie als Geisteskranken einstufen. Doch für die Londoner Abenteuer werden die Engländer Ihre Auslieferung verlangen, und die russische Themis wird sich mit dem größten Vergnügen des lästigen Irren entledigen. Sie werden nach Britannien gebracht, und dort herrscht Publizität, nicht unsere Geheimniskrämerei. Dort werden Sie, liebwerter Herr, am Galgen baumeln. Das möchten Sie nicht?« Fandorin senkte die Stimme um eine Oktave, es klang, als würde er selbst erdrosselt. »Die Londoner Morde werden Sie nicht los, machen Sie sich keine Hoffnungen. Und die angebliche Nichtübereinstimmung der Zeiten läßt sich leicht erklären. ›Der Wärter Pachomenko‹ ist kurz nach Neujahr auf dem Friedhof erschienen. Ich nehme an, daß Sacharow

Sie untergebracht hat, aus alter Bekanntschaft. Wahrscheinlich sind Sie sich während seines letzten Besuchs in London begegnet. Von Ihren neuen Leidenschaften wußte Sacharow natürlich nichts. Er dachte, Sie wären einfach nur aus dem Gefängnis geflohen. Und wie konnte er einem alten, vom Schicksal benachteiligten Kameraden seine Hilfe verweigern. Nicht wahr?«

Sozki antwortete nicht, hob nur die Schulter: Ich höre, fahren Sie fort.

»War es Ihnen in London zu heiß geworden? War Ihnen die Polizei auf den Fersen? Na schön. Jedenfalls sind Sie in die Heimat zurückgekehrt. Ich weiß nicht, mit was für einem Paß Sie die Grenze überschritten haben, aber als Sie nach Moskau kamen, waren Sie bereits ein einfacher kleinrussischer Bauer, einer von den frommen Pilgern, wie es in Rußland so viele gibt. Darum haben wir in den Polizeilisten keinen Vermerk über Ihre Einreise gefunden. Sie haben eine Weile beim Friedhof gelebt, haben sich eingewöhnt, sich umgesehen. Sacharow hat sich offenbar aus Mitleid um Sie gekümmert, Ihnen mit Geld ausgeholfen. Sie haben sich ziemlich lange gehalten, ohne jemanden zu töten, länger als einen Monat. Vielleicht hatten Sie die Absicht, ein neues Leben zu beginnen. Aber das ging über Ihre Kräfte. Nach den Londoner Gemütsbewegungen war ein normales Leben für Sie unmöglich geworden. Diese Besonderheit des manischen Bewußtseins ist der Kriminalistik wohl bekannt. Wer einmal Blut geleckt hat, kann nicht mehr aufhören. Anfangs haben Sie, was als Friedhofswärter kein Problem war, Leichen aus den Gräbern geholt und zerstückelt. Dank der winterlichen Kälte waren die Körper, die seit Ende November in der Erde lagen, nicht verwest. Einmal versuchten Sie es mit einer männlichen Leiche, aber das hat Ihnen nicht gefallen. Es paßte nicht zu Ihrer ›Idee‹. Worin besteht sie, Ihre Idee? Können Sie sündige, häßliche Frauen nicht ertragen? ›Ich will Sie erfreuen‹, ›ich helfe Ihnen, wunderschön zu werden‹ – erlösen Sie mit Hilfe des Skalpells gefallene Frauen von der Häßlichkeit? Rührt daher der blutige Kuß?«

Der Angeklagte schwieg. Sein Gesicht nahm einen feierlichen, entrückten Ausdruck an, die leuchtend blauen Augen wurden trüb, beschattet von den halb gesenkten Wimpern.

»Aber dann genügten Ihnen die leblosen Körper nicht mehr. Sie überfielen ein paar Frauen, zum Glück erfolglos, und begingen zwei Morde. Oder mehr?« schrie Fandorin plötzlich, stürzte zu dem Angeklagten und rüttelte ihn an den Schultern, und zwar derart, daß Sozkis Kopf fast von den Schultern flog.

»Antworten Sie!«

»Erast!« rief Angelina. »Das ist nicht nötig!«

Der Kollegienrat ließ Sozki los, trat rasch ein paar Schritte zurück, nahm die Hände auf den Rücken und kämpfte gegen seine Erregung an. Der Angeklagte jedoch, nicht im geringsten beeindruckt von Fandorins Ausbruch, saß unbeweglich und sah den Kollegienrat mit einem Blick voller Gelassenheit und Überlegenheit an.

»Was können Sie schon verstehen«, flüsterten kaum hörbar die fleischigen Lippen.

»Am Abend des 3. April, ein Jahr nach dem ersten Londoner Mord, haben Sie die Andrejitschkina getötet und ihren Körper geschändet. Einen Tag später wurde die minderjährige Bettlerin Ihr Opfer. Die weiteren Ereignisse entwickelten sich sehr rasch. Ishizyns ›Experiment‹ löste bei Ihnen einen Erregungsschub aus, den Sie nur abbauen konnten, indem Sie

Ishizyn umbrachten und ausweideten. Zugleich töteten Sie sein völlig unschuldiges Dienstmädchen. Von dem Moment an gingen Sie von Ihrer ›Idee‹ ab, Sie töteten jetzt, um die Spuren zu verwischen und der Strafe zu entkommen. Als Sie begriffen, daß sich die Schlinge zusammenzog, beschlossen Sie, die Schuld auf Ihren Freund und Beschützer Sacharow zu lenken. Zumal der Arzt schon Verdacht gegen Sie schöpfte – wahrscheinlich verglich er die Fakten oder wußte etwas, was ich nicht weiß. Jedenfalls schrieb er am Freitag abend einen Brief an die Ermittlungsbehörde, in dem er Sie entlarven wollte. Er zerriß ihn, begann von neuem, zerriß ihn wieder. Von seinem Assistenten Grumow wissen wir, daß sich Sacharow schon in der vierten Stunde in seinem Kabinett eingeschlossen hatte, also quälte er sich bis zum Abend mit seinem Entschluß. Ihn plagten verständliche, im gegebenen Fall aber untaugliche Ehrbegriffe, Korpsgeist und nicht zuletzt Mitleid mit einem bedauernswerten ehemaligen Kommilitonen. Sie haben den Brief an sich genommen und alle Papierfetzen vom Boden aufgehoben. Aber zwei Schnipsel haben Sie übersehen. Auf einem stand: ›länger schweigen‹, auf dem anderen: ›legungen der Korporationsehre und Mitgefühl mit einem alten Kam‹. Der Sinn ist offenkundig – Sacharow hatte geschrieben, daß er nicht länger schweigen könne, und er hat seine lange Inschutznahme eines Mörders mit Korporationsehre und Mitgefühl mit dem alten Kameraden gerechtfertigt. In dem Moment wußte ich endgültig, daß der Mörder unter den ehemaligen Kommilitonen Sacharows zu suchen war. Das ›Mitgefühl‹ wies auf einen, dessen Leben sich nicht glücklich gefügt hatte. Also schied der Millionär Burylin aus. Blieben drei – der halbverrückte Stenitsch, der versoffene Rosen und Sozki, dessen Name immer wieder in den

Erzählungen der ehemaligen ›Sadisten‹ fiel. Er war anscheinend ums Leben gekommen, aber das mußte überprüft werden.«

»Erast Petrowitsch, warum sind Sie so sicher, daß dieser Arzt, Sacharow, getötet wurde?« fragte Angelina.

»Weil er verschwunden ist, obwohl er dafür keinen Grund hatte«, antwortete Fandorin. »Sacharow war an den Morden unschuldig, und er dachte, daß er einen flüchtigen Häftling deckte und nicht einen blutrünstigen Mörder. Als ihm jedoch klar wurde, wen er schützte, bekam er einen Schreck. Er bewahrte einen geladenen Revolver neben seinem Bett auf. Denn er hatte Angst vor Ihnen, Sozki. Nach den Morden in der Granatny-Gasse kehrten Sie auf den Friedhof zurück und sahen Tulpow, der Sacharows Wohnung beobachtete. Der Wachhund schlug bei Ihrem Kommen nicht an, weil er Sie kannte. Tulpow war von seinen Beobachtungen so in Anspruch genommen, daß er Sie nicht bemerkte. Sie begriffen, daß der Verdacht auf den Arzt gefallen war, und beschlossen, sich das zunutze zu machen. Bevor Tulpow starb, teilte er in seinem Bericht mit, daß Sacharow kurz nach zehn das Zimmer verließ und daß gleich darauf aus dem Korridor ein Poltern ertönte. Offensichtlich geschah in diesem Augenblick der Mord. Sie waren lautlos ins Haus eingedrungen und hatten gewartet, bis Sacharow in den Korridor kam. Nicht zufällig ist dort der Läufer verschwunden. Sie haben ihn weggeschafft, weil Blutspuren darauf waren. Nachdem Sie Sacharow getötet hatten, schlichen Sie sich leise hinaus, fielen von hinten über Tulpow her, verwundeten ihn tödlich und ließen ihn liegen, damit er verblutete. Ich nehme an, Sie haben gesehen, wie er aufstand, wie er zum Tor wankte und wieder hinfiel. Zu ihm hinzugehen und ihm den Rest zu geben,

210

hatten Sie Angst, denn Sie wußten, daß er bewaffnet war, und Sie wußten auch, daß die ihm beigebrachten Verletzungen tödlich waren. Ohne Zeit zu verlieren, schleppten Sie Sacharows Leichnam weg und vergruben ihn auf dem Friedhof. Ich weiß sogar, wo: Sie warfen ihn in den Aprilgraben für nicht identifizierte Personen und schaufelten etwas Erde darüber. Übrigens, wissen Sie, wodurch Sie sich verraten haben?«

Sozki schreckte hoch, und sein erstarrter, entrückter Gesichtsausdruck wich wieder der Neugier, aber nur für einen Augenblick. Dann senkte sich erneut der unsichtbare Vorhang und löschte jede Spur von lebendigen Gefühlen.

»Als ich gestern morgen mit Ihnen sprach, sagten Sie, Sie hätten die ganze Nacht nicht geschlafen, Sie hätten die Schüsse gehört, dann das Zuschlagen einer Tür und das Geräusch von Schritten. Daraus sollte ich schließen, daß Sacharow lebt und sich versteckt hat. Doch ich habe etwas anderes daraus geschlossen. Wenn der Wärter Pachomenko ein so feines Gehör hat, daß er auf eine ziemliche Entfernung Schritte hören kann, wieso hat er dann nicht die Trillerpfiffe des wieder zu sich gekommenen Tulpow gehört? Die Antwort ist einfach: Sie waren zu diesem Zeitpunkt nicht im Wärterhäuschen, nicht in der Nähe des Tors. Sie waren wahrscheinlich am anderen Ende des Friedhofs, wo nämlich der Aprilgraben liegt. Erstens. Wenn Sacharow der Mörder gewesen wäre und durch das Tor hätte fliehen wollen, hätte er dort den verwundeten bewußtlosen Tulpow liegen sehen, und er hätte ihn getötet. Zweitens. Auf diese Weise erhielt ich die Bestätigung, daß Sacharow, der erwiesenermaßen nicht der Londoner Serienmörder war, auch mit Tulpows Tod nichts zu tun hatte. Sein Verschwinden konnte nur eins bedeuten – er war getötet worden. Und als Sie die Unwahrheit über die

Umstände seines Verschwindens sagten, wußte ich, daß Sie damit zu tun hatten. Mir fiel auch ein, daß beide ›Ideen‹-Morde – an der Prostituierten Andrejitschkina und an der Bettlerin – in der Nähe des Friedhofs verübt worden waren, fünfzehn Minuten zu Fuß entfernt. Darauf war als erster Ishizyn aufmerksam geworden, freilich hat er daraus die falschen Schlüsse gezogen. Als ich diese Fakten mit den Satzfetzen aus dem verschwundenen Brief verglich, war ich fast sicher: Der ›alte Kamerad‹, mit dem Sacharow Mitleid hatte und den er nicht verraten wollte, das waren Sie. Als Friedhofswärter waren Sie an der Exhumierung der Leichen beteiligt und wußten viel über den Stand der Ermittlungen. Erstens. Sie waren bei dem ›Untersuchungsexperiment‹ anwesend. Zweitens. Sie hatten Zugang zu den Gräbern und Gräben. Drittens. Sie kannten Tulpow, hatten sich sogar mit ihm angefreundet. Viertens. In seiner Beschreibung der Zeugen des ›Experiments‹, die Tulpow kurz vor seinem Tod verfaßte, charakterisierte er Sie folgendermaßen.«

Fandorin trat zum Tisch, nahm ein Blatt auf und las vor: »Pachomenko, der Friedhofswärter. Vor- und Vatersnamen kenne ich nicht, die Arbeiter nennen ihn ›Pachom‹. Sein Alter ist schwer zu schätzen: zwischen dreißig und fünfzig. Er ist größer als mittelgroß, von gedrungener Gestalt. Er hat ein rundes, sanftes Gesicht, trägt keinerlei Bart. Spricht mit kleinrussischem Akzent. Ich hatte mit ihm mehrere Gespräche über die unterschiedlichsten Themen. Er erzählte mir Geschichten aus seinem Leben (er hat als Pilger viel gesehen), und ich erzählte ihm von mir. Er ist klug, religiös, gütig, hat eine gute Beobachtungsgabe. Er war mir eine große Hilfe bei der Ermittlung. Wahrscheinlich ist er der einzige von allen, an dessen Unschuld kein Zweifel bestehen kann.«

»Der liebe Junge«, sagte der Angeklagte gerührt. Bei diesen Worten zuckte es in Fandorins Gesicht, und der leidenschaftslose Bewacher flüsterte auf japanisch etwas Scharfes, Pfeifendes.

Auch Angelina fuhr zusammen und blickte entsetzt zu dem Sitzenden.

»Tulpows Offenherzigkeit kam Ihnen am Freitag zustatten, als Sie in seine Wohnung eindrangen und den Doppelmord verübten«, fuhr Fandorin nach einer Pause fort. »Was meine eigenen … Familienumstände betrifft, so wissen viele davon, und Sie können sie von Sacharow erfahren haben. Also, heute, genauer, nun schon gestern morgen gab es für mich nur noch einen Verdächtigen – Sie. Blieb zu klären: erstens das Äußere Sozkis, zweitens, ob er wirklich umgekommen war, und schließlich mußte ich Zeugen finden, die Sie identifizieren könnten. Den früheren Sozki, wie er vor sieben Jahren aussah, hat mir Stenitsch beschrieben. Wahrscheinlich haben Sie sich in den sieben Jahren stark verändert, aber Körpergröße, Augenfarbe und Nasenform ändern sich nicht, und alle diese Besonderheiten stimmten überein. Die Depesche aus dem militärgerichtlichen Departement, in der Einzelheiten über Sozkis Haft und seine angeblich mißlungene Flucht stehen, zeigte mir, daß der Häftling durchaus noch am Leben sein kann. Nun zu den Zeugen. Ich setzte große Hoffnungen in den ehemaligen ›Sadisten‹ Filipp Rosen. Als in meinem Beisein von Sozki geredet wurde, sprach er die rätselhaften Worte, die sich in meinem Gedächtnis festsetzten: ›In letzter Zeit sehe ich ihn dauernd, gestern zum Beispiel …‹ Der Satz blieb unbeendet, Rosen wurde unterbrochen. Aber ›gestern‹, das heißt, am Abend des 4. April, war Rosen zusammen mit den anderen bei Sacharow im

213

Leichenschauhaus gewesen. Ich dachte: Vielleicht hat er dort zufällig den Wärter Pachomenko gesehen und Ähnlichkeiten mit dem alten Bekannten entdeckt? Leider konnte ich Rosen nicht auftreiben. Aber ich habe die Prostituierte gefunden, die Sie vor sieben Wochen umzubringen versuchten, in der Butterwoche. Sie erinnert sich gut an Sie und kann Sie identifizieren. Ich hatte also genug Beweise, um Sie zu verhaften. Das hätte ich auch getan, wären Sie nicht selbst zum Angriff übergegangen. Ich begriff, daß man solche wie Sie nur auf eine Weise stoppen kann ...«

Der drohende Sinn dieser Worte schien Sozki nicht zu erreichen. Jedenfalls zeigte er nicht das geringste Anzeichen von Beunruhigung, im Gegenteil, er lächelte irgendwelchen Gedanken nach.

»Ach ja, da war noch das Briefchen, das Burylin überbracht wurde«, erinnerte sich Fandorin. »Eine ziemlich ungeschickte Demarche. In Wirklichkeit war es für mich bestimmt, nicht wahr? Sie mußten uns davon überzeugen, daß Sacharow lebte und sich versteckt hielt. Sie versuchten sogar, einige charakteristische Besonderheiten seiner Schrift nachzuahmen, bestärkten mich damit aber nur in der Überzeugung, daß der Verdächtige kein unbedarfter Wärter ist, sondern ein gebildeter Mann, der Sacharow gut kennt und auch Burylin. Das heißt, er ist Sozki. Auch Ihr Anruf, bei dem Sie sich als Sacharow ausgaben und sich die Unvollkommenheit des modernen Telephons zunutze machten, konnte mich nicht täuschen. Ich habe diesen Trick selbst schon angewendet. Auch Ihr Plan war mir klar. Sie handelten immer nach derselben ungeheuerlichen Logik: Wenn jemand Sie interessierte, töteten Sie denjenigen, der diesem Menschen am nächsten stand. So verfuhren Sie mit Tulpows Schwester. So wollten Sie mit der Tochter der Prostituierten verfahren, die Ihr entartetes Interesse weckte. Sie erwähnten bei dem Anruf mehrmals den japanischen Diener, denn Sie wollten, daß er mich begleitet. Warum? Nur aus dem einen Grund: Angelina Samsonowna sollte allein zu Hause sein. Ich möchte nicht daran denken, was für ein Schicksal Sie ihr zugedacht hatten. Sonst kann ich mich nicht beherrschen und …«

Er unterbrach sich und wandte sich heftig an Angelina: »Wie ist dein Urteil? Schuldig oder nicht schuldig?«

Angelina war blaß und zitterte, sie sagte leise, aber fest: »Jetzt soll er reden. Soll er sich rechtfertigen, wenn er kann.«

Sozki schwieg, lächelte noch immer zerstreut. Es verging eine Minute, eine zweite, und als es schon schien, daß er nichts zu seiner Verteidigung vorbringen werde, bewegte der Angeklagte die Lippen, und es strömte eine Rede – gemessen, wohltönend, voller Würde, als spreche eine höhere Kraft, erfüllt vom Bewußtsein des Rechts und der Wahrheit.

»Ich muß mich für nichts rechtfertigen, vor niemandem. Ich habe nur einen Richter – den Himmlischen Vater, der mein Sinnen und Trachten kennt. Ich war immer für mich allein. Schon als Kind wußte ich, daß ich etwas Besonderes bin, nicht so wie alle. Mich verzehrte eine maßlose Neugier, ich wollte alles begreifen, alles erleben und erproben in Gottes erstaunlich eingerichteter Welt. Ich habe die Menschen immer geliebt, und sie spürten das und fühlten sich zu mir hingezogen. Aus mir hätte ein großer Heilkundiger werden können, weil ich von Natur aus die Gabe besitze, zu verstehen, woher Schmerz und Leiden kommen, und Verstehen bedeutet Retten, das weiß jeder Mediziner. Eines konnte ich nie ertragen – Häßlichkeit, sie beleidigt in meinen Augen Gottes Werk, und Mißgestalten brachten mich stets zur

Raserei. Einmal, während eines solchen Anfalls, konnte ich nicht rechtzeitig innehalten. Eine gräßliche alte Nutte, deren Anblick nach meinem damaligen Verständnis eine Gotteslästerung war, starb unter den Schlägen meines Spazierstocks. Das auslösende Moment meiner Raserei war nicht sadistische Wollust, wie es meine Richter darstellten, nein, es war der heilige Zorn der Seele, die völlig von Schönheit durchtränkt war. Vom Standpunkt der Gesellschaft war es ein gewöhnlicher Unglücksfall, die goldene Jugend hat ja zu allen Zeiten über die Stränge geschlagen. Aber ich gehörte nicht zu den reichen Studenten, die Mäntel mit weißseidenem Futter trugen, und ich wurde zur Abschreckung der anderen exemplarisch bestraft. Als einziger von allen! Jetzt weiß ich, daß Gott mich auserwählt hat, mich als einzigen von allen. Aber mit vierundzwanzig kann man das nicht begreifen. Ich war noch nicht bereit. Es ist nicht zu beschreiben, was für Grauen ein gebildeter, feinsinniger Mensch in einem Militärgefängnis durchmacht. Ich wurde grausamen Erniedrigungen unterworfen, war der rechtloseste Mensch in der ganzen Kaserne. Ich wurde gequält, vergewaltigt, gezwungen, Frauenkleidung zu tragen. Doch ich fühlte, wie in mir allmählich eine gewaltige Kraft reifte, die von Anbeginn meinem Wesen innewohnte, jetzt aber wuchs und der Sonne entgegendrängte wie ein Frühlingshalm aus der Erde. Und eines Tages spürte ich, daß ich bereit war. Die Angst verließ mich und kehrte nie mehr zurück. Ich tötete meinen Hauptpeiniger, tötete ihn vor den Augen aller: Ich ging auf ihn zu, packte ihn mit beiden Händen an den Ohren und zertrümmerte seinen halbgeschorenen Schädel an der Wand. Daraufhin wurde ich in Ketten gelegt und für sieben Monate in eine finstere Strafzelle gesperrt. Meine Kräfte ließen jedoch nicht nach, ich bekam nicht die Schwindsucht. Mit jedem Tag wurde ich stärker, sicherer, meine Augen gewöhnten sich an die Dunkelheit. Alle hatten Angst vor mir – die Aufseher, die Gefängnisleitung, die Mitsträflinge. Sogar die Ratten mieden meine Zelle. Jeden Tag spannte ich meinen Verstand an, und ich fühlte, daß etwas sehr Wichtiges Einlaß in meine Seele finden wollte, aber nicht vermochte. Alles, was mich umgab, war häßlich und abstoßend. Am meisten liebte ich die Schönheit, und die gab es in meiner Welt überhaupt nicht mehr. Um darüber nicht den Verstand zu verlieren, rief ich mir die Universitätsvorlesungen ins Gedächtnis und zeichnete mit einem Span den Bau des menschlichen Körpers auf den Erdboden. Der menschliche Organismus ist vernünftig und harmonisch. Dort fand ich Schönheit, dort fand ich Gott. Mit der Zeit begann Gott zu mir zu sprechen, und ich begriff, daß Er mir meine geheimnisvolle Kraft sandte. Ich floh aus dem Kerker. Meine Kraft und meine Ausdauer waren unerschöpflich. Mich holten auch nicht die Wolfshunde ein, die speziell auf Menschenjagd abgerichtet waren, und mich traf keine Kugel. Ich schwamm zuerst flußab, dann lange im Mündungssee, bis türkische Schmuggler mich herausfischten. Ich durchstreifte den Balkan und Europa. Ein paarmal geriet ich ins Gefängnis, aber ich floh jedesmal, was nach meiner Flucht aus der Chersoner Festung ein leichtes war. Schließlich fand ich eine gute Arbeit. In Whitechapel in London, auf dem Schlachthof. Ich wurde Fleischhauer. Hier kamen mir meine chirurgischen Kenntnisse zugute. Ich genoß Ansehen, verdiente gut und legte Geld auf die hohe Kante. Aber wieder reifte etwas in mir, wenn ich einen schön zerteilten Labmagen betrachtete, eine Leber, die für die Wurstherstellung gewaschenen Därme, die Nieren, die Lungen. Diese Innereien wurden

217

in Tüten abgepackt und in die Fleischläden gefahren, um auf den Ladentischen schön ausgelegt zu werden. Warum setzt sich der Mensch selbst so herab, dachte ich. Ist denn ein dumpfer Rinderbauch, der grobes Gras verdaut, eher der Achtung würdig als unser innerer Apparat, der nach Gottes Ebenbild geschaffen wurde? Die Erleuchtung kam mir vor einem Jahr, am 3. April. Ich war nach der Abendschicht auf dem Heimweg. In einer menschenleeren Gasse, in der keine Laterne brannte, sprach mich eine garstige Vettel an und erbot sich, mit mir in einen Torweg zu gehen. Als ich höflich ablehnte, trat sie ganz dicht an mich heran, hauchte mir ihren schmutzigen Atem ins Gesicht und stieß gemeine Flüche hervor. Was für eine Verhöhnung von Gottes Ebenbild, dachte ich. Weshalb mühen sich Tag und Nacht ihre inneren Organe, weshalb pumpt das unermüdliche Herz das kostbare Blut, warum entstehen und vergehen und erneuern sich immer wieder Myriaden Zellen ihres Organismus? Und mich überkam der übermächtige Wunsch, Häßlichkeit in Schönheit zu verwandeln, das wahre Wesen dieser Kreatur zu erschauen, die so greulich aussah. An meinem Gürtel hing ein Fleischermesser. Später kaufte ich mir einen ganzen Satz vorzüglicher Skalpelle, aber beim erstenmal tat es auch ein gewöhnliches Fleischermesser. Das Resultat übertraf alle meine Erwartungen. Das gräßliche Weib verwandelte sich! Vor meinen Augen wurde sie wunderschön! Und ich erstarb andächtig vor diesem so offensichtlichen Beweis des Göttlichen Wunders!«

Der Angeklagte bekam feuchte Augen und wollte fortfahren, winkte aber ab und sagte kein Wort mehr. Seine Brust hob und senkte sich rasch, seine Augen blickten begeistert himmelwärts.

218

»Reicht dir das?« fragte Fandorin. »Sprichst du ihn schuldig?«

»Ja«, flüsterte Angelina und bekreuzigte sich. »Er ist schuldig, all diese Untaten begangen zu haben.«

»Du siehst selbst, daß er nicht leben darf. Er bringt Tod und Leid. Er muß vernichtet werden.«

Angelina schreckte hoch.

»Nein, Erast Petrowitsch. Er ist wahnsinnig. Er muß behandelt werden. Ich weiß nicht, ob das gelingt, aber man muß es versuchen.«

»Nein, er ist nicht wahnsinnig«, entgegnete Fandorin überzeugt. »Er ist schlau, berechnend, verfügt über einen eisernen Willen und einen beneidenswerten Unternehmungsgeist. Vor dir sitzt kein Geisteskranker, sondern eine Mißgeburt. Es gibt Menschen, die mit einem Buckel oder einer Hasenscharte geboren werden. Und es gibt Menschen, deren Mißbildung man nicht ohne weiteres sieht. Diese Mißbildung ist die schlimmste. Er ist nur dem Aussehen nach ein Mensch, aber ihm fehlt das, was einen Menschen ausmacht. Er hat nicht diese unsichtbare Saite, die selbst in der Seele des abgefeimtesten Verbrechers schwingt und klingt. Selbst wenn sie nur schwach, kaum hörbar ihre Stimme erhebt, weiß doch der Mensch im Innern seiner Seele, ob er gut oder unrecht gehandelt hat. Er weiß es immer, auch wenn er kein einziges Mal im Leben auf diese Saite hört. Du kennst Sozkis Taten, du hast seine Worte gehört, du siehst ihn vor dir. Er ahnt nicht einmal etwas von dieser Saite, er folgt einer ganz anderen Stimme. Im Altertum hätte man gesagt, daß er ein Diener des Teufels ist. Ich sage es einfacher: Er ist ein Unmensch. Er bereut nichts. Und mit gewöhnlichen Mitteln kann man ihm nicht Einhalt gebieten. Er kommt nicht aufs Schafott, und die Mauern eines

Irrenhauses können ihn nicht festhalten. Dann beginnt alles wieder von vorn.«

»Erast Petrowitsch, Sie haben doch vorhin gesagt, daß die Engländer ihn haben wollen«, rief Angelina kläglich, als klammere sie sich an den letzten Strohhalm. »Sollen die ihn töten, aber nicht du, Erast. Nicht du!«

Fandorin schüttelte den Kopf. »Eine Auslieferung ist langwierig. Er wird fliehen, aus dem Gefängnis, aus dem Zug, vom Schiff. Ich kann das nicht riskieren.«

»Du vertraust nicht auf Gott«, sagte Angelina traurig. »Gott weiß, wie und wann einem Verbrecher ein Ende zu machen ist.«

»Über Gott weiß ich nichts. Und ich kann kein gleichgültiger Beobachter sein. Meines Erachtens ist Gleichgültigkeit die schlimmste Sünde. Genug, Angelina, genug.«

Fandorin wandte sich zu Masa um und sagte auf japanisch: »Bring ihn in den Hof.«

»Herr, Sie haben noch nie einen Unbewaffneten getötet«, antwortete der Diener besorgt in derselben Sprache. »Sie werden sich hinterher schlecht fühlen. Und die Herrin wird Ihnen zürnen. Ich erledige das allein.«

»Das ändert nichts. Und es spielt keine Rolle, daß er unbewaffnet ist. Ein Zweikampf wäre Wichtigtuerei. Ob mit oder ohne Waffe, ich töte ihn mit der gleichen Leichtigkeit. Wir brauchen keine billige Theatralik.«

Als Masa und Fandorin den Verurteilten an den Ellbogen faßten und zum Ausgang führten, rief Angelina: »Erast, um meinetwillen, um unsertwillen!«

Die Schultern des Kollegienrats zuckten, aber er drehte sich nicht um.

Statt dessen sah sich der Dekorateur um und sagte mit

220

einem Lächeln: »Gnädige Frau, Sie sind eine Schönheit. Aber ich versichere Ihnen, auf dem Tisch, umgeben von Porzellantellern, wären Sie noch schöner.«

Angelina schloß die Augen und hielt sich die Ohren zu, dennoch hörte sie, wie im Hof ein Schuß krachte – trocken, kurz, kaum zu unterscheiden vom Geknall der Raketen und Schwärmer, die in den Sternenhimmel flogen.

Fandorin kam allein zurück. Er blieb an der Schwelle stehen, wischte sich den Schweiß von der Stirn. Die Zähne schlugen ihm aufeinander, als er sagte: »Weißt du, was er geflüstert hat? ›Herrgott, was für ein Glück.‹«

Lange saß Angelina mit geschlossenen Augen, und Tränen liefen ihr über die Wangen, während Fandorin an der Tür stand und sich nicht entschließen konnte näher zu treten.

Schließlich stand sie auf. Sie trat zu ihm, umarmte ihn, küßte ihn leidenschaftlich auf die Stirn, die Augen, den Mund.

»Ich verlasse Sie, Erast Petrowitsch. Behalten Sie mich in guter Erinnerung.«

»Angelina …« Das Gesicht des Kollegienrats, ohnehin blaß, wurde grau. »Etwa wegen dieses Vampirs, dieses Ungeheuers …?«

»Ich bin Ihnen im Wege, bringe Sie durcheinander«, unterbrach sie ihn. »Die Schwestern rufen mich seit langem ins Boris- und Gleb-Kloster. Dorthin hätte ich gleich gehen sollen, als mein Vater starb. Aber ich gab der Schwäche nach und blieb bei Ihnen, ich sehnte mich nach dem Fest. Nun ist es vorbei. Feste dauern nie lange. Ich werde Sie von weitem im Auge behalten. Und für Sie beten. Handeln Sie, wie Ihr Herz es Ihnen eingibt, und wenn Sie etwas falsch machen, keine Angst, ich werde für Sie Abbitte tun.«

221

»Du darfst nicht ins K-Kloster.« Fandorin sprach schnell und verworren. »Du bist nicht wie sie, du bist lebendig, l-leidenschaftlich. Du wirst es nicht aushalten. Und ich kann ohne dich nicht s-sein.«

»Doch, das können Sie, Sie sind stark. Sie hatten es schwer mit mir. Ohne mich wird es leichter sein ... Und daß ich lebendig und leidenschaftlich bin – die Schwestern sind es auch. Gott braucht keine Lauen. Leben Sie wohl, leben Sie wohl. Ich weiß längst, daß wir nicht zusammen sein dürfen.«

Fandorin schwieg verzweifelt, er fühlte, daß sie mit keinem Argument umzustimmen war. Auch Angelina schwieg und streichelte sacht seine Wange, seine weiße Schläfe.

Aus der Nacht, von den dunklen Straßen schwoll, im Widerspruch zum Abschied, der jubelnde, jauchzende Klang der Osterglocken.

»Nehmen Sie es nicht so schwer, Erast Petrowitsch«, sagte Angelina. »Hören Sie? Christ ist erstanden.«